Bit the Jackpot
by Erin McCarthy

恋する夜は踊れない

エリン・マッカーシー
岡本三余［訳］

ライムブックス

BIT THE JACKPOT
by Erin McCarthy

恋する夜は踊れない

主要登場人物

カーラ・キム……………………………シャドーダンサー
シーマス・フォックス………………選挙対策マネージャー
イーサン・キャリック………………カジノホテル〈アヴァ〉のオーナー
　　　　　　　　　　　　　　　　　ヴァンパイア国の大統領
アレクシス（アレックス）・バルディッチ・キャリック……イーサンの妻
ブリタニー・バルディッチ…………アレクシスの妹
ケルシー…………………………………〈アヴァ〉の受付係
ロベルト・ドナテッリ………………イーサンの対立候補者
リンゴ……………………………………殺し屋
コービン・ジャン・ミッシェル・アトゥリエ……追放されたヴァンパイア

1

シーマス・フォックスにはさまざまな顔がある。じき四〇〇歳になるアイルランド人で、ヴァンパイアで、ヴァンパイア国現職大統領の選挙対策マネージャーだ。

そこに最近、ベビーシッターとしての顔が加わった。うっかり彼の血を与えてしまった、そそっかしくて誇大妄想気味のヴァンパイア、ケルシーのお守り役……。

どういう経緯でこの幼稚園児のような女の保護者となり、死に損ない殺人未遂事件の謎《なぞ》を解明するはめになったのか、シーマスにも今ひとつ理解できていなかった。

「ストリップ・クラブなんて初めて」ケルシーが言った。「なにを見てるの？　まじめぶった顔しちゃって。考えごとでもしてるみたい」

〝きみじゃないんだから、考えごとくらいする〟

シーマスは水割りのグラスを口に近づけて、喉を湿らすふりをした。ゲール語で一〇まで数え、挑発的に体をくねらすエキゾティックなダンサーから視線を引きはがす。ケルシーさえいなければ――常に人の気を引きたがる、おしゃべり幼稚園児さえいなければ、かぶりつきでステージを見られたものを……。「人捜しだ」

「人捜し？」ケルシーはシーマスのほうへ椅子を寄せた。長い黒髪がシーマスの腕をなでる。「ストリップ・クラブでいったい誰を捜すの？」

〝ストリッパーに決まっている〟シーマスはうんざりした。ケルシーはラブラドール・レトリバーと、三歳児と、ポルノ女優をごちゃまぜにしたような女だ。四六時中じゃれついてくるし、一時間に九〇〇個は質問するし、やたら挑発的な格好をしている。

そんなケルシーを邪険にできないのは、どこかのヴァンパイアに血を抜かれて放置された彼女に血を与えたのがシーマスだからだ。体じゅうの血を抜かれたヴァンパイアを蘇生《そせい》させるなど可能かどうかすらわからなかったが、仲間としてなにもしないわけにはいかなかった。そうしてシーマスが血を与えてみたら、ケルシーは生き返ってしまったのだ。すっかり元どおりに。忠犬みたいにシーマスから離れなくなったという一点を除いて……。

しかも、ケルシーはだいたいにおいて足手まといだった。問題ばかり起こすし、隙《すき》があれば小さな尻をシーマスの膝の上にねじ込んでくる。そのたびにシーマスは白い牙《きば》を持つサンタクロースとなり、どうしても我慢できなくなるとあれこれ言い訳して立ち上がるのだった。いらいらするかと問われれば、〝イエス〟と答えざるを得ない。ケルシーはまちがいなく精神的に発育不良だ。だからといって、この世の終わりというわけではない。

ただ、過去二〇〇年で最高にセクシーな女性が一糸まとわぬ体をポールに巻きつけているとき、ケルシーの存在は絶対的にうっとうしかった。

「ストリッパーを捜しているんだ」

「あら、そうなの？」

ケルシーはしばし考え込み、体にぴったりした赤いドレスの肩ひもを引っぱった。

「なんでストリッパーなんか捜してるの？」

二〇〇年以上もセックスから遠ざかってはいるものの、シーマスは健全な性欲を持つ男だ。しかし、そんなことをケルシーに説明する義務はない。

しかも実際は欲望を解消する相手ではなく、ブリタニーの叔母のジョディ・マドセンを捜しているのだ。ジョディは元ストリッパーで、今は引退してこのクラブの振り付け師をしている。彼女がブリタニーの父親を知っている可能性は低いが、それでも尋ねてみる価値はあった。ブリタニーの父親はヴァンパイアだ。シーマスは彼の名前を知りたかった。

当初はケルシーをテーブルに残してジョディを捜しに行こうと思っていた。それがいちばん手っ取り早い。仕事は効率的にすませるのがシーマス流だ。ところがステージの上で――正確にはステージ上のスクリーンのうしろで踊るシャドー・ダンサーを目にした途端、仕事のことなど吹っ飛んでしまった。

好奇心と欲望がむくむくと頭をもたげる。あのダンサーの肌に唇をつけて、濃厚な血を吸い上げたい。ダンサーの瞳が快楽に見開かれるところを想像すると胸が震えた。

シーマスはステージに視線を戻した。ダンサーがポールに沿って上下しながら体をくねらせる光景に、体のなかで核爆発が起こった。スクリーン越しなので、見事な曲線の持ち主であることしかわからない。シーマスはストリップ・クラブで鼻の下を伸ばすような年齢でもなければ、そんな軽率な行動が許される立場にいるわけでもなかったが、彼女のポール・ダンスはあまりにも魅惑的だった。

ダンサーは誘うように腰を突き出し、背中を弓なりにそらして形のいい乳房のラインをあらわにした。肩の上で髪が跳ね、ハイヒールに包まれた足がくるくると旋回する。

シーマスは己の良心に訴えた。ベッドの相手を物色しに来たわけじゃないんだぞ。女とつき合っている暇などないだろう？　人間の血を吸うなんて、大統領の補佐としてあるまじき行為だ！

「ふうん、あのダンサーが気に入ったわけ？」ケルシーが言った。「その表情なら知ってるわ。〝ベイビー、おれがいいことしてあげるぜ〟って顔よ」

ケルシーの言い方が滑稽《こっけい》だったので、シーマスは少しだけ口角を上げた。この二〇〇年以上、彼は誰ともいいことをしていない。過去の失態を償うために、自分のすべてを捧《ささ》げてきた。それが定めなのだ。そして定めというのは、ストリッパーに性的魅力を感じたくらいで放《ほう》り出せるものではない。

「どうしてシルエットなんかとデートしたいのかはわからないけど……」ケルシーがいぶかしげに言う。

シーマスはケルシーの疑問を無視して、良心との葛藤《かっとう》を続けた。ひと晩くらいはめを外してもいいんじゃないか？　仕事漬けの日々にちょっとした彩りを添える程度のことは許されるはずだ。たまのデートで、選挙対策マネージャーとしての任務に支障が出るわけじゃない。

生きる喜びを禁じてきたのはほかでもない、自分自身なのだから。

その結果、三七一歳にして重圧に押しつぶされそうになっている。このままでは一〇〇〇歳の誕生日を迎えるころには世の中がいやになって、アイルランドの田舎で世捨て人になっているにちがいない。牙まで入れ歯の偏屈じじいになって、羊だけを相棒に暮らすのだ。

「どこからライトを当てたらあんなシルエットになるのかしら？」ケルシーが再び口を開いた。「あのダンサーは本物なの？　それとも映像？」

神よ、あなたが本当にいらっしゃるのなら、そしてヴァンパイアを助けるのに抵抗がないのなら、どうかぼくをお助けください……〟シーマスは精神的にどうかなってしまいそうだった。もう我慢できない。ひと晩でいいからすべてを忘れ、生きることを楽しみたい。たったひと晩でいいから！

「どこからライトを当てているのかは知らないが、彼女は本物だよ」シーマスは小気味よいベースのリズムに合わせてかかとを踏み鳴らした。

ヴァンパイアの鋭い視覚を活《い》かして、つんと立った胸の先端やふっくらとした唇のラインを確かめる。

「ねえ、退屈しちゃった。家に帰りたいわ」同じ唇でも真っ赤な口紅を塗ったそれを、ケルシーは不服そうにとがらせた。

音楽が盛り上がり、ダンサーが大きく脚を開いてしゃがみ込む。それを見たシーマスは思わず椅子から立ち上がった。今のは強烈だぞ！「だったら、帰ればいいじゃないか」

保守的な選挙対策マネージャーにも余暇を楽しむ権利くらいある。生きている人間から最後に血を吸ったのは、四〇年も前だ。体の交わりに至っては、二〇〇年以上もご無沙汰《ぶさた》だった。

今夜、その両方を復活させてやる。あとがどうなろうと知ったことか！

「どこへ行くの？」ケルシーはシーマスの手をつかんで慌てて立ち上がった。「ひとりにしないで。やつらにつかまっちゃう」

ケルシーは殺人鬼がとどめを刺しに戻ってくるという妄想に取りつかれていた。いつもはそんな彼女が哀れに思えて、ラップみたいにまつわりつかれても追い払えない。だが、今夜はだめだ。数百年ぶりに女性を口説こうとしているのに、血に飢えたダックスフントのようなケルシーについてこられたら台なしだ。

「座れよ、ケルシー。二分くらい待てるだろう？」シーマスがやさしく肩を押すと、彼女は抵抗もせずに腰を下ろした。年長のヴァンパイアとして、シーマスにはケルシーを従わせるだけの力があった。「心配ない、約束するよ。きみは一人前のヴァンパイアだし、ぼくはちょっと席を外すだけだから」

自分の身勝手さに罪悪感を覚えながらも、シーマスは人間には見えない速さでフロアを横切った。あと一分でもケルシーのそばにいたら窒息しそうだった。楽屋口を固める用心棒の脇《わき》をすり抜けて、バックステージへ侵入する。シーマスのなかの屈折した人格がささやいた。〝あの女がスクリーンの裏で踊っているのは、醜いからかもしれないぞ。聖人をも堕落させる動きはできても、生みの親以外には愛されない顔をしているのかもしれない〟

それを聞いた皮肉屋の人格が口を開く。

〝あの腰の動きがあれば、顔なんてどうでもいいじゃないか〟

われながらろくでもない。シャドー・ダンスで欲情するなんて、禁欲が長すぎた証拠だ。

お目当てのダンサーが目の前に立っているのに気づいて、シーマスはぴたりと足をとめた。

血のにおいがする。バニラのローションと汗のにおいも。ダンサーは黒髪をうしろに払い、赤いシルクのローブをまとって腰ひもを結ぶと、彼を振り返った。

ストリップ・クラブは恋人探しの場所ではない。本気でベッドの相手を探すなら、インターネットを試すべきだ。〝こちらアイルランド産で、仕事の鬼の死に損ない。好物は血液。脳みそがとろけるようなセックスの相手を募集中。条件は嚙《か》まれるのが嫌いでないこと〟

しかしダンサーが振り返った途端、そんな考えは消えた。彼女は美しかった。まさに息をのむ美人だ。黒檀《こくたん》のごとき髪、ミルクのように白い肌、高い頰骨、弓形の唇はさくらんぼ色で、鼻の形も完璧《かんぺき》だ。瞳はほとんど黒に近いダークブラウンで、アイライナーで縁取られたアーモンド形の目は猫のように大きくて官能的だった。踊っていたせいで額に玉の汗が浮かび、豊満な胸は大きく波打っている。そうでなければ磁器の人形かと思うところだ。シーマスには、彼女の血管を勢いよく流れる血のにおいをかぐことも、激しく打つ心臓の音を聞くこともできた。

ダンサーがシーマスを見て目を丸くする。彼女は薄いローブの下はなにも身につけていないらしく、振り返ったときに腿とへそがちらりと見えた。

　バックステージに侵入して正解だった。葛藤する必要などなかった。肩の力を抜いて快楽を追い求めたところで誰に責められることもない。とくにすばらしい脚をしたゴージャスな踊り子と向き合っているときは。

　許されるなら、この場で彼女に嚙みつきたい。

　今こそヴァンパイアの能力を活かすときだろう。マインドコントロールは大の得意だから、一〇分もあれば彼女をベッドへ誘導できるはずだ。


　カーラ・キムは背後に男が立っていることに気づいて息をのんだ。いつからうしろにいたのだろう？　鼻の下を長く伸ばしているところからして、わたしがローブを着る前からいたのかもしれない。もしかして、裸を見られたの？

　一糸まとわぬ姿で踊ることで生計を立てているのだからそのくらい大したことはないと思うかもしれないが、実際、それはカーラの人格を揺るがす事態だった。これまで異性に全裸の姿を見られた経験はない。一度も。なぜなら彼女は、おそらくラスヴェガスでも珍しい、ヴァージンのストリッパーだからだ。

　ヴァージンのストリッパーなんて矛盾しているかもしれない。しかし、事実カーラはヴァージンで、当面その境遇を変える気はなかった。セックスは堕落への入口だ。自分の感情や生き方をコントロールできなくなる。カーラはそんな状況に陥りたくなかった。〝男〟と

〝セックス〟がコンビを組むと最悪なのは知っているので、どちらにも近寄らないことに決めているのだ。ストリップ・ダンスをしているのは、単に報酬がよくて夜に働けるからだった。ここで踊れば、祖母が暮らす老人ホームの費用を捻出《ねんしゅつ》できる。シャドー・ダンスにある種の高揚を感じているのは否めないが、男に素肌を見られるのはごめんだった。絶対に！

その信念が、目の前にいる男のせいで泡と化したかもしれない。

問題は彼が、カーラが自発的に服を脱ぎたくなるようないい男という点だった。黒い髪にブルーの瞳、つくべきところにしっかりと筋肉のついた体。極めつけは魅力的な笑顔だ。いい男が女の理性を吹き飛ばすことを証明したいなら、まさにうってつけの相手と言っていい。

現に脳が相手を冷静に分析する一方で、カーラの体は歓迎の準備を整えていた。乳首が立ち上がり、下腹部が熱を帯びてくる。それが悔しかった。

「やあ、ジョディ・マドセンがどこにいるか教えてもらえないかな？」かすかなアイルランドなまりに、彼女のいらだちは倍増した。

自分の生き方を確立したと思うたびに障害物が落ちてくる。〝男〟という名の大きな障害物が……。前回、男のために夢をあきらめかけたときは、心に傷を負っただけでなく、一万ドルを失った。黒髪のアイルランド男に再びゴールを邪魔されてなるものですか。

「知らないわ」カーラは腰ひもをきつく締め直した。下半身に血をめぐらせないようにすれば、自分が裸であることを意識せずにすむかもしれない。

「ジョディを知らないのかい？　ここで働いていると思ったんだけどな」

カーラはうなずいた。「ええ」これ以上話したくなかった。彼は魅力的すぎるし、かなりの確率でわたしのむき出しのヒップを見てしまっている。さっさとショーツをはきたい。見ず知らずの男と二分ほど言葉を交わしただけで急に胸がどきどきしてきた理由について、脳が分析を始める前に。

「つまり……」男はわずかに首をかしげ、とびきりすてきな笑みを浮かべた。「ジョディはここで働いていて、きみも彼女を知っているが、今どこにいるかは知らないということだね？」

だいたいジョディになんの用があるのだろう？　カーラはいぶかりながらもうなずいた。もしかして、この男はクラブのオーナーなのかもしれない。それなら用心棒にとめられなかった理由も納得がいく。バックステージは男子禁制だ。カーラはその規則が気に入っていた。ジョディというのは舞台主任で振り付け師をしている女性だ。きっとこの男は彼女の上司、つまりこのストリップ・クラブのオーナーなのだ。

ボスに生尻を見られたなんて最悪！

「シーマス・フォックスだ」男は右手を差し出した。

「どうも」カーラはその手を無視した。たとえ命の危険が迫っていたとしても、彼と握手をするつもりはなかった。あの手は腕につながっている。そして腕はたくましい肩につながっていて、その先には厚い胸板がある。そこを下がっていくとあれがあるのだ。カーラが決して近寄るつもりのないあれが。

「普通はここで名前を名乗るんだよ」シーマスがウインクした。

そんなこともわからないほど鈍い女に見えたのかしら？　ストリッパーとして、女に飢えた変態どもから身を守るすべは身にしみついている。シーマスは変態には見えないが、危険であるのはまちがいない。体を鍛えているみたいだし、服装のセンスもいい。おまけにセクシーで……要注意人物だ。

「ちがうわ。さよならするのよ。ジョディを見たら、あなたが捜していたって伝えておくわ」きびすを返そうとしたカーラは、四分の一回転したところで金縛りに遭った。

「ちょっと待ってくれ」シーマスの目がローブに包まれた体へと落ちる。「きみのショーを見せてもらった。すばらしかったよ。美しくて、官能的で……」ブルーの瞳が、空色から群青色へと深みを増した。きっとステージの照明のせいだ。瞳の色は二秒で変わったりしない。

「きみの踊りには品がある」

さっさと立ち去らない自分に疑問を覚えながら、カーラは神経質に唇をなめた。足に動けと指令を出したはずなのに、途中で動かなくなるなんて……奇妙な感覚が全身を包んでいる。肩や首や頭蓋骨《ずがいこつ》が後方へ引っぱられるような、くすぐったい感じだ。反論しようと口を開きかけて、カーラは相手がなにを言ったかすら思い出せないのに気づいた。そしてなぜか、自分の名前を名乗ることがとても重要に思えてきた。今すぐに自己紹介をしなければならない。

脳は口を開けろと命令し、常識がやめろと反発する。この男に名前を教えたが最後、インターネットで住所や電話番号まで調べ上げられてしまうかもしれない。

それでも彼女は口を開いた。「カーラよ」本人の許可もなく、言葉が口から飛び出したかのようだった。

いったいどういうこと？　カーラは心のなかで自分を叱責《しっせき》した。どうしたっていうの？　彼はそこまでハンサムなわけじゃない……まあ、ハンサムなのは認めるけど、だからといって正気を失う理由にはならない。カーラはシーマスをにらみつけ、名前を教えたのは本意ではなく、これ以上の情報を引き出そうとしても無駄だと伝えようとした。

ところがシーマスはにらまれた程度では動じず、白い歯を見せてにっこりした。

「一緒にコーヒーでも飲まないか、カーラ？」

そんなことをするくらいなら死んだほうがましだ。「結構よ」

「通りを渡ったところに店が……」言いかけたシーマスの笑みが消える。「なんだって？　今なんて？」

「結構よ、と言ったの」

シーマスはショックを受けた様子だった。「そんなことはあり得ない」

「もちろんあり得るわ」

どうやらシーマスはノーと言われるのに慣れていないらしい。有名人か、金持ちか、いずれにせよ女たちが麗しい足元にひれ伏すのを当然と思っているのだろう。彼の足が麗しいかどうかなんて知らないけど……ほかのパーツから類推するに、形のいい足をしている確率は高い。ともかく、断られることもいい経験だ。肥大化しているエゴをへこませてやればいい。

シーマスは彼女を凝視していた。なにかを期待するように眉をわずかに上げる。

カーラは居心地が悪くなって、ターンの途中でとまった足をうしろにずらした。腰痛患者のような動きだが、そんなことにかまってはいられなかった。彼から遠ざかりたいのに、一度に五ミリくらいしか動けない。悪い夢を見ているのかしら？　それとも、激しいダンスのせいで体が麻痺《まひ》したの？　いやだ、麻痺だなんて怖すぎる。きっと、ただの筋肉痛だ。ハイヒールが小さすぎて筋を痛めたのかも。

シーマスがゆっくりといたずらっぽく笑った。

「それなら、楽屋まで送るよ。コーヒーをおごらせてくれないかな？」

この男ときたら、ほんの今、二度も断ったじゃないの！　もう一度動けと命じると、ようやくカーラの足は一センチほど動いた。彼女は本気で恐ろしくなってきた。体が思いどおりにならない。だが態度がだめなら、言葉で彼に理解させるしかない。

「そうね、どうかしら？　あなた、遠くまで歩くのは苦にならない？」

「あ、ああ」シーマスの緊張が緩んだようだ。

「ハイになるのは？」カーラは思わせぶりに言った。

「大好きだ」シーマスの鼻孔が期待に広がる。

「だったら、ひとりでハイキングでもしてくるのね」それは数カ月前に雑誌で読んだせりふだった。ぽかんとしているシーマスを見て胸がすっとする。「わたしはあなたに興味が持てないの。わかった？」

シーマスは長いあいだカーラを見つめていた。見つめていれば、カーラが彼とコーヒーを飲む気に、ひいてはベッドをともにする気になるとでもいうように。ポケットから催眠術の振り子が出てくるのではないかと思ったほどだ。

カーラはシーマスの顔の前でいらいらと手を振った。

「ちょっと、聞こえた？　あなたには興味がないの。あっちへ行って」

シーマスはカーラから視線を外して腕組みをした。憮然《ぶぜん》としてかぶりを振る。「こんなとってあるのか？　ようやく生きる喜びを求める気になったのに、このラスヴェガスで、よりによってぼくにノーと言える女性を選んでしまうなんて」

この人、ハンサムなのに頭がどうかしてしまっているみたい……。

それなのにわたしときたら、素肌にローブをまとったきりだ。

「あの……もう行かなきゃ。みんなが心配しているから」カーラはもう一度きびすを返そうとした。シーマスが彼女の腕にふれる。まったく、肝心なときに用心棒はどこへ行ったのだろう？

突然、鼓膜が破れそうな悲鳴がとどろき、カーラは一メートルほどうしろへ飛びのいた。黒い物体がシーマスめがけて突っ込んでくる。

シーマスが悪態をついた。「ケルシー、いったいどうしたんだ？」

黒い物体の正体は、すらりとして美しい女性だった。セクシーな赤いドレスの胸元から雪のように白い胸の谷間がのぞいている。カーラはもう一歩うしろへ下がった。老人のような動きではあるが、ようやく足の協力を得られたことに感謝する。今のうちに退散して、ショーツをはかないと。官能的な変態男は、やせっぽちの恋人に任せておけばいい。

「やつらがいたの！　見たのよ」

「誰のことだ？」シーマスはいらいらと問いただしながらも、女性の体に腕をまわして背中をなでた。「ケルシー、カウンセリングでも受けてみないか？　ぼくだって四六時中きみのお守《も》りはできないよ」

女性がすすり上げて、シーマスの胸にしがみつく。「どうしようもないの……ごめんなさい。あいつらに撃たれて以来、いつも怖くてしかたがないんだもの」

カーラはもうたくさんだと思い、あとずさりするペースを上げた。

「カーラ、待ってくれ」シーマスが彼女のほうを見た。

冗談じゃないわ！「いい？　３Pなんて趣味じゃない。そういうことはいっさいお断りよ。わかった？　わたしは平凡で退屈な女なの。それに、わたしになにかあったら黙っていない兄が六人もいるんですからね！」

先ほどと同じ、引っぱられるような感覚が腕をはいのぼり、鎖骨を伝って顔に達する。氷の指で肌をなでまわされているみたいだ。カーラは身震いをして向きを変え、足早に角を曲がってほかのダンサーと共有している楽屋へ飛び込んだ。勢いよくドアを閉めて鍵《かぎ》をかけ、ローブの胸元をかき合わせる。

新しい仕事を探すべきかもしれない。獣医学校と老人ホームに払う費用を工面するためとはいえ、ここはだめだ。さっきは本気で身の危険を感じた。

「どうしたの？」同僚のドーンが尋ねる。

カーラは赤いTバック姿で椅子に腰かけ、化粧の仕上げをしている友人を見た。「バックステージに男がいたの」とっても変わっていて、セクシーで、銃で撃たれたことのある恋人がいて、直接ふれてもいないのに、首筋をなぞられているような気分にさせる男が。

思い返すだけでも体が震える。カーラは一連の出来事に縮み上がっていた。しかし、ドーンはそういうタイプではなかった。先端に房飾りのついた乳首カバーの位置を直し、立ち上がってカーラをドアの前から押しのける。「どこにいるの？　ブライアンを呼んで、尻を蹴《け》飛《と》ばしてもらうわ」ブライアンというのはドーンの恋人で、このクラブの用心棒だ。カーラはブライアンにシーマスを撃退してほしいのかどうかわからなかったが、車まで誰かにエスコートしてもらえればありがたかった。もちろん服を着たあとで。カーラが着替えの入ったバッグに手を伸ばしたとき、ドーンが舌を鳴らした。

「もしかしてあの人のこと？　女と一緒に立ってる男？」ドーンはドアを開け、うっとりした表情で廊下の先を見つめた。

カーラもドーンの肩越しに廊下をのぞいた。シーマスが細身の女の髪をなでながら、なだめるように話しかけていた。変態！「そうよ」

「めちゃくちゃおいしそうじゃない。見てるだけで膝が震えちゃう」ドーンが高い声で言う。

用心棒の恋人のことはもう忘れたらしい。Tバックと乳首カバーしか身につけていないことも忘れたのか、ドーンは廊下に身を乗り出した。

カーラはドーンの反応にいらだった。「言いすぎよ」廊下の先をちらりと見る。あら、やっぱりおいしそうかも？

「ちょっと、寝ぼけてるの？」ドーンがカーラを振り返った。「あの人と寝て、感想を詳しく教えて」

カーラは思わず笑ってしまった。「ごめんだわ。趣味じゃないもの、本当に」

「そう？　だったら、わたしがいただいちゃおうかな」

カーラはぐるりと目をまわした。

「あなたにはブライアンがいるでしょう。あの廊下の人にも彼女がいるみたいだし」

「だからなに？　ひと晩くらい恋人を交換したっていいでしょう？　ブライアンは倒錯っぽいのが好きだし、あの人が相手ならわたしだって試したいわ」

友人のベッドでの趣味まで知りたいとは思わない。

「やめて。そこまで教えてくれなくていいわ」ドーンとシーマスが一緒にいるところを想像すると、カーラはなぜかドーンの胸の房飾りをむしり取ってやりたくなった。

「あなたみたいにお堅いストリッパーって見たことないわ」ドーンは廊下に視線を戻した。

「あら、彼ったらどこへ行っちゃったの？　一秒前にはあそこにいたのに」

カーラも廊下に顔を突き出した。ドーンの言うとおり、シーマスと女性は跡形もなく消えていた。「気味が悪いわね。でも、消えてくれてよかった」

本当に。

ところがショーツに足を通しているとき、カーラは胸騒ぎがして、いても立ってもいられなくなった。激情が猛烈な勢いで押し寄せてくる。彼の身に危険が迫っているような……。カーラは苦痛に目を閉じた。

「もう！」

「どうしたのよ？」ドーンが尋ねる。

「頭痛がするの」痛みが引くと、カーラはすぐさまジーンズとサンダルをはき、クラブの裏口へと急いだ。

2

結局、なにひとつ思ったとおりには進まなかった。ケルシーの背中をなでながら、シーマスは当たり障りのない慰めの言葉をささやきかけた。カーラにはこれ以上ないほどきっぱりと拒絶された。得意のマインドコントロールが役に立たなかったのだ。

名前を聞き出すのさえひと苦労だった。もう一度試したい気持ちはあるものの、股間《こかん》に膝蹴りを食らうだけだからやめておけ、と理性が警告している。

「ケルシー、カジノへ帰ろう」それで朝まで仕事をするもよし、早めにベッドに入るもよしだ。ただしひとりで……ベッドをともにする相手はおらず、血が欲しければ冷蔵庫で冷やしてあるものを飲むしかない。なんとも気の滅入《めい》る話だ。

「わかった。迷惑をかけてごめんなさい」ケルシーはすすり上げ、シーマスの胸から身を起こした。目の下にたまった深紅の涙を急いでぬぐう。

涙を流すヴァンパイアはそう多くない。だが、ケルシーにはぴったりだった。感情の起伏の激しさとヒステリーが、彼女の人格を支える二本柱なのだ。

「迷惑なんかじゃない」シーマスはケルシーの体を肘でつついてにっこりした。「きみは偏執狂だし、やせすぎだけどね。もっと血を飲まなきゃだめだ」

　ケルシーが目を潤ませてほほえむ。シーマスは彼女を連れて非常口を出た。今さら客席には戻りたくない。非常口から裏の駐車場に出られそうな気がした。

　ラスヴェガスの生ぬるい空気が毛布のようにシーマスを包み込んだ。猛暑や、砂漠や、罪深き都市《シン・シティー》の派手なナイトライフを好きになることなどないと思っていた。だが、この街にいれば人間に紛れて自由に生活できる。

　シーマスの予想に反して、非常口の向こうは狭い路地だった。ふと、ヴァンパイアのにおいが鼻先をかすめる。シーマスはケルシーを背後に寄せて闇《やみ》に目を凝らした。大気が敵意に震えている気がして胸が騒ぐ。路地にはすっぱいにおいが漂っていた。

「どうしたの？」ケルシーの甲高い声が拡声器を通したかのように響いた。

　念のために建物に戻れと告げようとしたシーマスは、いきなり脳天に衝撃を感じてよろめいた。まぶたの裏に火花が炸裂《さくれつ》する。彼はとっさにしゃがんで二発目の攻撃をかわし、反撃に転じた。弧を描いて繰り出した右パンチが樽《たる》のように分厚い胸に当たる。

　敵がうめいた。急いで後退したシーマスは、ようやく相手の姿を見た。はげ頭で、ずんぐりした体にシルクのシャツとスラックスを身につけた男だ。金のネックレスが月明かりに反射する。たぷたぷした顎のたるみに曲がった団子っ鼻、はれぼったいまぶたとその下からのぞく五セント硬貨のような目。つまるところ、奇襲をかけてきたのはどうしようもなく醜いヴァンパイアだった。

シーマスは相手が気の毒になった。ブルドッグをうしろから見たような顔で一〇〇〇年を生きるなんて悲惨すぎる。しかし次の瞬間、男のこぶしがみぞおちに食い込み、シーマスの腹筋をしびれさせるとともに同情を吹き飛ばした。

シーマスのパンチが男のこめかみに命中する。鈍い音がしたのに、相手はふらつきもしなかった。醜いヴァンパイアは強いヴァンパイアでもあるらしい。

「クラブのなかに戻っていろ、ケルシー」シーマスは男との間合いを探りつつ、背後のケルシーに叫んだ。決着は簡単につきそうもない。

シーマスはお坊ちゃん育ちではなかった。人間だったころはじゃがいも農家の息子で、殴り合いもしたし、戦争にも行った。ただし最近は、ランニングマシーンに乗ったりウエイトトレーニングをしたりする代わりにキーボードをたたくことが多くなり、めっきり体がなまっている。無傷で醜男《ぶおとこ》と別れることはできないだろう。

右に動いた瞬間、恐怖に青ざめて非常口に突ったっているケルシーの姿が目に入った。

「なにをしているんだ！　建物に戻れ！」

シーマスは左に動くと見せかけてもう一度右に踏み込み、男の腎臓《じんぞう》めがけてパンチを放った。男は大声でうめいたが、体を折り曲げはしなかった。まずい。頭を使って攻撃しないと、サンドバッグにされてしまう。シーマスは上体をかがめて男のみぞおちに頭突きを食らわせ、バランスを失わせた。男がよろめいたところで足払いをかけると、相手は大きな音とともに仰向《あおむ》けに倒れた。

ざまあみろと立ち上がったとき、ふたり目の男に気づいた。男はタトゥーの入ったむっちりした腕でケルシーを羽交い締めにしている。くそっ。今夜はまさに最悪の夜だ。

「彼女を放せ！」そう言われて素直に放すくらいなら襲ってくるはずがない。シーマスは自分の愚かさに心のなかでため息をついた。

「いやだね。この女はもらった」男がケルシーを抱えて後退する。彼女の足が宙に浮き、ドレスがめくれ上がって赤いショーツがのぞいた。

その無神経な行動がシーマスの怒りに火をつけた。ケルシーはうっとうしいし、くすくす笑いすぎるきらいはあるが、一人前の女性だ。そして、女性には敬意を持って接するべきだ。シーマスはタトゥー男めがけて突進し、直前でジャンプをすると、背後から首の付け根を殴りつけた。

男が前のめりにふらつき、ケルシーから手を離す。ケルシーは地面に尻もちをついた。

そのとき、シーマスは醜男が起き上がっているのに気づいた。

さらに建物の陰から敏捷《びんしょう》そうな第三の男が現れて言った。「フォックスと女をとらえろ」

その男と目を合わせたシーマスは、ほかのふたりに欠けている知性の光を見て取った。

おもしろくなってきた。

助けを呼ぶことはできない。イーサンに聞こえてしまう。ヴァンパイアの大統領をストリップ・クラブの裏に呼びつけて、荒くれどもと戦わせるなど言語道断だ。マスコミにかぎつけられたら、それこそひどいダメージをこうむる。

「そいつの頭を切り落とせ」賢そうな男が命令し、刃渡り二〇センチはあるナイフを醜男に渡した。

切るまねだけで勘弁してくれないだろうか。シーマスはケルシーとの距離を目測した。ふたりの男たちより速く飛べる自信はある。三番目の男がボスらしいが、まだ若いヴァンパイアだ。

ところがその第三の男がケルシーに一緒に来いと声をかけてきびすを返すと、彼女はよろよろと立ち上がってドレスを直し、シーマスを振り返りもせずに歩き始めた。忠犬失格だ。騎士道精神を発揮したばかりに、こんなところで頭を切り落とされるのか……皮肉な話だ、とシーマスは思った。人間だったときもギロチン台で死にかけた。今、また同じ方法で命を落とそうとしている。

そうなっても、イーサン以外に死を悼んでくれる人もいない。

そう思うと、生きてこの場をくぐり抜けられたとしても自殺したくなった。

リンゴはケルシーがついてくると確信して、閉店した土産物店の入口へとまっすぐに歩いていった。それから振り向いてケルシーの手を取り、暗がりに引き込む。

「生きていたのか！」彼はそう言って、豊かな黒髪とダークブラウンの瞳、そして白くなめらかな肌と真っ赤な唇をひとつひとつ確かめた。胸元の大きく開いた大胆なドレスよりも、怯《おび》えた表情が気にかかる。そこに以前のような笑みはまったくなかった。

ケルシーは目を見開いた。

「あなたは誰？　なぜそっとしておいてくれないの？」

リンゴはケルシーの手を放して顎をさすった。どういうことだ？　おれを覚えていないのか？　まあ、そのほうがいいのかもしれない。こっちだって、ケルシーが標的とは知らなかった。指令はフォックスとその恋人を殺すこと。従わなければ、血の供給が絶たれてしまう。人間だったときも、ヴァンパイアになってからも、仕事のルールは心得ている。それが殺し屋というものだ。

しかしリンゴはかつて、ケルシーが何発もの銃弾を浴びて倒れるところを見た。あれは彼がヴァンパイアに転生する前、誰に戦いを挑んでいるかを理解する前のことだ。今、目の前にいるのは明らかにヴァンパイアだ。ケルシーは以前からヴァンパイアだったのかもしれない。それにしても、おれを覚えていないとは。

「きみはおれを知ってる」リンゴはケルシーに向かって心を開いた。以前、彼女はリンゴの心を読むことができた。考えていることを片っ端から言い当てられて、リンゴは気味が悪くなったほどだ。ここで再びケルシーに心を開いた理由は自分でもわからない。なぜ思い出してほしいなどと思うのか……。

人間だったころの自分との唯一の接点だからだろうか？　彼女は、血液欲しさにドナテッリの子分になり下がる前のリンゴを知っている唯一の存在だ。

「わたしを殺しに来たのね？」ケルシーは歩道のほうへあとずさりした。むき出しの肩を外灯が照らす。

「ちがう」最初はそのつもりだった。だが、ケルシーだと知った今、殺すことはできない。シーマス・フォックスにならまばたきもせずにとどめを刺せるが、ケルシーに対しては無理だ。彼女はリンゴが最後に人間らしい感情を抱いた相手だった。ヴァンパイアになってまだ数週間だが、彼の人間性ははるか昔から失われていた。例外は、ケルシーを助けるために自らの命を危険にさらしたあの一瞬だけだ。

ケルシーは歯をかたかた鳴らし、自分の体にきつく腕を巻きつけていた。リンゴのことを思い出した気配はない。彼女から伝わってくるのは恐怖だけだ。

「なんてこった。やつらになにをされた？」リンゴは相手の心を読むのが苦手だった。そもそも他人の心などのぞきたいとも思わなかったが、それでもケルシーの思考に耳を澄ました。パニックの波が伝わってくる。彼の知っているケルシーはこんなふうではなかった。とぼけていて、人をいらいらさせるのが天才的にうまくて、それでも自分に自信を持っていた。銃で撃たれたあとに、どれほどむごい仕打ちをされたのだろう？

突然、ケルシーが歩道に崩れ落ちた。リンゴは驚いて抱きとめることさえできなかった。

「ケルシー？」今どき気絶する女なんているのか？　こんなふうに倒れる女を見たのは、かつての恋人がダイエットの薬を用量の三倍のんだときだけだ。

リンゴはケルシーに近づいた。気絶の仕方はお世辞にも優雅とは言えなかった。ちっぽけなドレスから片方の乳房が飛び出しているし、頭は排水溝に落ちかけている。ハイヒールが片方脱げて、青白い腿と赤いショーツがのぞいていた。

こんな状態で置き去りにはできない。

ケルシーにかかわるといつもこうだ。リンゴは腹立ち紛れにごみ箱を蹴った。ごみ箱は一〇メートル先の店のショーウィンドーを突き破った。窓ガラスの割れる音に少しだけ気が晴れる。リンゴはケルシーを抱き上げ、まだ飛べないことをうらめしく思いながら歩き始めた。

彼女がふっと意識を取り戻して尋ねた。「どこに行くの？」

行き先は地獄かもしれない。「家だ。きみを家へ連れて帰る」


カーラはジーンズとサンダルとサテンのローブ姿で路地に飛び出した自分が信じられなかった。ノーブラで、携帯電話も財布も持っていない。

きっと頭がどうかしてしまったのだ。今日はボトル入りの水しか口にしていないが、そうでなければ薬をのまされたのかと疑うところだ。それ以外のどんな理由で、裏路地の物陰からシーマスを見守るっていうの？　シーマス……というのが本名かどうかはわからないが、彼は趣味の悪い服を着た太った男たちと乱闘していた。

それもただの乱闘ではない。彼らの動きは人間離れしていた。最初はパンチの応酬だったのに、途中からシーマスは、映画『グリーン・デスティニー』で繰り広げられる華麗なワイヤーアクションもどきの超人的な技を披露し始めた。彼はとんでもないスピードで動きまわる黒い影となり、ある時点では——誓ってもいいけれど——垂直に上昇した。

恐怖のあまり、カーラは硬直していた。こっそり建物のなかへ戻ろうにも、見つかるのが怖くて動けない。人数的にシーマスが劣勢なのはまちがいないが、自分が出ていったとしても役に立てるとは思えなかった。カーラが天から授かった才能は、裸で踊ることと動物の世話をすることだ。こんなところで腰を振るとか爪を切るとかしてどうにかなるはずもない。殴り合いを続けさせるしかないという結論に至ったものの、非常口は遠い。

〝カーラ？〟じっとしていれば見つからないだろうという期待に反して、シーマスの声が響いた。

しかも、耳で聞いたのではない。声は彼女の頭のなかに直接入ってきた。カーラは神経質に唇をなめた。〝なに？〟ためらいがちにささやき返す。声は出さなかったが、思考と連動して唇が動いた。

〝建物のなかへ戻るんだ〟

再びシーマスの声が頭に響いたので、カーラは尻もちをついて倒れ込んだ。彼は太った男を煉瓦《れんが》の壁にたたきつけている最中で、こちらを見てもいない。

〝まじめな話、こいつらはぼくを殺す気だ。なかへ戻れ〟

それはいい考えだ。飽きずにパンチを繰り出す毛深いデブ男から逃れられる。だが、どうしても足が動かなかった。シーマスひとりを残して逃げるのが正しいこととは思えない。カーラはやきもきして爪を噛んだ。ドアまで走れば、警察に電話をかけて助けを呼べる。そうするのが賢明だ。

カーラは立ち上がった。壁にぴったりと体をつけ、物陰をじりじりと非常口へ向かう。そのときシーマスが二メートルほど浮き上がって、敵の後頭部を蹴った。それまでに見たなかでも断トツに驚異的な動きだ。大男は倒れるかと思いきや、うなり声を上げて歯をむいた。外灯の光が男の顔と口を……長い牙をくっきりと照らし出した。

「嘘《うそ》!」口に手を当てたが遅かった。あれは特大の犬歯なんかじゃない。牙だ。しかも、シーマスは超能力者みたいに宙に浮いたまま……。

なにかが決定的におかしい。

大男がカーラの存在に気づいた。

「おまえは誰だ?」さっきまでコンクリートにキスをしていた男がむっくりと起き上がり、薄笑いを浮かべてカーラのほうへ近づいてくる。シーマスに羽交い締めにされている男よりも多少は見られる顔をしているが、いかにも間抜けそうだ。

「彼女に手を出すな! あとで記憶を消す」シーマスが言った。

記憶を消す? 冗談じゃないわ。カーラはドアへ直行した。

間抜け男が鼻の穴を大きくして、彼女の進路に立ちふさがる。「いいにおいがする」

カーラは顔をしかめた。褒められた気はしなかったが、相手を怒らせないように小声で応じた。「ありがとう」

きびすを返して大通りまで走れば、誰かが助けてくれるかもしれない。カーラはシーマスをちらりと見た。彼はまだ醜男を押さえつけている。けれども醜男がお返しとばかりに、シーマスの頭を煉瓦の壁にぶつけた。カーラは眉をひそめた。あれは相当痛いはずだ。脳に障害が出るんじゃないかしら？

シーマスは助けに来られそうもない。そのあいだにも、間抜け男が口を大きく開けて覆いかぶさろうとしてくる。

「きっと味もいいんだろうな」男が言った。

最低！　なんとかしないと。「あっ！」カーラは男の右うしろを指さした。

「なんだ？」男が振り返る。

カーラは反対を向いて大通りまで走った。

うまくいったわ！

ところが彼女が通りに飛び出すのとタイミングを同じくして、一台の車が走ってきた。勢いがついていたカーラは、ＲＶ車に気づいてもとまることができなかった。衝突の瞬間、全身にすさまじい衝撃が走り、脳みそがガタガタと揺れ、肺の空気がすべて押し出された。カーラはなすすべもなく宙に投げ飛ばされた。悲鳴が喉に張りつく。

まずいわ。

カーラは地面に落下した。痛みで体がばらばらになったかのようだ。あちこちから不気味な音が聞こえ、目に涙があふれた。

そして、なにも感じなくなった。

3

シーマスはまず、むせ返るような血のにおいに気づいた。ＲＶ車がバックして走り去る。運転している男はパニックを起こしているらしく、ショックとアルコールのせいでうつろな目をしていた。車がなくなったので、道路の先に横たわっているカーラの全身が目に入った。胴の下で脚が奇妙な角度にねじ曲がり、頭部からは血がしたたっていた。

シーマスは走った。醜男と間抜け男が互いをののしりながらあとに続く。

「おまえのせいだぞ！」

「おれだと？　おれがなにをした？」

「頭じゃなくて牙で考えただろう？　だからあの女が死んだんだ。フォックスは生きてるし、もうひとりの女は消えちまった！」

シーマスは男たちの争いを遠くで聞いていた。自分の名前が意識の片隅をかすめる。無差別に攻撃してきたわけではなかったということか……。しかし、深く追及している場合ではない。カーラを助けなければ。シーマスは地面に膝をつき、彼女の髪のあいだに手を入れて首筋を探った。集中すると脈動が感じられるものの、不規則で弱い。生きていることを願うあまり、ありもしない脈の音を聞いたつもりになっているのかもしれない。

カーラが死ぬなんてあり得ない。そんなことになったら自分のせいだ。バックステージまで押しかけて思考を同調させ、マインドコントロールしようとした。彼女はきっと、ぼくの身に起きた異変を感知したにちがいない。それで様子を見に来てこんなことに……罪の意識に押しつぶされそうだ。フランス革命のときも、そのせいで窒息しそうになった。イーサンが無理やり立ち直らせてくれなかったら、精神を病んでいただろう。また同じ状況に耐えられるとは思えない。

カーラの脈が途切れた。「ちくしょう！」シーマスは彼女の長い髪をかき分け、その首に上体を寄せた。

「死んでいるぜ」

「黙れ！」

「味見しちゃだめか？」もうひとりの男が言う。「血が冷たくなる前にさ」

シーマスのなかで、堪忍袋の緒が切れる音がした。立ち上がって醜男の手からナイフをむしり取る。「薄汚い心臓にこれを突きたてられたくなかったら、さっさと消えろ！」

醜男がばかにしたように笑った。「やってみろよ」

シーマスは望みどおりにしてやった。醜男の胸をナイフで突いたのだ。ナイフはずぶずぶと音をたてながら、肉づきのいい胸に沈んだ。

「マジでやりやがったな！」男は胸を押さえ、悪態をつきながらよろよろとあとずさった。

「ひでえ野郎だ！」

間抜け男はけたたましい笑い声をあげるだけで、仲間を助けようとはしなかった。シーマスは近くに落ちていた金属片を拾った。ＲＶ車の車体の一部だろう。そして間抜け男が反応もできないうちに、仲間と同じ位置をそれで刺して笑いをとめてやった。木の杭《くい》ではないので死にはしないが、地獄の苦しみにちがいない。

「なんてことをしやがる！」間抜け男は憤慨して傷を見下ろした。「その女を殺すつもりなんてなかったんだ。おれのせいじゃねえ。人間がもろすぎるせいだ」

「だが、おまえたちはぼくを殺しに来たんだろう？」無駄だと知りつつも、シーマスは自分のシャツの裾《すそ》でカーラの頭部を圧迫した。自己嫌悪で吐き気がした。

「そりゃあ……」ふたりは顔を見合わせた。どちらも胸を押さえて顔をしかめている。「そうだが」

「首を切断されたくなければとっとと消えろ！」

男たちはそれが脅しでないことを悟り、責任をなすりつけ合いながらよろよろと逃げていった。

シーマスは傷口を圧迫するのをやめた。シャツの裾は血を吸って重くなっている。カーラの手を取って脈を探したが、生命の兆候はなかった。

みじんもなかった。

ショックと苦痛に顔をゆがませていても、カーラは美しい女性だった。ローブがはだけて、青白い乳房がのぞいている。呼吸している様子はない。シーマスはローブの胸元を直し、奇妙にねじ曲がった脚を体の下から出して、唇と頬にかかった髪を払ってやった。

「ちくしょう！」自分がなにをしようとしているかはわかっている。そんな行為は想像すらすべきでないことも。シーマスは立ち上がって、彼女の前をうろうろと歩いた。道路に流れた血のにおいに胃がよじれる。「賢い選択とは言えないぞ、シーマス」

それどころか、とんでもなく愚かな行為だ。大統領選挙を目前にして、一票でも多く獲得しようと奮闘しているときに、選挙対策マネージャー自らが人間をヴァンパイアに転生させたとなれば、非難を浴びるのはまちがいない。ヴァンパイアの数を一定に保つというイーサンの政治方針にもそむくことになる。最新の統計ではイーサンの支持率は五二パーセントでわずかにドナテッリを上まわっているものの、二パーセントなど誤差の範囲内だ。

「くそっ、くそっ、くそっ！」シーマスは髪をかき上げてカーラの体を見下ろした。頭部から肩にかけて赤黒くねばねばした血がこびりついているのに、目尻のアイラインはまったく崩れていない。バックステージでシーマスを虜《とりこ》にしたセクシーな猫の目だ。

「どうしてこんなことに」カーラを見捨てるなんてできない。このまま立ち去るなどできるわけがなかった。彼女が死んだのはぼくのせいだ。なんとしても助けなければならない。

「きみが夜型でよかった」シーマスは再びしゃがみ込み、声を出すことで自分を奮いたたせた。「こう考えるといい。これから先、ダンサーとして食いっぱぐれることはない。体のラインはいつまでも変わらないんだから。それって最高じゃないか？」シーマスはぐったりした体を抱き上げて路地へ戻った。「そうだろう?」

返事を期待するように問いかける。シーマスが無駄話をやめて噛まなければ、カーラが口を開くことはない。

ぼくならできる。シーマスは彼女の首筋をむき出しにした。カーラの頭がうしろへ傾き、長い髪が地面に垂れる。彼は眉間《みけん》にしわを寄せた。まちがいなく死んでいる。白い肌に頸動脈《けいどうみゃく》が浮き上がっていた。シーマスは深く息を吸って顔を近づけると、怖《お》じ気《け》づく前にすべすべした肌に牙を立てた。

彼女がまったく動かないのが怖かった。心臓はぴくりとも動いていない。血管に血が送り出されないので、普通よりも強く吸い上げなければならなかった。なんの思考も伝わってこない。生きた人間の血を吸うときに感じる雑多な感情や混乱、性的欲求、くすぐったい高揚もない。

カーラは死んでいるのだ。血を吸うシーマスの口元に力がこもった。こんなのは不公平だ。孤独な生活はやめようと決意したその夜に、自分のせいでまたしても人間を死なせてしまうなんて。カーラを転生させたとしても、ぼくにはヴァンパイアとして彼女を導く責任がある。ケルシーがふたりになるようなものだ。

シーマスは動かしがたい運命を思い知らされていた。彼の一生は楽しむためのものではない。人間だったときも働きづめだった。ヴァンパイアになっても同じだ。それを定めとして受け入れなければならない。そうしてやっていくしかないのだ。

カーラの体から完全に血が抜けると、シーマスは膨満感に気分の悪さを覚えながら牙を抜いた。歯で自分の手首を切って、カーラの唇に血を垂らす。彼女は無反応だった。そこで指を使って口をこじ開け、舌の上に直接血をしたたらせた。さらに飲みやすいよう顎を持ち上げる。六〇秒後、カーラの体がかすかに動いた。彼女の腕がシーマスの腿を押す。

カーラはもがき始めた。血から顔をそむけ、シーマスの体を弱々しくたたく。

「もう大丈夫だ。心配はいらない」

シーマスはぎこちなくなだめた。子供のとき母親にあやされた経験があればやり方がわかるのかもしれないが、彼の父親は子供が具合が悪くなると鍛え方が足りないと頭をたたくようなタイプだった。出産で死んだ母が父の子育て哲学に賛同したかどうかはわからない。加えて、過去二〇〇年ほど女性とのつき合いを避けていたため、怯えている相手をどうやって安心させればいいか見当もつかなかった。

だいたいカーラが血に抵抗する理由がわからない。彼女はシーマスの手首をたたき、嫌悪の表情を浮かべて血を飲むまいとしている。ほとんどの人間はヴァンパイアの血に魅了され、貪欲《どんよく》に求めるものなのに。とくに最初のときは、放っておくと腹が張り裂けるまで飲もうとするのが普通だ。ところがカーラは、腐敗物のにおいでもかいだように鼻にしわを寄せている。

マインドコントロールに抗《あらが》い、コーヒーの誘いを断って、今度は血を飲むまいとする。たったひと晩のうちに、同じ女性に何回拒まれればいいのだろう？

その答えは知りたくなかった。

「カーラ、飲まなきゃだめだ」

もう引き返すことはできない。ヴァンパイアの血を飲まなければ、転生には耐えられない。その結果がどうなるかはシーマスにもわからなかった。餓死するのかもしれない。飢えて死ぬなんて、事故よりも悪い。

シーマスはもう片方の手首も切った。カーラに飲ませるためではなく、血の香りを濃くして食欲を刺激しようとしたのだ。カーラの頭を自分の膝の上にのせ、腹部に脚をまわして地面に押しつける。それから右手で彼女の後頭部を支え、左手を顔の上に掲げて口内に血をしたたらせた。今度こそ飲んでくれることを祈って。

カーラは相変わらず顔をしかめて横を向こうとしたが、同時に舌を出して唇についた血をなめた。シーマスはほっとして、飲みやすいように右手を彼女の唇に当てた。カーラの手が彼の膝を弱々しくつかむ。シーマスは押しのけられるかと思ったが、カーラは力を抜いて血を飲み始めた。

「いい子だ。すぐに気分がよくなる」そうだといいのだが……。

五分後、カーラはぱっちりと目を開け、シーマスの手首から勢いよく口を離した。

「コーヒーなんか飲みたくないって言ったでしょう！」

シーマスは疲れた笑い声をあげた。カーラは明らかに怒っていた。ダークブラウンの瞳をらんらんと輝かせている。感謝でもなければ性的な高ぶりでもないが、それでもよかった。

死んでいるときに比べれば格段の進歩だ。

「コーヒーじゃないよ。誓ってちがう」

「ひどい味だったわ」カーラが口をぬぐった。「だいたい、どうしてあなたの膝に寝かされているの？　薬でものませた？」

ぼくは女性に薬をのませるような卑劣漢に見えるのだろうか？　自尊心が傷ついたが、事故のショックで気が立っているせいだと自分を慰めた。「まさか。きみは車にひかれたんだ」

ヴァンパイアになったと告げるよりはましだろう。

カーラが目を見開く。「どこかけがをしたの？　そういえば、なんだか頭がくらくらする。カクテルを飲んだみたいにぼうっとして……ねえ、これってわたしの血？」

カーラがシーマスの手首をつかんで自分の顔の前にかざした。

「血だらけじゃない。なのに、どこも痛くないわ。救急車は来るの？」

シーマスは彼女の手から腕を抜いた。カーラが立ち上がろうともがく。次はなんと言えばいいのだろう。「カーラ、きみは事故で負傷した。でも、ぼくの血を飲んで回復した」

うまい説明とは言えない。

「なんですって？」カーラは息をのんで肘をつき、シーマスから離れようとした。「やっぱりあなたは危ないわ。最初に見たときからわかっていたのよ。わたしの読みは正しかった。だって、教えたくもないのに名前を教えてしまったし、あなたの身に悪いことが起きる気がして路地へ出たら、あなたが頭のなかに入ってきた……というか、頭のなかであなたの声が聞こえたし。これはなにかのゲームなの？」

カーラが息継ぎのために言葉を切ったとき、シーマスはまだ、自分が人間でないことをどう説明すべきか思案中だった。

「わたし、血なんか飲んでいないわよね？」カーラの視線がシーマスの手首に落ちる。傷は癒《い》えているが、血はついていた。

「それは……」誰か助けてくれないだろうか？　どう答えればいいかわからない。しかし、こんなところに誰も来るわけがない。自分がやったことなのだから、きちんとけりをつけなければ。

カーラが唇にふれて指先を見た。シーマスの血で深紅に染まっている。

「最低！　本当に血を飲ませたのね！　気持ち悪い！」カーラは横を向いて嘔吐《おうと》した。シーマスの血がアスファルトにぶちまけられる。

シーマスはうしろへ飛びのいた。「なんてことだ！」そんなことをするとは思ってもみなかった。「カーラ、落ち着いてくれ。ちゃんと説明するから」

シーマスは彼女の顔にかかった髪を払おうとした。カーラがその手をぴしゃりと打つ。

「さわらないでよ！　いやだ、真っ赤じゃない。こんなものが胃に入っていたなんて最低！」カーラはまた吐こうとした。

「落ち着いて、大丈夫だから。血をあげなければならなかったんだ。きみは死んだ。車にひかれて死んだんだよ。きみに血をあげたのは、ぼくと同じヴァンパイアにするためだ」

　カーラはわずかに首をかしげてシーマスを見た。膝立ちで、顔の半分は髪に隠れている。沈黙が落ちた。シーマスは彼女の反応を待った。もしかすると、理解してくれたのかもしれない。そう思った瞬間、カーラは声を限りに叫び始めた。

「助けて！　誰か助けて！」立ち上がってストリップ・クラブのドアに駆け寄る。脚の骨折はすっかり治ったらしい。「火事よ！　みんな避難して！」

　まずい。これ以上はないほどまずい事態だ。

　シーマスは猛烈な速さでカーラとの距離を詰めた。彼女が開けたドアを勢いよく閉める。

「カーラ、そんなことをしてはだめだ」彼はやさしく、けれど有無を言わさぬ態度でカーラの腰に腕をまわした。

　彼女は手足を振りまわし、激しく体をよじった。「放してよ、この変態！」

「きみを傷つけたりしない。助けたいんだ。すべてうまくいくから」

　カーラはひたすら逃れようともがいた。シーマスの足を踏みつけ、耳を手のひらでたたく。

　シーマスは多少の耳鳴りを感じつつも、やすやすと彼女を拘束した。

「これからきみをぼくの家に連れていく。そこで話し合おう。全部説明するよ」

　カーラは悲鳴をあげた。「あなたとなんてどこにも行かないから！」そう言ってシーマスのすねを蹴り、目玉を引っかこうとする。シーマスはその手をよけた。カーラはめげずにTシャツから出ている腕に嚙みついた。

　それは身を守ろうとする本能的な動作だったのだろう。しかし、すぐに別のものに変わった。彼女が血を吸い始めたのだ。生えたばかりの牙がシーマスの皮膚に突き刺さる。予期せぬ感覚に彼はびくりとした。ぴったりと押しつけられたカーラの肌が赤みを帯び、さらさらした髪が胸をなでる。シーマスは一気に高ぶり、快感に身震いした。硬くなったものがカーラの腿を圧迫する。

カーラはしばらく血を吸ったあと、急に体を離した。口の端についた血をなめて大きく息を吸う。しわの寄った鼻やとがった口元に嫌悪感が表れていた。

「あ……あなたは本当にヴァンパイアなの？」

シーマスはうなずいた。

「わたしも？」

シーマスは再びうなずき、空いた手でシルクのローブに包まれたカーラの背中をなでた。

「そうだ」

「そんなはずないわ」カーラはまた体を離そうとした。

ホテルに戻る時間だ。「ぼくにつかまって」シーマスは彼女の体をしっかり抱えて垂直上昇し、ストリップ・クラブの上空で静止した。空を飛べば、カジノホテル〈アヴァ〉の部屋までは何分もかからない。

カーラが悲鳴をあげてシーマスの腰にしがみついた。シーマスはカーラの瞳を見下ろして、心に直接訴えた。〝きみを家に連れていく〟強風のなかで話すためには怒鳴らなければならないし、心で会話することで自分が人間ではないと伝えたかった。彼女も今や同類だ。

カーラが頭を前後に揺すって歯ぎしりをした。「いやよ」

シーマスは彼女の額にキスをした。理由などない。直感的な行動だった。

〝大丈夫だ。きみの安全は約束する〟

「わたしたち、本当に空を飛んでいるの？」

〝ああ〟

「高いところは苦手なのよ」

〝下さえ見なければいい〟

それは高所恐怖症の人には言ってはならない言葉だった。

反射的に下を見たカーラは、身を震わせて気絶した。

シーマスはカーラを抱えてイーサンの部屋のバルコニーに着地した。ガラス張りの引き戸をノックしながら自分を呪《のろ》う。入念に計画したとしても、これほどの面倒は起こせないだろう。

イーサンの妻のアレクシスがカーテンを引き、シーマスを見てぽかんと口を開けた。

「あら、まあ……！」彼女は引き戸を大きく開けて、シーマスの全身を眺めまわした。

「なにも言わないでくれ」

シーマスは相変わらず気絶しているカーラを抱え、アレクシスの脇をすり抜けた。アレクシスとは心から打ち解けているとは言えない。彼女はいつもルールを無視してシーマスをいらだたせるからだ。しかし転生したばかりのヴァンパイアを抱えている今は、アレクシスを批判できる立場になかった。

「なにも言っていないじゃない。だいいち、非難するつもりなんてこれっぽっちもなかったわ」アレクシスはスウェットパンツとTシャツ姿だった。コーヒーテーブルの上には、ノートパソコンと書類の山、ワインが半分ほど入ったグラスが置いてある。「飲み物はいる？　着替えは？　それとも偽善者協会の会員証のほうがいいかしら？」

嫌みを言われてもしかたがない。アレクシスが転生したとき、シーマスは諸手《もろて》を挙げて歓迎したわけではなかった。

「いらない。ぼくの部屋へ連れていって着替えさせる。手をわずらわせてすまなかった。こういうバルコニーがあるのはイーサンの部屋だけだし、彼女を連れてロビーを通りたくなかったんだ」

アレクシスが鼻を鳴らした。

「それはそうでしょうね。イーサンに電話をかけましょうか？」

「やめてくれ！」叫んだあとで、過剰に反応したのを後悔した。

「怒鳴らないでよ」アレクシスはカーラを見下ろした。「彼女の名前は？　どうして血だらけで気絶しているの？　呼吸をしているから、生きているのはわかるけど。本当に深刻な状況なら救急車を呼んだでしょうし」

「名前はカーラ。さっき出会ったストリッパーで、今のところは大丈夫だ」残りは説明したくない。「このことはしばらく黙っていてもらえるとうれしいんだが」

「ストリッパーですって？　あなたにそんな趣味があるなんて初耳だわ」アレクシスはにんまりした。「いずれにせよ、彼女の意識が戻ってシルクのローブ以外のものを着たくなったら、喜んでTシャツを進呈するわ」

シーマスの思考回路はまだそこまで到達しておらず、ともかく自分の部屋に連れていかなければというあたりで停止していた。

「ありがとう。だけど、Tシャツならぼくも持っている」

「あなたって本当に偏屈ね」アレクシスは出口へ向かうシーマスのあとをついてきた。

「なにを言っているのかわからないね」シーマスはカーラを抱き直し、窮屈な姿勢でドアノブに手を伸ばした。

「他人の助けを借りるのが死ぬほどいやなんでしょう？　助けを呼べないまま、しわしわに干からびて死んじゃうわよ」

そんなことはない。自立しているだけだ。必要なときは助けを呼ぶことだってできる。

「知った口をきかないでくれ。助けくらい呼べる」シーマスは廊下に出た。「すまないが、尻のポケットからカードキーを出してくれないか？　財布のなかに入っている。この状態じゃ、自分で取り出せそうにないからね」

「いいわよ」

「ほら、助けくらい借りられるじゃないか」アレクシスがジーンズの尻ポケットに手を伸ばしたので、シーマスは少し身じろぎした。

「そうね。恩知らずの嫌み野郎みたいな態度だけど、まあいいわ」

「ぼくの妻がきみの尻に手をあてがっている理由はなんだ?」一メートルほどうしろから、イーサンの声がした。

今夜は踏んだり蹴ったりだ。「ポケットから財布を出してくれとぼくが頼んだ」

「おもしろい言い訳ならいくらでも思いつくけど」アレクシスが口を挟む。「でもね、ハニー、シーマスは急いでいるの。血だらけのお嬢さんを抱えているから」

「シーマス?」イーサンは静かな声で尋ねた。

アレクシスはヴァンパイアとして未熟なので気づかないかもしれないが、マスター・ヴァンパイアであるイーサンの目はごまかせない。シーマスはきつく目を閉じ、友人であり、師であり、自分を転生させたヴァンパイアでもあるイーサンに向き直った。

「話し合いはぼくの部屋へ行ってからでもいいかな?」

イーサンはカーラを観察した。「話ならあとでいい。彼女の面倒を見てやれ。もし彼女が女性の話し相手を必要としたら、アレクシスが喜んで転生のいろはを教えてやれる」

「転生ですって?」アレクシスはシーマスにカードキーを手渡しながら調子外れな声をあげた。「その人を転生させたの?　ちょっとシーマス!」

「静かにするんだ」イーサンがたしなめ、妻を部屋のなかに押し戻した。アレクシスはイーサンをたたき返したが、素直に部屋へ入った。

「恩に着るよ、イーサン」シーマスはカーラを抱え直した。「それから、ケルシーがまた消えたんだ。ぼくと一緒にスプリング・マウンテンの〈お熱いのがお好き〉にいるところを襲撃された。ケルシーに連絡を取ってみてくれないか？」

質問したいことがいくつもあるだろうに、イーサンは黙ってうなずいた。「もちろんだ」

「ありがとう」シーマスは廊下を進み、カードキーを使って自室に入ると、カーラをそっとベッドに横たえた。

これからどうすればいいのかまったくわからない。

カーラは血まみれだった。頬にも喉にも胸にも髪にも血がこびりつき、さらに腕を伝った血がローブの背中の部分にしみ込んでいた。

顔と腕を洗ってやるくらいはできそうだ。

洗っているあいだに、彼女に言うべきせりふがひらめくかもしれない。

カーラはすばらしい夢を見ていた。エジプトの女王になって、筋骨たくましい奴隷に体を洗われているのだ。大きく力強い手で腕や首や胸をこすられると、乳首がとがり、脚の付け根が熱を持った。

浴槽に体を伸ばし、薄目を開けて自分に奉仕している奴隷の姿を確かめる。

奴隷はシーマス・フォックスに——あのクラブにいた変態に驚くほどよく似ていた。なぜあの男が夢に出てくるのだろう。彼に会ったあとで家に帰った記憶はない。

シーマスは夢のなかでも真剣な表情をしていた。ストリップ・クラブでわたしを見つめていたときと同じだ。魂までも見透かすような目つき。彼の顔が近づいてきたので、びくりとする。きっと乳首を口に含んで強く吸うつもりだ。そうしてほしくてたまらない。

ところが、シーマスは身をこわばらせてうめいた。「ああ！」

カーラは眉をひそめた。エジプトの奴隷がそんなふうにうめくだろうか。それに、なんだか顎がひんやりする。

「エジプトの奴隷だって？」シーマスがそう言って上体を近づけてきた。手にタオルを握りしめている。「カーラ……」

なんてこと！　眠っていたわけじゃなかったのね。現実が一気に襲ってくる。カーラはローブとジーンズ姿で、見たこともない部屋に横たわっていた。本当に入浴していたかのように肌が湿っている。彼女はシーマスの手に握られたタオルを見つめた。血だらけだ。

カーラはパニックに襲われて起き上がろうとした。そうだ、互いに超人的な技がくり出される乱闘を見て、車にはねられて、血を吐いたんだわ！

「気を楽にして。まだ転生に体が慣れていないんだから」シーマスは彼女をベッドに押し戻した。

「転生？」思い出した。この男は自分をヴァンパイアと言った。わたしもそうなったと。すばらしい夢どころじゃない。悪夢だわ。悪夢が現実になった。「シーマス……っていうのは本名なの？」

「本名だ」

「わたしは本当にヴァンパイアになったのかしら？」

「そうだ」

それはカーラが望んでいた答えではなかった。いやな展開だ。最悪と言っていい。カーラは一万個ほどの醜くてヒステリックな感情を乗り越え、シーマスの整った顔を見上げて、そこにやさしい感情を――同情や親しみを――見つけようとした。しかし、彼はばつが悪そうに顔をしかめただけだった。

「きっとうまくいく」

「あなたなんて大嫌いよ！」カーラは不覚にも泣き出してしまった。

シーマスがタオルを落とし、彼女の頭をぽんぽんとたたく。

「くそっ、頼むから泣かないでくれ。大丈夫だから」

カーラは彼の手を払った。犬扱いされた気がした。「だったら、どこかに行って死んでちょうだい！」そう言ってからヒステリックに笑い、苦しげに鼻を鳴らした。「でも、無理よね？　死ねないんでしょう？」

「そうだ」シーマスが当惑した顔でうなずく。「きみもだよ」

カーラはシーマスの胸を突いて上体を起こした。心細くてたまらないのに、シーマスにのぞきこまれては寝ているわけにいかない。彼女は嗚咽《おえつ》をのみ込んだ。

「道端に転がしておいてくれたらよかったのに。ヴァンパイアになんてなりたくなかった。

血なんて嫌いだし、黒も嫌いよ。わたしは獣医学校に通っていて、家には犬が三匹と猫が二匹いるんだから！」

ペットのことを思い出すと気が動転した。「わたしのベイビーたちが！　あの子たちはどうなるの？　隣の人に電話をかけて、朝になったら外に出してもらわなきゃ。いつも夜中の三時には帰宅するようにしているのに」

「きみの……ベイビー？」

「わたしのペットよ！　ラブラドール・レトリバーが二匹とチワワがいるの。黒猫としま猫もね」カーラは立ち上がり、ローブの胸元をかき合わせて部屋のなかを見まわした。出口はどこ？　わたしは死んだのかもしれないが、囚人になったわけじゃない。カーラはドアに突進した。

だが、一メートルも進まないうちに膝から力が抜けた。あと五センチでカーペットとご対面というところで、シーマスが抱きとめてくれた。

「危ないよ。焦らないで。少し休んだほうがいい」シーマスは腕のなかのカーラにほほえみかけた。

またしても例の魅力的な笑顔だ。いまいましいことに、体が自然に反応してしまう。彼に胸をこすられたときの記憶がよみがえり、体がほてって頭がぼうっとした。シーマスは本当にハンサムだ。

「ペットはぼくに任せてくれ」シーマスが低い声で言った。「道で死んでいたきみを放っておけなかったのは、きみが事故に遭ったことに責任を感じたからだ。本当に悪かった。すまない」

　苦しげな表情を前に、怒りを持続するのは難しかった。カーラは少しだけ体の力を抜き、ヴァンパイアになっていなかったらどうなっていたかを想像した。死ぬなんて絶対にごめんだ。死ぬ代わりにヴァンパイアになったのなら、それほど悪くないのかもしれない。人生設計を修正すればすむ。いずれにしても家に帰って、ひとりになって考えたい。

「だめだ、家に帰らせるわけにはいかない。ひとりでも大丈夫だとわかるまでは、ぼくと一緒にいるんだ」シーマスがにっこりした。「そのうち、エジプト人奴隷の夢を試してみるのもいいかもしれない」

「なんですって?」カーラは真っ赤になって、彼の腕から逃れようともがいた。「なんの話かわからないわ!」この男ときたら、わたしの考えを読んでいるんだわ。頭のなかから勝手に情報を抜き出している。

「そうだ」シーマスはまったく悪びれずに言った。

「それってとんでもなく失礼だわ!」どうにか床に足をつけることはできたものの、彼は腰から手を離してくれなかった。

　シーマスが平然と肩をすくめた。

「ヴァンパイアの能力のひとつだよ。ぼくの得意技でもある」

「なんでもいいけど、今すぐやめて!」カーラは体をひねってうしろにのけぞったが、たちまちたくましい胸に引き戻された。唇がコットンのTシャツにこすれる。

カーラはあきらめなかった。今度はしゃがんで脱出を試みる。すかさずシーマスがカーラの肩を押さえた。普通の男の一〇倍は腕力がありそうだ。これがヴァンパイアの力だろうか？　シーマスは顔色ひとつ変えていない。カーラは急に、彼の下腹部が目の前にあるのに気づいた。ジーンズに包まれた腿に鼻を押しつけた格好では、携帯電話とは別のふくらみがいやおうなしに視界に入ってくる。

「ごめんなさい」カーラは小さな声で言った。こんな体勢になるつもりではなかった。

「ぼくはどちらかというと楽しんでいるけれどね」シーマスがおかしそうに言って、彼女の体を引っぱり起こした。

カーラの呼吸は乱れていた。胃が熱くなってまともに考えられない。シーマスの唇がすぐ目の前にある。ピンク色でやわらかそうだ。金属っぽいなんとも言えない香りがして、口内に唾《つば》がたまる。唇をなめようとしたカーラは、誤って舌を噛んでしまった。

「腹が減ったんだろう？」シーマスがカーラの肩をなでた。「それはぼくの血のにおいだ。もっと欲しいんだね？」

なにが欲しいのかわからなかった。ただ、以前よりも世界が鮮明に見えた。さまざまな音が増幅されて聞こえる。唾はどんどんたまり続け、シーマスの首筋から目が離せない。そこはどくんどくんと脈打っている。

「かまわないよ」シーマスがささやき、彼女の体を自分に密着させた。「欲求に従うんだ」

そうしてカーラの背中を手で押す。彼女の口は今や、シーマスの首から数センチしか離れていなかった。カーラはきつく目を閉じ、舌を出して彼の肌をなめた。シーマスが息をのむ。内臓が燃え尽きそうなほどの欲望に、カーラは恐ろしくなった。口を開けてシーマスに嚙みつく。そして生えたばかりの牙を肉に沈ませ、本能の命ずるままに血を吸い上げて舌の上で転がした。

おいしいとは思わなかった。薄めていないアルコールのように強烈で、舌がぴりぴりする。それでも体は喜んでいた。指の先まで熱がめぐり、体が四方に伸びていくかのようだ。全身にエネルギーが満ちて官能的な気分になった。子宮が熱を帯び、乳首が立ち上がり、腿のあいだがくすぐったくなる。カーラはシーマスの上になって下腹部を押しつけた。体を動かすたびに、シーマスの高まりが彼女の内腿に当たる。

カーラは血を吸いながら腰を動かした。強さと速さを増しながら彼の体に自分の体をぶつける。その動きは、みだらで濃厚で際限がなかった。シーマスが彼女の乳房を手で包み込み、脇腹をなでる。カーラは無我夢中で吸った。彼の体をつかむ手に力がこもり、全身が紅潮する。胸の頂をつままれたときは、思わず首筋から口を離して快感のあえぎをもらしてしまったほどだ。次の瞬間、クライマックスが訪れた。息が詰まり、首がのけぞる。彼女はシーマスに体を押しつけて絶頂の波にのった。鋭い快感はあまりに強烈で破壊的だった。

カーラは必死の思いでまぶたを開け、息を吸った。シーマスを見つめながら快感の余波に小さく身震いする。「すばらしいわ。いつもこうなるの?」ヴァンパイアの特典なのかもしれない。これほどの絶頂感が存在することさえ知らなかった。

シーマスは首を振った。その瞳は欲望に陰っている。「いや」

「そう、残念だわ」カーラは口をぬぐい、血を見て顔をしかめた。「味は最低だけど、体に及ぼす影響は……」彼女は喜びに身を震わせた。「最高だった」

シーマスはカーラの乳房から手を離した。「最高なのはきみだ。信じられないほどすばらしかった。極上だ」彼女の額にかかった髪を払う。「すべてうまくいくよ」

「わかったわ」そのときのカーラは完璧に満ち足りていて、ほかのことはどうでもよかった。

「今からぼくはきみのペットの様子を見てくるから、きみはシャワーでも浴びたらどうだい？」

カーラはシーマスの首筋につけてしまった嚙み跡にふれた。穴はもうふさがりつつある。今度はいつ嚙ませてくれるのだろう？「ベイビーたちをここへ連れてこられる？ 会いたいの」

「もちろんだ。きみが新しい生活に慣れる手伝いをしたい。できるだけ快適に過ごせるようにするよ。欲しいものはなんでも言ってくれ」

カーラはほとんど見えなくなった嚙み跡に指を滑らせた。シーマスの肌はすべすべだ。

「なんでも？」彼女は再び唇をなめ、ほかにも嚙めるところはあるのだろうかと考えた。

4

「彼女をこの部屋から出さないでくれ」シーマスはアレクシスに言い聞かせた。これで三度目だ。

「わかったってば」アレクシスはあきれてくるりと目をまわした。

「それから、血は飲ませないように。もうじゅうぶん飲んでいるから」じゅうぶんすぎるほどだ。三度も与えた。

「はい、パパ」

シーマスは本当にアレクシスに任せていいのだろうかと思案しつつ、部屋のなかを行ったり来たりした。「ケルシーの捜索からイーサンが戻ったら、一緒にいてくれるよう頼んだ。わかったな?」

アレクシスはふざけて敬礼した。「了解!」

バスルームから聞こえるシャワーの音がシーマスの気を散らす。今この瞬間のカーラがどんな姿をしているかを思い浮かべてはいけない。あの見事な曲線を水滴が伝うところを想像すると正気ではいられない。彼女のクライマックスを目撃して、まだ下腹部がこわばっているというのに、裸のカーラが目の前に現れたりしたら……。

「ちょっとやめてよ。頭の中身がもれているわ。思考を閉じて」アレクシスが腕組みして眉をひそめた。

なんてことだ。シーマスは思考の扉をぴしゃりと閉め、決まり悪さをごまかすために顎をさすった。よりによってアレクシスに知られるとは！

「なんのことかわからないな。三〇分で戻る。なにかあったら呼んでくれ」

「ここから出さない。血を与えない。知らない人が来てもドアを開けない。ついでに杭で遊ばせたりもしないから」アレクシスはうんざりした様子で言った。「だからもう行って。くどくど注意していた時間で六往復はできたわよ」

シーマスは改めて、イーサンがアレクシスのどこに惹《ひ》かれたのか疑問に思った。彼女ときたら、いちいち癇《かん》に障ることを言う。アレクシスに限らず、ほとんどの女性はなんらかの理由でシーマスをいらだたせた。だからこそ彼は結婚してベッドで体力を使い果たす代わりに、仕事の鬼になることを選んだのだ。

それがいいとも言えないが、アレクシスと話していると自分の選択はまちがっていないと思えた。性的に欲求不満であっても、心の平穏は保てる。

「もう行くよ」シーマスはバルコニーへ出た。エレベーターを使うよりも、駐車場に飛び下りたほうが早い。

「よかった。心配はいらないからごゆっくり。あなたの恋人と親交を深めておくわ。お互いの顔に化粧をしたり、クライマックスのふりはどうするかについておしゃべりしたりするの。男の欠点をあげつらったりね」

「それは楽しそうだ。よろしく頼むよ」シーマスはなにげない口調を装った。アレクシスの挑発に乗ってたまるものか。引き戸を開け、バルコニーからジャンプする。体のなかに負のエネルギーが鬱積《うっせき》していた。

これはなんの罰だろう？

だいたいラブラドール二匹とチワワをどうやって運べというんだ？　一八世紀に猟犬を飼っていたことはあるが、あのときはイギリスにあるイーサンの屋敷に住んでいたし、召使が大勢いて、専用の犬舎もあった。

ラスヴェガスのカジノホテルで犬を飼うのか？

そこまで考えたシーマスは、二四時間営業のスーパーマーケットに降下して、ペット用品コーナーへ直行した。


シーマスがバルコニーから消えると、アレクシスはバスルームのドアを凝視しながら夫の携帯電話にかけた。

「ぼくの美しい人、今、手が離せないんだ」イーサンは電話に出るなり言った。

「わたしもよ。シーマスにストリッパーのお守りを頼まれたの。彼ったら、犬を迎えに行ったのよ。ストリッパーの犬を！　自分の選挙対策マネージャーがそんなことをする人だって知っていた？　おまけに今夜は一度も支持率を確認していないわ！」アレクシスは落ち着かなかった。普段なら、一時間ごとに支持率を報告しに来るシーマスを見て、時計の針を合わせられるくらいなのに。「ケルシーは見つかった？」

　イーサンと結婚する前、アレクシスはヴァンパイアに脇腹を刺された。ケルシーを襲ったのと同じヴァンパイアだ。あの事件以来、アレクシスはケルシーにある種の親近感を抱いていた。ケルシーは襲われる前からヴァンパイアだったものの、餓死寸前まで血を抜かれて、シーマスが相当量の血を分け与えなければ死ぬところだった。ケルシーを発見したのはアレクシスで、そのとき部屋にひそんでいた犯人に襲われたのだ。イーサンが転生させてくれなければ、アレクシスも死んでいた。今になって、あの事件には裏があったように思えてならない。

「ケルシーは見つかったよ。自分の部屋にいた。けがはないが、異様に静かなんだ。あのケルシーがだよ！　どうやってここまで帰ったのかも覚えていないらしい」

「それは妙ね」ケルシーが妙なのは毎度のことだが、ストリップ・クラブからどうやって帰宅したのかを忘れるほどではない。

　不吉な予感がした。「イーサン、妹のところに寄って、様子を見てきてくれない？」

「ブリタニーのところへ？　電話でもあったのか？　朝の四時だぞ。まだ寝ているんじゃないかな？」

　もちろん寝ていてほしい。だがアレクシスは、母親がヴァンパイアと浮気してできた妹のことが心配だった。シーマスがストリップ・クラブへ行ったのは、叔母のジョディにブリタニーの父親について尋ねるためだ。ブリタニーには半分だけヴァンパイアの血が流れているが、彼女に特別な能力はなく、あきれるほどだまされやすい。アレクシスにとって、妹を案じるのはほとんど仕事のようなものだ。「電話はないけど、でも……なんだかいやな予感がするの。コービンがいなくなって以来、落ち込んでいるし」

「ブリタニーがあのフランス男と寝たなんて、いまだに信じられないよ。ヴァンパイア国一の問題児と」

アレクシスはかちんときた。「ブリタニーにそんなことがわかるわけがないでしょう？〝自分は仲間から追放されたヴァンパイアで、ヴァンパイアの救済方法を研究して倫理上の大論議を巻き起こしている科学者なんだ〟って自己紹介されたわけじゃないんだから。普通は出会ってすぐにそんなことは言わないのかもしれないけど、少なくともベッドをともにする前には言うべきよ。あなたたちヴァンパイアときたらいかにも普通の男みたいな顔をして街を歩いているから、わたしたち女は気づいたらヴァンパイアと同じベッドにいるはめになるんだわ」

「まさかきみも今、ヴァンパイアとベッドにいるんじゃないだろうね？」イーサンの声が険しくなる。気性の荒かった戦士時代を彷彿《ほうふつ》とさせる声だ。

男ときたら、九〇〇歳を超えていてもバーでけんかをする青二才と大差ない。

「そうよ。だから、妹の様子を見たらすぐに戻ってきて。見学させてあげる」

「アレクシス！」イーサンがうなる。

アレクシスは携帯電話に向かってちゅっと音をたて、愛していると言って切った。

これでイーサンも尻に火がついただろう。


「恋人のために、ケージと革ひもがいるんだ」

シーマスは店員に言った。自分の口から〝恋人〟という言葉が出たことに驚く。カーラは魅力的だし、こんな事態になった責任を感じている。それでも〝恋人〟は言いすぎだ。だからといって見知らぬ人に、彼女の身に起きた出来事をいちいち説明するわけにもいかない。

「みんなそうですよ」二〇代の店員は血色の悪い顔でにやりとした。

シーマスはきょとんとして店員を見つめたあと、自分の発言が誤解を与えたことに気づいた。「つまり彼女の犬用って意味だよ」

「わかりました」男は親指を上げて舌打ちをした。「恋人用だったとしても、手錠よりはましです」

シーマスは店員の発言を無視して、目の前のケージを指さした。

「これにラブラドールは収まるかな？」

店員が縮れた顎ひげをこする。「移動時間はどのくらいですか？」

「せいぜい一〇分ほどだ。恋人が交通事故に遭ってね」下手な嘘はつかないほうがいい。

「回復するまでぼくの家にいるんだが、ペットも連れてこいとうるさいんだ。それが名案なのかどうか……ラブラドールが二匹とチワワが一匹と猫が二匹だよ」

店員は口笛を吹いた。「あなたの恋人は本物の動物好きですね。でも、戸惑ってる原因は別にあるんじゃないですか？　ぼくにはわかりますよ。戸惑うのは彼女とペットっていう組み合わせのせいだって」

そのとおりだ。「きみにもわかるだろうけど、気やすく引き受けられることじゃないだろう？　大きな責任を伴うし、四六時中一緒にいることになる。ぼくはひとりに慣れているから……」

さえない夜の総仕上げとして、シーマスは店員に愚痴り始めた。

「わかります。一緒に住むっていうのは大きな一歩ですからね。その先にあるのは教会だし、それはちょっと腰が引けますよね」

「そのとおり」それでなくてもケルシーを監督しなければならないし、イーサンの大統領選挙もある。ブリタニーの父親捜しも継続中だ。これらに加えて、カーラがひとりでやっていけるようになるまで世話をするはめになった。そのカーラは、犬三匹と猫二匹と信じられないほどセクシーな肉体の持ち主だ。まさに圧倒される組み合わせだった。

「彼女を愛してるんですか？」

「いや……」女性を愛したことは一度しかない。その結果どうなった？　シーマスは無意識に首のうしろをなでた。カーラに欲望を感じているのは認めるが、恋愛特急には二度と乗りたくない。

「だったら、犬なんて引き受けるべきじゃありませんよ」

シーマスは正気と常識と明晰《めいせき》な頭脳と合理性をいっぺんに失った気がしていた。ペット用品に支払った二三五ドルとともに……。

カーラはタオルで体を拭《ふ》きながら、ひとつひとつの動作が以前よりもずっと敏捷で軽快になったことに気づいた。これまで二八年間、泥につかって生活していたみたいだ。あらゆる筋肉がなめらかに動く。全身にエネルギーがみなぎり、前よりも健康で強くなった気がした。それはとても心地よく、ほとんど心躍ると言ってよかった。

その一方で怒りも感じた。シーマス・フォックスに人生をめちゃくちゃにされてしまった。彼がマインドコントロールで口説こうとしたから交通事故に遭ったというのに、今度は家に帰るなと命令された。これでは囚人も同然だ。それなのにわたしときたら、怒るどころかシーマスの腿に腰をこすりつけてクライマックスを味わってしまった。

もう死んでしまいたい。

ある意味、死んでいるけど。

それこそがカーラがヴァージンでいる理由だった。男にとって、セックスは女を支配する手段だ。下着を脱がせて妊娠させ、自分の支配下に置く。そんなのはごめんだ。たとえどれほど気持ちがいいとしても。

シーマスとしたときも気持ちがよかった。

記憶がよみがえるとともに体がほてり、カーラは身震いした。ガラスについた水滴をタオルでぬぐう。次の瞬間、彼女は絶叫した。鏡に映ったタオルは宙に浮いており、その先にあるはずの手がなかった。カーラはタオルを床に落としてあとずさりした。

鏡に姿が映らない！　わたしは本当に死んだのだ。血を吸って生きるヴァンパイアになってしまった。吸血行為自体は悪くはない。シーマスの血を吸って絶頂感まで感じた。でも、これまでどおりの生活はできない。おばあちゃんになんて説明すればいいの？

バスルームのドアがノックされた。「大丈夫？」

女性の声だ。「ええ」本当は大丈夫どころではない。カーラは慌ててショーツをはいた。

「あの……あなたは誰？　シーマスは？」あの男を見つけたらぼこぼこにしてやる。

「アレクシスよ。イーサンの妻なの。シーマスはあなたの犬を迎えに行ったわ。わたしはあなたを見ているように頼まれたのよ。ひとりにしないほうがいいだろうって」

逃がさないように見張りをつけたわけね。「あ、あなたもヴァンパイアなの？」カーラはジーンズの膝にこびりついている血を見ないようにしながら脚を通した。

「そうよ。まだヴァンパイアになって数週間だけど」アレクシスは落ち着いた声で、なんでもないことのように言った。ヒステリーを起こしかけていたカーラにはそれがありがたかった。

「カーラ、着替えがいるんじゃない？　あなたの服はごみ箱に捨てたほうがよさそうだったけど？」

シーマスと路地にいた悪党以外のヴァンパイアを見たくて、カーラは胸にバスタオルを巻いたままドアを開けた。「ありがとう」スウェットパンツをはいたブロンドの小柄な女性は、どこから見ても普通の人だ。「Tシャツを貸してくれると助かるわ」

「そうだと思った」アレクシスはダークグリーンのTシャツを差し出した。「シーマスにもそう言ったんだけど、あの人、自分でできるって言い張るから。だけど、やっぱり忘れていたでしょう？」やれやれとばかりにかぶりを振る。「シーマスって一点集中型なのよ。思いつめたら、ほかのものはなにも見えなくなる。彼自身、そうあろうとしているきらいがあるのよね。わたしの言っていることがわかる？」

「あんまり……」カーラはTシャツを受け取って胸に押し当てた。「シーマスのことはよく知らないの。今日会ったばかりだから」それなのに、わたしの将来は彼の手のうちにある。仕切り屋で一点集中型のヴァンパイアが握っている。

カーラはシーマスを欲すると同時に憎んでもいた。

「着替えたら、リビングルームでおしゃべりしましょうよ。ヴァンパイアになるってどんな感じか教えてあげる。まじめな話、そう悪いものじゃないわよ。人間のときよりよくなった点もあるわ」

すでにそのひとつは経験した。自尊心を失いたくないなら、二度と繰り返すべきではないことを。

「わたしが知りたいのは、自分がどこにいるのかと、どうやったら家に帰れるのかってことよ」

アレクシスはかかとに重心を移動させた。「そうね……ここは〈アヴァ〉っていうカジノホテルで、わたしの夫が所有しているの。あなたがいるのはシーマスの部屋よ。イーサンとわたしの部屋は廊下の先にあるわ。この部屋からエレベーターまでに、ヴァンパイアのボディガードの部屋が六室ほどある。イーサンはヴァンパイア国の大統領で、シーマスは選挙対策マネージャーだから。あと数週間で大統領選挙なのよ。それから……」彼女はカーラに同情のまなざしを注いだ。

「なに？」カーラの心臓は激しく打った。ヴァンパイアの選挙？　なんなのそれは？

「シーマスはあなたを帰らせたがらないでしょうね。そうなると、ここから出るには彼と六人のボディガードをなんとかしなきゃならなくなる。全員が手ごわいわけじゃないけど、六人をいっぺんに相手にするのはかなり難しいわね」

「つまり、わたしはとらわれの身というわけ？　これからずっと？」そんなことになったら、正気ではいられない。他人の指図に従うのは大嫌いだ。慣れ親しんだ世界を引っくり返されて、前の日のごみみたいに捨てられるなんて冗談じゃないわ。

「変化に慣れるまでしばらくかかるでしょうね」アレクシスはカーラをなだめた。「でも、あなたを運んできたときのシーマスの様子からして、一週間もすれば尻に敷けるわ」

尻に敷くよりもっといいことがある。カーラはタオルを握りしめた。

「それより、あの男をたたきのめしたいわ」

「それもおもしろいわね」

「いいか、よく聞け」シーマスは九度目の正直とばかりに、革製の長椅子の下を四つんばいでのぞき込んだ。ふた組の猫の目が彼を見つめ返してくる。「カーラのところへ連れていってやる。ヴァンパイアの名誉に懸けて誓う。だが、おまえたちがそこから出てこないことにはどうしようもない」

シーマスの演説に、左の猫がしゃーっとうなり、右の猫は嘲《あざけ》るように鼻を鳴らした。

「ちくしょう！」シーマスは立ち上がり、長椅子の端をつかんで垂直に立たせた。「さあ、どうする？　これで逃げ場はなくなったぞ」

オレンジ色のしま猫に手を伸ばすと、黒いほうがシーマスの足のあいだをすり抜けた。バランスを失った彼は、自分で立てた長椅子に右肩と腰をしたたかぶつけた。長椅子が危なっかしく揺れる。シーマスは息を切らし、力任せにオレンジ色の猫をつかんだ。追いかけっこを始めてもう二〇分ほどになる。鋭い聴覚とたぐいまれなるスピードと力を持つ四〇〇歳近いヴァンパイアが猫ごときにやられるなんて心外だ。カーラの猫を傷つけるわけにもいかないが、もう限界だった。

シーマスは猫の毛と脂肪をわしづかみにした。猫はシーマスの手を噛み、コーヒーテーブルに飛びのってガラス製のランプを床に落とした。

「くそっ！」ランプが割れ、木張りの床にガラスの破片が飛び散る。キッチンに避難した二匹のラブラドールがうるさく吠《ほ》え始めた。チワワはダイニングルームのテーブルの上でうなりながら旋回している。シーマスがとりあえずそこに置いたのだ。チワワは脚が短いのでテーブルから下りられず、アイルランドの泣き叫ぶ妖精《バンシー》のように吠えていた。

シーマスが体を起こして振り返ると、長椅子の肘掛けの上に黒猫がいた。床から一メートル以上の高さだ。彼が手を伸ばしたところ、猫はシーマスの鼻を噛んだ。

「くそったれ！」今のは痛かった。シーマスは目をしばたたいて、猫の捕獲作戦を放棄した。

いちばん大きなケージを開いて黒いラブラドールをつかまえに行く。犬が怯えるのは無理もなかった。ヴァンパイアの血をかぎつけたのだろう。シーマスが一歩踏み出すごとに、犬がうなってあとずさりする。シーマスは身を乗り出し、ラブラドールの目をじっと見つめて命令した。「ケージに入れ」

犬はその場を動かず二回吠えた。犬語で〝ファック・ユー〟とでも言ったのだろう。

ヴァンパイアの力とスピードをもってすれば力ずくで従わせるのは簡単だが、カーラのペットに対してそれを行使するのは気が引ける。一八世紀に犬を飼っていたとき、シーマスは犬が好きで、犬たちもだいたいにおいて彼を好いていた。ところがカーラの犬は彼女そっくりで、おまえなど地獄に堕《お》ちろと言わんばかりの態度だ。

シーマスがもう一歩足を踏み出すと、片方の犬がうなって歯をむいた。

「ぼくの牙のほうが立派だぞ」シーマスはそう言って牙を見せつけた。

犬が顔をしかめられるとしたら、ラブラドールの表情はまさにそれだった。一匹はシーマスを迂回《うかい》して、廊下の先のベッドルームへ逃げ去った。

「怯えさせてしまったな」

シーマスは途方に暮れてドアを見つめた。ヴァンパイアのにおいがする。ノックの音に続いて、イーサンの声が響いた。

「ぼくだ。開けてくれ」

シーマスがドアを開けると、イーサンは友人の姿をまじまじと見つめて片方の眉を上げた。

「手伝おうか?」

「頼む。この家の動物どもときたら、頭がどうかしているとしか思えない」シーマスは助《すけ》っ人《と》が来たことに感謝して、戸口から一歩下がった。

「何匹いるんだ?」

「ぼくを悪魔だと思い込んでいるラブラドールが二匹、自分を悪魔だと思い込んでいる小生意気なチワワに、本物の悪魔の猫が二匹だ」

イーサンは噴き出しそうな顔をした。

「なにがおかしい?」シーマスはイーサンに背を向け、いちばん小さなケージを開けて片手でチワワを持ち上げた。傷つけないよう注意しながら押し込んで扉を閉める。「サタンめ、ざまあみろ」

イーサンがキッチンに足を踏み入れると、もう一匹のラブラドールがリビングルームへ逃げた。犬はそこでシーマスと遭遇してパニックを起こし、仲間のいるベッドルームへすっ飛んでいった。「きみがまた女性に興味を示したことがうれしいんだ」イーサンはそう言って、キッチンの食器棚を開けた。

女性に興味を示したというより、頭がどうかなってしまったのだ。

「カーラは興味の対象ではなく、償うべき相手だ。しかも、その償いはもう始まっている」シーマスはチワワを見て口を引き結んだ。チワワがソーセージみたいな小さな体をぶるぶると震わせる。「こいつらのために二三五ドルも出費してしまった」

シーマスは気が立っているとなまりが強くなる。そのときの彼は、まさにじゃがいも畑から出てきた農夫を彷彿とさせた。「それで、そっちはなにをする気だ?」缶詰を開ける音に気づいて、農夫は尋ねた。「きみは固形物なんて食べないと思っていたけれどね」

「ツナだよ」イーサンが缶を掲げた。

「ひどいにおいだな」腐った死体と、劣化した血と、汗っかきの男の体臭がまじり合ったにおいだ。

「猫はこれが大好きなんだよ」

その証拠に、どこからともなく二匹の猫が現れ、イーサンの脚に身をすり寄せた。

シーマスは憮然とした。「かわいいじゃないか。どうやらきみは猫と気が合うらしい。アレクシスにクリスマス・プレゼントは決まったと言っておこう」

「死んでもごめんだね」イーサンが応《こた》える。

自分たちの置かれた状況の滑稽さに、ふたりは顔を見合わせて噴き出した。

ツナの缶詰をケージに入れると、猫たちはケージのなかへ直行した。イーサンが扉を閉める。「これで三匹片づいた。あと二匹だ」

シーマスはこめかみをさすり、哀れっぽい表情でかぶりを振った。

「どうしてこんな事態になったんだろう?」

「恋をしているからじゃないか?」

シーマスはベッドルームへ向かいながら言い返した。「ぼくが愚か者なだけだよ」

カーラのベッドルームに入った途端、シーマスは心臓発作を起こしそうになった。お目当ての犬がパープルのクッションに座っているのも目に入らない。彼の意識を独占したのはベッドだ。大きくて白いスチールベッドには、天井のフックからたくさんの布が垂れ下がっていた。セクシーで、エキゾティックで、カーラそのものだ。ベッドメイキングはされておらず、ラベンダー色のシーツはくしゃくしゃになって片側に寄せられている。ベッドルームは甘い香りに満ちていた。招くようなやさしい花の香りだ。床に赤いブラジャーが落ちている。安楽椅子にはジーンズが引っかかっており、ドレッサーの上にはローションや化粧品の容器が散らばっていた。

シーマスを金縛りにしたのはベッドの中央にある物体だ。それは目を覚ましたカーラがなんの気なしに放り投げたようにそこにあった。

「ぼ……ぼくはなにを見ているんだ?」シーマスは目の錯覚でないことを確認するために声に出して尋ねた。

「なにが?」イーサンがシーマスの肩越しにベッドルームをのぞき込む。イーサンが硬直するのが気配でわかった。「あれは……その……バイブレーターだな」

シーマスもそう思った。髪をかき上げ、問題の物体を凝視しないようにする。

「きみの言うとおりだ」体から力が抜けていく。脳にまわるはずの血液を下半身に吸い取られたかのようだ。「これは恋だよ」

「きみが涎《よだれ》を垂らしているあいだに、犬をケージに入れておこう」

シーマスはぼうっとしたままラブラドールに目をやり、近くにいたほうの耳のうしろをかいてやった。あたたかな毛に指をうずめる。「それにしてもなんでストリッパーなんだ? なんだってぼくは彼女みたいに……」彼はパープルのバイブレーターを顎で示した。部屋の配色に合わせたのだろうか? 「女度全開のタイプを選んでしまったんだろう?」

生きたまま頭から食われそうだ。

「答えはもうわかっているんじゃないのか? それに犬もきみに慣れたらしい」

シーマスは驚いて犬を見下ろした。ラブラドールは半分目を閉じ、舌を出して気持ちよさそうに頭をなでられている。「そうだな、少なくともこいつはぼくが好きみたいだ」

恐る恐る部屋を見渡すと、先ほどの赤いブラジャーが目に飛び込んできた。

「着替えも持っていかないと。当分はぼくの部屋にいてもらうことになる。それがルールだから」

「なつかれているうちに、その犬をケージに入れてこいよ。ぼくが着替えをまとめておこう」

シーマスは眉をひそめた。「きみがカーラの服にさわるっていうのか？」そんな場面は想像もしたくない。

「それなら、きみにできるのか？」イーサンはクローゼットを開け、キャスターつきの赤いスーツケースを取り出した。「少なくともぼくは布切れにいちいち興奮しない。きみに任せていたら、すべての衣類を調べ終わるまでここから出られなくなる」

イーサンはハンガーにかかったジーンズを三本引き抜いて、てきぱきとスーツケースに投げ込んだ。

その手つきに、シーマスは少しだけ気が楽になって犬を見下ろした。

「一緒においで。ぼくがこれ以上愚かなことをしでかす前に、ここから出よう」

あらゆる引き出しを開けて大人のおもちゃを捜したくなる前に。シーマスは犬をなだめながらあとずさりした。

ここはイーサンに任せたほうがいい。退却だ！

イギリス海軍の軍艦に追われているかのごとく逃げ出す友人を見て、イーサンはかぶりを振った。シーマスと知り合ってずいぶん経《た》つ。三つの大陸における六つの戦争でともに戦ってきたが、こんな彼を見たのは過去に一度きり、マリーと一緒だったときだけだ。

あの小さな魔女はもう少しでシーマスを崩壊させるところだった。シーマスが二〇〇〇年以上ものあいだ頑《かたく》なに女性を遠ざけてきたのは彼女のせいだ。しかし誰にも心を許さず、セックスもしなければ趣味もなしで仕事に没頭するのは健全ではない。

カーラみたいな女性が現れてよかったのかもしれない。これを機に、シーマスは力を抜いて生活を楽しむことを覚えるのではないだろうか。仕事以外の生き方もあること、すべての問題が世論調査やデータ分析で解決するわけではないことに気づくかもしれない。

シーマスが見ていないのを確認して、イーサンは小さなコットンのTシャツを手にベッドへ近づいた。バイブレーターをTシャツでくるんでスーツケースに放り込む。カーラがこれを見つけたら、さぞ興味深い展開になるだろう。

その上からさらにTシャツ数枚と下着をひとつかみ、ドレッサーの化粧品、スニーカーを入れる。

イーサンは口笛を吹きながらスーツケースの蓋《ふた》を閉めた。アレクシスが知ったら、褒めてくれるにちがいない。〝シーマスもセックスをすればまともになる〟が彼女の口癖なのだ。

やっぱりぼくは天才だ。

5

カーラは必死で眠気と闘っていた。油断すると、すぐにまぶたが閉じそうになる。体がだるくてたまらない。

「ごめんなさい」九度目のあくびをしたあと、彼女はアレクシスに謝った。「失礼な態度を取るつもりはないんだけど」

アレクシスの話がつまらないわけではない。彼女は率直でおもしろい人で、ヴァンパイア国やイーサンが再選を狙う大統領選挙におけるシーマスの役割について興味深い話をたくさんしてくれた。カーラに血を分けたのは、どうやらとびきり堅物のヴァンパイアらしい。ただ、今はどうしようもなく眠くて、体を起こしておくのが精いっぱいだ。

「気にしないで。疲れたなら眠るといいわ。まだ体が慣れていないのよ」

カーラは長椅子に横になり、足をクッションの下に潜り込ませた。

「動物たちを見るまで起きていたかったんだけど、無理みたい」

「シーマスがちゃんとしてくれるわ。あの人は退屈で礼儀知らずだけど、仕事はきっちりこなすから」

どの形容句もカーラにはしっくりこなかった。シーマスは頑固で、感情的で、セクシーで、横柄かもしれないが、まちがっても彼のことを退屈とは思わない。彼女の人生をめちゃくちゃにしたし、記憶から抹消したいくらい恥ずかしいクライマックスを経験させてくれたとはいえ、礼儀知らずでもなかった。

おまけにキュートだ。

「〝キュート〟ですって?」アレクシスはふかふかの椅子に脚を組んで座っていた。「あのシーマスが?」

「わたし、声に出して言ったかしら?」疲れすぎて、自分がなにを言ったかすら定かでない。

「それとも、あなたがヴァンパイアの超能力を使ったの?」

「そうよ。腹が立つでしょう? シーマスがそばにいるときは、思考を閉じておかなきゃだめよ。彼をキュートだって思っていることを教えたいなら話は別だけど。個人的には知られないほうがいいと思うわ。ここから出たいならね」

そう、カーラはここから出たかった。慣れ親しんだ生活に戻ることはできないとしても、シーマスの部屋にはいたくない。そう考えたのを最後に、彼女の思考は途切れた。

再び目を覚ますと、カーラは自分のものではないベッドに横たわっていた。隣にあたたかい体があって、深い呼吸をしている。アレクシスだといいけれど、イーサンの妻がわたしに添い寝するとも思えない。ということは、シーマスだ。彼と一緒にベッドにいるのかと思うと、怒りに鼓動が速まった。正直に認めるなら、その怒りは途中で欲望らしきものに変わったのだが……正直になどなりたくない。

不安と混乱のなかでじっとしているうち、自分がジーンズとアレクシスに借りたTシャツを着たままなのに気づいた。裸じゃなかった。部屋のなかはカーテンが閉まっていて薄暗い。自分を転生させた男と対面する覚悟を決め、カーラは恐る恐る横を向いた。だが、そこにいたのはシーマスではなく、ラブラドールのボタンだった。

ベッドをともにするなら、セクシーなヴァンパイアよりも長年連れ添っている愛犬のほうが断然いい。

「いい子ね」カーラは体の力を抜いて犬の頭をなでた。ボタンは一瞬だけ目を開け、鼻を鳴らして眠りに戻った。

あまりに普段どおりの反応に、うれしくて涙が出そうになる。あきらめなければならないものはたくさんあるが、ベイビーたちとはこれからも一緒だ。

「本当にいい子だわ」カーラは慰めと愛情を求めてボタンの体にすり寄った。「フリッツとミスター・スポックはどこ？」

「ミスター・スポックだって？　どれにそんな名前をつけたんだ？」

ぎょっとして周囲を見渡すと、ドアの脇にフリッツを従えたシーマスが立っていた。室内が暗いにもかかわらず、服装までくっきり見えた。彼はゆったりしたパンツとノートルダム大学のロゴが入ったTシャツを着ており、右手で物憂げにフリッツの黒い毛をなでている。

カーラの犬は新しい友人になでられてうっとりしていた。

「ミスター・スポックはチワワよ。あの子はどこにいるの？」カーラはネイビーブルーのシーツが体の大部分を覆っていることを確かめた。シーマスのそばにいると、裸にされたような気分になる。

「キッチンでとびきり高価なドッグフードをがっついているよ。あいつがミスター・スポックとはね。だからあんなに間抜けなんだ。そんな名前をつけられたら、ぼくだって間抜けになる」シーマスは部屋のなかに足を踏み入れた。フリッツが二人三脚をするようにぴったりと寄り添う。

「あの子は間抜けじゃないわ」カーラは怒って上体を起こした。大事なベイビーを侮辱するなんて許せない。「耳が『スタートレック』のミスター・スポックに似ているのよ。とってもいい子なんだから」だいたい、どうしてフリッツはシーマスのあとをついてまわっているのだろう。

「あれでいい子だというなら、悪い子になったところは想像もしたくないね」シーマスがベッドの端に腰かけた。大きく膝を開き、肘をついて手を組む。フリッツが膝のあいだに割り込んで、臆面《おくめん》もなくその手に頭をこすりつけた。

「気分はどうだい？」

「わたしに言っているの？　それとも犬？」カーラはとげとげしい声で尋ねた。「その子はずいぶん満足そうだわ」

「こいつはぼくのことが好きなんだ」シーマスはにっこりして犬を見た。「そうだろう？　ぼくたちはいいコンビだよな？」

フリッツがうれしそうに吠えた。

カーラは唇を噛んだ。悔しい。

シーマスが彼女のほうを向いた。「でも、ぼくはきみに尋ねたんだ。気分はどう？」

カーラは自分の気分を分析した。まだ疲れは残っているが、そのほかは問題ない。上々と言っていいくらいだ。体の奥から力がわいてくる気がするし、身のまわりのものがこれまでよりも鮮明に感じられる。自分の肌の具合もわかるし、エアコンの作動音も聞こえるし、暗いなかでも部屋の様子がよく見えた。なんというか、肉体的な進化を実感している。

けれど、精神面はどうだろう？　控えめに言っても、かなりのストレスを感じていた。

「大丈夫よ」大丈夫なわけがない。人生が逆戻り不可能なほど変わってしまったのだ。カーラはヒステリーと恐怖を抑え、弱気になっているのを悟られまいとした。

「きみの部屋にあった服や日用品をスーツケースに詰めてきた。クローゼットの脇に置いてある」シーマスはスーツケースを指した。「先に着替えたらどうだい？　それからカジノのなかを案内するよ。いろいろと……話し合わなければならないこともあるし」

「今、何時なの？」何時間も眠った気がするが、外はまだ暗かった。

「真夜中を過ぎたところだ」

カーラはぽかんとしてシーマスを見つめた。

「でも、クラブを出たのは午前二時よ。どうして夜中なんてことがあり得るの？」

「木曜の夜中だよ。きみは丸一日眠っていたんだ」

「木曜ですって？」カーラは毛布を押しのけた。「いやだ、仕事に遅れちゃう」

反動をつけてベッドの上に体を起こし、スーツケースを捜してあたりを見まわす。ストリップ・クラブの職は失いたくなかった。給料もいいし、マネージャーはスクリーンのうしろで踊るという演出に理解がある。スクリーンなしで踊れと言われたことは一度もなく、カーラはそのことに感謝していた。

「二週間は休むと電話をかけておいた。交通事故に遭ったと説明したら、とても心配していたよ」

スーツケースのほうへ向かっていたカーラは足をとめた。

「なんですって？　今すぐ話し合ったほうがよさそうね。わたしの日常に土足で踏み込んできて、なんでも好きにできると思ったら大まちがいよ。ルールその一、お節介を焼かないで」

カーラはシーマスをにらみつけた。シーマスは落ち着き払ってフリッツをなでた。

「ルールその二」シーマスが続ける。「きみが新しい生活をじゅうぶん理解したとわかるまで、それから路地でぼくたちを襲ったヴァンパイアが再び襲ってこないとわかるまで、あのクラブには戻らせない。ちゃんとしたエスコートなしにこのカジノを、いや、この部屋を出てはいけない」

「ばかも休み休み言ってよね！」

「きみのためだ」

「わたしの父親かなにかのつもり？」

カーラは足音も荒くスーツケースに近寄った。腹が立ちすぎて涙が出そうだ。こんな男とは一緒にいられない。彼の思いどおりになってたまるものですか。これまで男に支配されることなく、自分のしたいように生きてきた。過去に一度だけ恋に身を任せて決定権を放棄したことがあるが、あとに残ったのは後悔だけだった。こんな状況に陥れてくれたシーマスをぶちのめしてやりたいわ。

スーツケースの上にかがみ込んでファスナーを開けようとしたとき、頭がくらくらして、胃が燃えるような感じを覚えた。気のせいだと自分に言い聞かせる。

「父親面をするつもりなんてこれっぽっちもない」

かすれた声に背筋がぞくりとしたが、カーラは体の反応を無視して、スーツケースを横にすることもせずにファスナーを開けた。中身が床に滑り落ちて、服の山ができる。

「ここには滞在したくないわ」彼女は言い放った。

「わかっている。でも、ほかに選択肢はないんだ」シーマスは親指でリズミカルに膝をたたいている。「きみを守るためだ。国じゅうのヴァンパイアを守るためでもある。なにも知らずに表を歩けば、正体がばれるかもしれない。きみの正体が露見すれば、ぼくたちも巻き添えを食う。表沙汰にならなくても、気づかないうちに掟《おきて》を破る可能性だってある。そうなったら、仲間からうしろ指をさされるぞ。そんな目には遭わせられない」

「アレクシスの話では、あなたはミスを許せないタイプなんですって？」

カーラは清潔なショーツを捜して服の山をかき分けた。ブラジャーもあると助かる。ブラジャーもつけずにぴったりしたTシャツ姿でシーマスのそばにいるわけにはいかない。

「ぼくはただ、きちんとしているだけだ。完璧主義者なんだよ。アレクシスがそれを欠点ととらえるなら、彼女とは相いれないということだ」

確かにシーマスは完璧主義者らしい。スーツケースのなかには必要なものがもれなく入っていた。化粧品にヘアブラシにドライヤーにパジャマ。ブラジャーとショーツの柄も合っているし、ジーンズにTシャツにスニーカーまである。

そしてバイブレーターまで！

カーラの頬が熱くなった。ドレッサーの引き出しをのぞいたにちがいない。あの引き出しを見られたなんて。各種ストレス解消器具が入った引き出しを……カーラは大人のおもちゃをそういうふうにとらえていた。スーツケースにバイブレーターを入れて、わたしに恥をかかせようとしたんだわ。そう思う一方で、なにか違和感があった。シーマスはそんなことをするタイプではない。むしろ必要と思われるものをすべて入れたというほうが彼らしい。

そうだ！　バイブレーターは引き出しなんかに入っていなかった。出てくるとき、ベッドの上に置きっぱなしにしたはずだ。ベッドルームに入ればすぐ目につくところに。使い終えたままで……ああ、最低！

日常的に必要なものだと思われても無理はない。

これ以上の屈辱があるだろうか？

「どうした？　なにか足りないものでも？　ぼくが取りに戻ってもいいし、カジノで買い物もできる。いくつも店があるから」

その言い方がいかにも心配そうだったので、カーラはかちんときた。

「こういうのを売っている店？」バイブレーターを掲げて振ってみせる。それがなくても平気だということをはっきりさせておきたかった。持っていること自体は別に恥ずかしくないが、日常的に欠かせないものだと思われるのは気に入らない。「気を遣ってくれてありがとう。だけど、数日くらいこれがなくても平気よ」

シーマスの口が大きく開く。「ぼくじゃない。イーサンが入れたんだ」

カーラはぐるりと目をまわして天を仰いだ。

「嘘ばっかり。既婚者のイーサンが、わたしのバイブレーターに目をつけたわけ？」

「それがなにか……わからなかったのかもしれない」シーマスがフリッツのほうへ目をそらすのを見て、カーラは彼の嘘を見抜いた。

「イーサンっていくつなの？」

「九〇〇歳とちょっとかな」

嘘でしょう。カーラはもう少しでバイブレーターのことを忘れそうになった。気を取り直してシーマスをにらみつける。「だったら、これがなにかは知っているはずでしょう。認めなさいよ。わたしを怒らせようとして、あなたが入れたんでしょう？」

「ぼくじゃないって言っただろう」シーマスが声を荒らげる。「だいいちぼくだとしたら、きみを怒らせるためじゃない。きみがそれを使っている場面を想像すると、たまらなく興奮するからだ」

カーラはバイブレーターの話など持ち出さなければよかったと後悔した。おかげで息を弾ませて彼と見つめ合うはめになってしまった。シーマスは興奮していて苦しそうだ。カーラもまったく同じだった。シーマスのベッドで脚を広げて快感にもだえているところを想像してはいけない。シーマスがベッドの足元からその姿を食い入るように見つめて興奮しているところなんて……。

「カーラ……ぼくには、その、きみの考えていることが聞こえるんだ……」シーマスはそう言ってうめいた。

「ちょっと、人の頭をのぞくのはやめてよ！」カーラは両手に顔をうずめて強くこすった。そうすれば、はしたない妄想をかき消すことができるとでもいうように。胃が再びかっと熱くなる。「これが出ていたのは、ドレッサーの引き出しを整理していて、捨てようと思ったからよ」

「わかった、わかった」シーマスは信じていないようだった。「ぼくに対して説明する必要はないよ」

「そのとおりだわ」カーラはバイブレーターをスーツケースの外ポケットに入れた。シーマスとそれが同時に視界に入ると、男などいらないという哲学を放棄したくなる。バイブレーターとデートするより、シーマスと一緒のほうがずっとよさそうだ。それはとても危険な考えだった。

「仮にぼくがきみに惹かれているとして、きみがそれを使っているところを見たいと思ったとしても、それを実行に移すべきじゃないと思う」

「そうね」カーラは腹部をこすった。焼けつくような感覚はひどくなる一方だ。今この瞬間にも胃に潰瘍《かいよう》ができて、どんどん悪化していくみたいだった。

「おなかが減っただろう？」シーマスはそう言いながら立ち上がった。彼が手をたたくと、フリッツとボタンがいっせいにベッドルームの外へ飛び出していく。シーマスはドアを閉めた。

「よくわからないわ」空腹なのだろうか？　おなかがすいたというよりも、痛い感じだ。しかも痛みは刻一刻とひどくなっていく。

シーマスが自分の手首を牙で裂いた。すぐさまあたたかくて生命力に満ちた血のにおいが部屋に充満し、カーラの胃が引きつった。

「たぶんおなかがすいたんだと思うわ」しかも猛烈に。

「じゃあ、まずは食事にしよう。それから、ヴァンパイアについて知っておくべきことを話すよ」

「それを理解したら、家に帰れるのね？」カーラの目はシーマスの手首からしたたる血に釘《くぎ》づけだった。芳醇《ほうじゅん》な赤ワインに似た、なんとも食欲をそそる香りがする。カーラは唇をなめて唾をのみ、シーマスの手に飛びつきたい衝動と闘った。

「そのとおりだ。ぼくもきみと一緒にいたくない。気が散るからね」シーマスはベッドに座り、何度か手を握ったり開いたりした。「さあ、ここへおいで」

カーラはすぐにシーマスのそばへ行った。流れ出る血は勢いを増し、手首に血だまりを作って肘のほうまで伝っている。

彼女はさらにシーマスに近づいた。「どうして気が散るの？」

シーマスはカーラの手を取って、自分のほうに背を向けさせた。

「ぼくの前に座ってくれ。膝のあいだに」

カーラは鼻孔をふくらませ、クローゼットのほうを向いてベッドの端に腰かけた。目を閉じて、深く息を吸う。生きている実感と高揚と切望が同時に訪れた。

「きみに惹かれているからだよ。女性には近寄るまいと決めているのに、きみのそばにいると決意がぐらつくんだ」それを証明するように、シーマスは彼女のこめかみに唇を滑らせ、腰に左手を当てた。

「わたしも男性には近寄らないようにしているわ」カーラはシーマスの手首へ体を寄せた。

「それなのに、あなたのそばに行くと決意がぐらつくの」シーマスが血のにじんだ手首を彼女の唇にあてがう。カーラはその血をなめた。

「だったら、早く家に帰れるように協力してがんばるしかないな」シーマスは彼女の腿のあいだに指をはわせ、ジーンズの上から腹部をこすった。

「そうね」カーラはいまだに血の味が好きになれなかった。それでも飲まずにいられない。吸い上げると同時に、喜びのあまりまぶたを閉じる。「ああ、すてき!」

「よかった」

シーマスが彼女の耳にささやいた。彼は血を吸われながらカーラのジーンズのボタンを外し、ショーツとジーンズのあいだに手を差し入れた。熱い手が敏感な部分を覆う。

なんて気持ちがいいの! カーラはシーマスの手をとめるつもりはなく、むしろ自ら脚を開いて彼の手を導いた。食欲と性欲が一度に満たされ、快感が倍増する。力が体のなかをらせん状に上昇していくのがわかった。

カーラはさらに強く吸い、生えたばかりの牙をシーマスの肌にしっかりと突きたてた。シーマスが引きつれるようなあえぎ声をもらす。カーラがうしろに体重をかけると、硬くなったものが腰に当たった。彼女はそのまま体を前後に揺らし始めた。シーマスの胸に背中をぶつけて、彼の手に自分自身を押しつけるように動かす。シーマスの腕に指を食い込ませ、腰を動かすと同時に血を貪欲に吸い上げた。興奮で体が浮き上がりそうだ。

シーマスがカーラのショーツをかき分け、濡《ぬ》れて熱くなった部分に指を滑らせる。ふたりは時を同じくしてうめき声をあげた。カーラが背中を押しつけるのに合わせてシーマスも腰を突き出し、本当に交わっているかのようにぶつけて欲望を伝えてきた。

「ぼくに噛みつくのが好きなんだろう?」シーマスは彼女のなかに指をうずめ、指先で敏感なつぼみをなでまわした。

カーラはシーマスの肌に口をつけたまますうなずいた。体をずらして、感じる場所へ彼の指を誘導する。爆発のときが急速に近づいてくるのがわかった。シーマスはほとんど動いていないのに、カーラの体はあらゆる場所が快感に脈打ち、欲望に張りつめ、暴力的なまでの絶頂を要求している。

シーマスが腰を突き上げ、指の動きを速めながら、彼女のうなじに顔をうずめて口で髪をかき分けた。突然、肌に牙を突きたてられたカーラは、その力強い感覚に、血を吸うのをやめて鋭く息を吸った。

すさまじい絶頂感が一気に押し寄せてきた。シーマスが彼女を抱いて首を噛んでいなかったら、床にくずおれていただろう。

全身ががくがくと震え出す。カーラは快感の泉に頭までどっぷりとつかっていた。シーマスが再び彼女のなかに指を入れて牙を抜く。カーラは口のなかにたまった血を飲み込んだ。興奮のあまり、自分の唇を噛んでしまっていた。

「すごいわ」カーラは口をぬぐい、最後にもう一度シーマスに腰をぶつけた。「いつもこうなるわけじゃないって言わなかった？」

「そのはずなんだが……」

「そうなの？」カーラはしばらくそれについて考えた。シーマスの血をもらったおかげで体にエネルギーがみなぎり、手足がむずむずする。彼女は髪をうしろに払って、クライマックスの余韻に目を閉じた。懸命に意識を集中すると、あることがわかった。「これって……」

「厄介だな」

シーマスの高まりはカーラのヒップの谷間にぴったりと収まっている。彼の手はまだショーツのなかだ。カーラにもシーマスの言いたいことはわかった。毎回こんなふうに血を吸っていたら、シーマスから離れられなくなる。愛の奴隷になって、彼の服を洗濯しながら快楽をねだってしまう。帰りが遅いと口をとがらせ、シーマスがほかの女性に目をやれば嫉妬《しっと》し、体重ばかり気にするようになるのだ。それはまさに、ろくでなしの父から離れられなかった母の姿だった。

そんなのはごめんだ。

「やっぱりここにはいられないわ」カーラは立ち上がろうとした。ところがシーマスは、ショーツのなかから手を抜こうとしない。

「まずヴァンパイアとして生きる方法を学ばなければ」

「だったら早く教えてよ」カーラはシーマスの手をつかんでショーツから引き抜いた。どうしていつまでもさわっているの？　ショーツから手を出すのにエスコートがいるわけ？

「これ以外のことをね」

ベッドにおいて、先生役はカーラのほうだとシーマスは思った。彼女ほどセクシーな女性は見たことがない。なにも身につけていない姿で魅惑的なダンスを踊り、部屋の配色に合ったバイブレーターを所有していて、吸血行為がクライマックスを導くほど官能的になり得ることを二度にわたって証明した。

どちらのときも、カーラは謝ったり恥ずかしがったりしなかった。口でどう言おうと、満ち足りた女性特有の笑みを浮かべていた。

カーラが家に帰りたがっているのはまちがいない。だが、ヴァンパイアのすべてを教えながら、ふたりのあいだに散る火花をじっくり探究してはいけない理由もなかった。彼女から性の技法を教わっていけない理由などない。そもそもバックステージに行ったときは、それを伝えたかったのだ。カーラと火遊びがしたい。クライマックスをクライマックスとして楽しめる女性と性の歓《よろこ》びを再発見したいと。

極上の交わりを体験すれば、次の二〇〇年もひとりでやっていける。

考えれば考えるほど名案に思えてきた。もう一度彼女を噛みたい。

カーラがベッドルームのドアを勢いよく開けた。三匹の犬が飛び込んでくる。犬のあとから、二匹の猫も怠惰な足取りで入ってきた。

シーマスが名づけたところのサタンが彼に突撃する。サタンは短い脚をばたばたと動かしてシーマスの前まで来ると、精いっぱいジャンプしながらうるさく吠え始めた。シーマスはチワワを見下ろした。「なんだよ?」彼とチワワはまだ互いを認めたわけではなかった。

「外に出たいのかしら?」カーラは床にしゃがんで、犬と猫を同時になでた。

「さあね」犬は脚を交差させてもじもじしたりはしない。尿意を催したかどうかなどわかるわけがない。「昼間にきみが眠っているあいだ、散歩をさせてくれる人を雇わないと。若いヴァンパイアにとって、太陽の下で生活するのは容易じゃないんだ。きみはもともと夜型だしね」だからといって、カーペットを張り替えたばかりの部屋で粗相されるのもごめんだ。

カーラが口を引き結び、ひと呼吸置いて反論した。

「夜に散歩してはいけないの？　昼間は一緒に眠ればいいわ」

シーマスはため息をついた。

「きみはよくても、昼間、外に出さないのは犬の健康によくないんじゃないか？」

カーラは平手打ちをされたような表情になった。

「カーラ……」彼女を傷つけたくはないが、それが現実なのだ。

「出ていって」

「なんだって？」カーラはフリッツの体に顔をうずめていた。だが、シーマスに向けて言ったにちがいない。

「出ていってよ！　着替えたいんだから」

カーラが今にも泣きそうだったので、シーマスは慌てて部屋を出た。泣いている女性の扱いなどなにひとつわからない。

ベッドルームのドアを閉めるべきかどうかわからなかったので、少しだけ開けておいた。けれどもシーマスがドア枠をまたいだ途端、カーラはたたきつけるようにドアを閉めた。

「かかとがなくても生きていけるよ」シーマスはぼやいた。

「聞こえたわよ！」カーラが震える声で怒鳴る。

シーマスはベッドルームから離れて、ダイニングルームに入った。食事をする習慣はないので、ダイニングルームは書斎として使っている。彼はノートパソコンを開けて今週の予定を確認し、メールに目を通した。選挙まであと数週間だ。最新の支持率が目の前で躍っている。イーサンとライバルのドナテッリは五分五分だ。

ドナテッリは若いヴァンパイアと、ブリタニーのようなヴァンパイアと人間の女性のあいだに生まれた者――つまり不浄《インピュア》の者の支持を得ている。彼はヴァンパイアの血を受け継ぐ人間を捜して、転生させる活動を支援していた。イーサンはそれに反対し、ヴァンパイアの数が増えることで人間にその存在が知れるのを懸念していた。ドナテッリがインピュアの了解を得て転生させているのかどうかも疑わしかった。

シーマスはこめかみをさすった。遊説の日程は、あとニューヨークを残すのみだ。夏のあいだ、サンクトペテルブルグからベルリン、パリとまわった。ついこのあいだも、南米へ飛んで戻ってきたばかりだ。イーサンが再選を果たすためにできることはすべてしたつもりだった。

それでも不安は残っている。ひどく不安だ。本来ならば選挙戦略を練り直すとか、ブリタニーの父親を見つけるとかすべきところなのに、ストリッパーを転生させてしまった。自分たちの方針に、自分で唾を吐きかけたようなものだ。シーマスはエクセルファイルをクリックして、今月イーサンが出席するイベントを確認した。二回目となるテレビ討論に、資金集めの夕食会、さらにアメリカ血液労働者組合で演説をする予定になっている。これでいいのだろうか。

カーラの存在が選挙戦に影を落とすかもしれない。彼女が問題を起こせば、面倒なことになる。カーラの存在自体に眉をひそめる者も少なくないはずだ。シーマスはいかなるときも規則を重視する男だった。ドナテッリがカーラの件を盾に、イーサンの方針はきれいごとだと主張するかもしれない。

もし自分のせいでイーサンが選挙に負けるような結果になったら、悔やんでも悔やみきれない。

そうなると、選挙が終わるまでカーラを自宅に帰すことはできなくなる。このカジノを出ることすら禁じなければならない。

カーラがそれを喜ぶとは思えなかった。

泣かせたりヒステリーを起こさせたりせずに説得する方法はないだろうか？

それがクライマックスを含んでいればもっといい。そのときは自分もおこぼれにあずかりたかった。

だが、足音も荒くダイニングルームに入ってきたカーラの表情を見たシーマスは、とりあえずクライマックスは忘れたほうがよさそうだと悟った。噛むのはなしで説得しなければならない。そもそも彼女に血を吸わせるべきではなかったのだ。本来、直接血を与えるのは転生のときに限られており、二回目以降の吸血行為は掟破りだ。掟を破る必要性はなかった。

カーラに分ける血液なら冷蔵庫にぎっしり入っている。それなのに、ぼくは自らの手首を切って直接血を与えた。彼女に頼られるのがうれしかったし、恍惚《こうこつ》の表情を見たかった。熟成された強力な血を与えることで、なんらかの罪滅ぼしができるとも思った。

それにしても、カーラが血の味に文句を言い続けているのが気になる。シーマスのなかの非論理的な部分は、彼女が冷蔵庫の血を気に入って、自分の血を二度と口にしたがらなくなることを恐れていた。血を吸う瞬間、カーラがぼくを求めているのはまちがいない。彼女はぼくを必要としているのだ。

一方のシーマスに必要なのはカウンセリングだった。常識がどこかにいってしまっている。

「なにをしているの？」カーラが肩越しにパソコンをのぞき込んだ。

「メールのチェックと、今週のイーサンの予定や選挙の支持率を確認しているんだ」きみのことを考えながら……。

「あなた、本当にイーサンの選挙対策マネージャーなわけ？」

「そうだ」

「年はいくつなの？」カーラは腕組みをした。清潔なジーンズに着替え、形のいい胸を赤いTシャツに包んでいる。

「四月で三七一歳になった」

「アイルランド出身？」

「そうだ。きみは韓国出身かい？」シーマスはカーラのことを知りたかった。彼女の好きなものや嫌いなもの、なにに腹を立てるかなどを。しばらく一緒に住むのだから、共通点を見つけることは大事だ。

「四分の一だけ韓国人よ。あと四分の三はわからない。ヨーロッパのどこかの国の血が入っているんでしょうね」カーラは、シーマスが物欲しそうに見つめている胸を指さした。「アジア女性はこんな胸をしていないもの。手術をしたなら話は別だけど」

「きみのは？　天然かい？」シーマスは不自然に興奮していた。

カーラはテーブルに寄りかかった。犬たちが足元をうろついている。「そうよ。あなたにはまったく関係ないけど。そうだわ、祖母がいる老人ホームに電話をかけて、ここの連絡先を教えなきゃ。祖母はかなり重度の認知症だから、いつでも連絡がつくようにしておきたいの」

「もちろんだ。日がのぼって起きているのがつらかったら、ぼくが電話をかけておくよ」シーマスは椅子を引き、脚を組んだ。「ほかに知りたいことは？」

「あなたはどうしてヴァンパイアになったの？」

その質問なら簡単だ。「クロムウェルが登場する前は、アイルランドで畑を耕していたんだ。それから父の反対を押しきって、イングランド排斥運動に加わった。向かうところ敵なしだったんだよ。イーサンに会うまではね。イーサンはぼくを剣でたたききったあと、なにを思ったか戦場から引っぱり出して転生させたんだ」

「つまり、あなたはイーサンのせいで死んだの？　彼は罪の意識を感じて、あなたをヴァンパイアにしたってこと？」

「そうだ」シーマスはいつもそのことでイーサンに感謝していた。戦争は戦争だ。イーサンにやられなくても、いずれは死んでいただろう。

「なんだか状況が似ているわね。あなたがわたしにしたのとまったく同じじゃない」

フロイトがいれば分析してもらえるのだが……。「そうかもしれない」

「ともかくルールブックをちょうだい。さっさと勉強して、家に帰るから。夜間部がないから学校のことはどうすればいいかわからないけど、少なくとも自分の部屋に戻りたいわ。二週間以上休んだら、別のダンサーを雇われちゃうし」

カーラが手を差し出す。シーマスは驚いて彼女を見つめた。「ルールブックなんてあるわけがない。ほとんどのヴァンパイアは口頭で掟を学ぶんだ。正確にいうと書物はあるけれど、閲覧できるのは長老のヴァンパイアと大統領だけなんだ」

カーラは腕組みをした。

「じゃあ、自分のしていることが正しいかどうか、どうやってわかるの？」

「ぼくが教える」

「でも、わたしはあなたと一緒にいたくないの」彼女は歯ぎしりをした。

「残念だな」ある意味それは本心だった。「だが、そういう習慣なんだ」

カーラは鼻を鳴らし、両手を上げた。「あなたって煉瓦みたい。なにごとにも動じないし、喜怒哀楽に乏しい。いつもなんとなく不機嫌そうな顔をしていて、あのときだって……わかるでしょう？」彼女は声を落とした。「反応もしなかったわ。わたしを抱こうとしなかったじゃない。別にわたしはしたかったわけじゃないけど、試しもしないなんて。もしかしてゲイなの？」

「ちがう！」これだから女は厄介だ。まったくわけがわからない。ぼくのあの部分がこわばっているのに気づかなかったのか？　彼女の姿を目にしただけで、心のなかで涎を垂らしているのがわからないのか？　だいたい自分のほうは好意も抱いていないのだから、ぼくが動じようと動じまいと関係ないじゃないか。

「ぼくはゲイじゃない。きみを抱こうとしなかったのは、ヴァンパイアになったばかりで混乱しているところにつけ込みたくなかったからだ」

「わたしって混乱しているの？」

「ちがうのか？」カーラもぼくと寝たかったのだろうか？　下半身が勝手に反応してしまう。

「混乱していたとは思わないけど……」カーラは唇を噛んだ。

説得力のある答えだ。「さっきの……学校ってなんの学校だい？」どうすればいいか見当もつかないときは、話題を変えるのがいちばんだ。

カーラが眉をひそめた。「獣医学校よ。動物のお医者さんになるつもりだったの。こんなことになった以上はあきらめざるを得ないかもしれないけど」

それで毛むくじゃらの生き物を集めているわけだ。「オンラインの学校があるんじゃないか？」シーマスはインターネットが大好きだった。電球以来の大発明だと思っている。

「そうだといいけど」

カーラはそう言って、恐ろしいことにしゃくり上げ始めた。

「い、一所懸命がんばったのに。夜は踊って、昼は授業に出て、ずっと勉強して……」言葉が不明瞭《ふめいりょう》になり、唇が震える。

勘弁してくれ！「カーラ。すまなかった。心から気の毒に思っている。ぼくも一緒に方法を考えるから。きっとうまいやり方があるよ。すべてうまくいくから」そうでなければ、自分の胸に杭を打つしかない。カーラの悲しそうな顔は見ていられなかった。しかも悪いのはぼくだ。

カーラは手のひらを口に押し当て、何度か息を吸った。

「なぜわたしに声をかけたの？　血を吸うため？」

「それは……」遅かれ早かれ、この質問が出ることを予測しておくべきだった。正直に言うのがいちばんに思える。選挙戦でもイーサンにそう言い続けてきた。正直にならなければ、あとで痛い目に遭うと。

「生きている人間から血を吸うことは奨励されていない。ぼくもここのところずっと自粛してきた。でも昨日、きみが踊っている姿にとても惹かれたんだ。きみは自分の体を完全に意のままにしていた」思い出しただけでも硬くなってしまう。彼女が目を見開くのがわかったが、とめられなかった。ふたりのあいだに、パープルのおもちゃには作り出せない振動が生まれ、どんどん強く速くなった。「きみを誘惑したかった。だから話しかけたんだ」

カーラが頬を染める。「わたしとベッドをともにしたかったの？」

シーマスはうなずいた。「ヴァンパイアの力でその気にさせられるんじゃないかと思った」

声に出してみると、ひどく安っぽくて卑怯《ひきょう》なやり口に思えた。ぼくはアイルランド産のろくでなしだ。「もちろん、きみがしたくないと思うことを強制するつもりはなかった」だから
といって、許されるわけではないが……。

「わたしが一夜の楽しみを求めているように見えた？」

そんな質問にまともに答えたら、去勢されかねない。

シーマスはさりげなく答えを回避した。

「ぼくはきみを美しいと思った。女性を衝動的に誘惑したくなるなんて、この二〇〇〇年で初めてだった。今になってみれば、もっとよく考えるべきだったと思うけれどね」

「それはそうね」

カーラの唇がもう震えていないのを見て、シーマスはほっとした。激怒している様子でもなさそうだ。

シーマスは究極の質問をかわせたことに感謝しながら、その週の予定をプリントアウトするためにパソコンに目を向けた。

まさかカーラが自分とコンピューターの画面のあいだに、めりはりのあるセクシーな体を割り込ませてくるとは思いもせずに。シーマスは目の前に現れた乳房を呆然《ぼうぜん》と見つめた。幾何学模様のスクリーンセーバーなんか勝負にならない。

乳房から視線を引きはがして上を見ると、彼女の唇が小さく開き、ヒップが官能的に円を描いた。

「戦士さん、膝の上でダンスを踊ってあげましょうか？」

6

リンゴはスミスの泣き言を頭から締め出そうとしながら、〈ヴェネチアン〉の豪華な客室を歩きまわった。

「わたしのせいじゃありません、ミスター・ドナテッリ。あの女が気を散らすから悪いんです」

「女……ね」ドナテッリは立派な円卓につき、リネンのナプキンを膝に広げた。「女に邪魔されたわけか？」

ドナテッリはスミスのほうを見ようともせず、穏やかに尋ねた。だが、怒っているのはまちがいない。こめかみのあたりがぴくぴくしているし、肩のラインもこわばっている。

「つい最近も、人間の女に気を散らされたんじゃなかったか？　そのときも女を殺したな？」

「今度の女はわたしが殺したんじゃありません！」スミスの肉づきのいい顔から血の気が引いた。もともと青白い肌はほとんど透明と言ってよかった。

「だが、アレクシス・バルディッチはおまえが殺した」

リンゴは足をとめ、スミスの反応をうかがった。イーサン・キャリックの妻の死がドナテッリに責任があるとは知らなかった。そもそも、ドナテッリがなにを考えているのかわかったことなど一度もないが……。リンゴたちはすりきれたドアマットのように一方的に踏みつけられるだけだ。ドナテッリの号令でジャンプし、ご褒美として血液をもらう。ニコチンとアルコール、そしてなんといっても少量のヘロインをまぜた血液を。

リンゴはドナテッリと彼に依存している自分を憎みつつも、ドラッグ入りの血液を振りきって逃げる自信がなかった。

スミスは答えを避けた。アレクシス・バルディッチの死について、罪の意識を感じている証拠だ。「でも、昨日の女は名前も知りません。急に現れて、叫びながら走り出して……それで、それで、勝手に車にひかれたんです」

「フォックスの女か？」

「わかりません」

リンゴは知っていた。物陰から見ていたところ、人間の女とフォックスの思考は同調していた。女は彼に言われたとおり、あの場を去ろうとした。恋人かもしれないし、血液提供者かもしれない。転生してから学習したことと照らし合わせてみると、どちらもキャリックの政治方針に反している。キャリックは人間を血液提供者として囲うことに反対していたはずだ。

「ご苦労だった、スミス。部屋に戻ってよろしい」

「はい、ミスター・ドナテッリ」スミスはほっとした様子だった。きつそうなグレーのスーツに包まれた肩を落として出口に向かう。

「そうだ、ひとつ言い忘れていた」ドナテッリはワイングラスに入った液体を口に含んだ。濃厚な血液の香りにリンゴの胃がよじれる。ドナテッリはグラスを傾けて中身を見つめ、薄い下唇についたしずくをなめ取った。やせて筋張った顔と陰険そうな黒い目は鼬《いたち》を連想させる。「スミス、火曜まで血液の支給はなしだ」

スミスはドアの前で立ちどまり、愕然《がくぜん》として振り返った。

「五日間も？　ミスター・ドナテッリ、そんなのは無理です！」

「それなら六日にしよう」

スミスは口を閉じ、パニックに目を見開いた。それを見たリンゴは寒けがした。ドナテッリがそっけなく手を振る。

「行け。部屋に帰るんだ。自分がなにをしたか、どこでまちがったのか、よく考えろ」

大きな体からすすり泣きの声をもらしつつ、スミスは部屋を出て静かにドアを閉めた。

リンゴは一瞬だけためらったのち、腹を決めた。ドナテッリが喉を鳴らして血を飲むのを見つめながら口を開く。

「ミスター・ドナテッリ、たぶんあれはフォックスの女です。ふたりの思考が同調しているのを感じました。フォックスは彼女が危険な目に遭うのを恐れていました」

「その女は人間なんだな？　それについてもスミスがまちがっているわけではないな？」ド

ナテッリがリンゴのほうを向いた。黒い瞳におもしろがるような光が宿っている。

「そうです。ただ、女が死ぬところは見ていません。ケルシーを追いかけていたので」

「それで、ケルシーには逃げられたのか？」

リンゴは思考を閉じ、リネンのスラックスのポケットに手を入れたまま肩をすくめた。

「彼女のほうがヴァンパイアとして経験がありますし、最初からかなりの距離をあけられていましたから。ケルシーを訪ねて、脅かしてやりましょうか？」そこには殺すという意味も含まれていた。実際にそんなことができるかどうかはわからない。しかし、リンゴは自分のペースで戦いたかった。もちろん自分が生きながらえるためではあるが、ケルシーのことも守ってやりたい。

ヴァンパイアは七日間血を断たれると死んでしまう。リンゴのように転生間もないヴァンパイアが、ドラッグ入りの血液におぼれている場合は確実だ。どんな理由であれ、死にたくはなかった。

「そうしてもらうかもしれない。考えさせてくれ」

「ケルシーは記憶喪失になったらしく、おれのことも、あの夜のこともまったく覚えていませんでした」あの夜というのは、スミスがケルシーに一弾倉分の銃弾を放ち、血を抜き取った夜のことだ。同じ夜、ドナテッリはリンゴをヴァンパイアに転生させた。

「だが、ケルシーはフォックスの庇護《ひご》下にあるのだろう？」

「そう見えました。しかし、フォックスの弱みは人間の女のほうです。女から血を吸っているのかもしれません」

「女は死んだ、とスミスは言ったが？」

「それがなんだというのです？　あの女から血を吸っていたのだとしたら、また別の血液提供者を見つけるでしょう。そうなればフォックスは偽善者ということになり、キャリックのイメージも損なわれます。一方で、フォックスがその女を転生させた可能性もあります。その場合は、キャリック大統領の政治方針に反するのではないでしょうか？」ポケットに入れた手にいやな汗がにじむのを感じながら、リンゴはできるだけ涼しい顔を保ってドナテッリの視線を受けとめた。

「おもしろい。座って一緒に食事をしないか？」

ドナテッリが指を鳴らすと、背が低くてふくよかな娘が現れた。ピンク色の頬をして、ブロンドの長い髪を揺らしながらテーブルのほうへ歩いてくる。彼女が出てきたのは——リンゴが思うに——バスルームのドアだ。ちっぽけなミニスカートにレース地のキャミソールを着て、両手に血の入ったゴブレットを持っていた。彼女はそれをテーブルに置き、ドナテッリの顔色を確認してから彼のほうへかすかに身を寄せた。胸を突き出し、首を伸ばしてみせる。期待と興奮に娘の心臓がどくどくと打っているのがわかった。腕と首にあざがあるものの、いかにも健康で好色そうだ。

人間にまちがいない。娘がドナテッリの力と血を吸われるときの快感の虜になっていることも……。転生によって鋭さを増したリンゴの嗅覚《きゅうかく》が、あたたかな肌から立ちのぼる濃厚な香りを察知する。人間だったときの好みからいうと、娘はぽっちゃりしすぎていた。以前の彼なら、豊かすぎる曲線に息苦しさを覚えただろう。だがヴァンパイアとなった今は、みずみずしくやわらかそうな体に魅力を感じた。口内に唾がたまり、鼻孔がふくらむ。

娘は高揚していた。そして恥ずかしいことに、リンゴもまた高揚していた。

「まずはこれを空けたらどうだ、リンゴ？　きみのために特別にブレンドさせたものだ」ドナテッツリがゴブレットを指した。

リンゴは即座に反応した。猛烈な速さで娘の脇をすり抜け、ドナテッツリの向かいに腰を下ろす。

「それを飲み終わったら……」

ドナテッツリがそう言ったとき、ゴブレットは半分空になっていた。リンゴはショットグラスを空ける勢いで一気に流し込んだ。血液とそれを飲んだあとの酩酊《めいてい》感に飢えていたせいもあるが、ぐずぐずしていたら取り上げられるのではないかという不安もあった。

「……ケイティとふたりで楽しんできたらどうだ？」ドナテッツリがブロンド娘を顎で示す。

リンゴは空のゴブレットをテーブルに置き、向かいに座っているドナテッツリを見つめた。血液が喉を滑って飢えをやわらげ、快い熱を四肢へと運ぶ。こんな展開は予想していなかった。おれはドナテッツリに気に入られたのかもしれないし、これはなにかの罠《わな》かもしれない。新たな快楽を与えることによって、さらに依存を強めるつもりかもしれなかった。転生して以来、生きた人間から血を吸うことは禁じられていた。娘の肌に牙を立てるところを想像しただけで、胸が高鳴って指が震え、下腹部がこわばる。

ケイティのほうを見ると、彼女は不服そうに唇を突き出していた。

「ドニー、今夜はあなたと一緒にいられると思ったのに」

リンゴは舌を喉に詰まらせそうになった。ドニーだと？　数カ月ぶりに笑いが込み上げてくる。

ドナテッリが手を伸ばすと、娘はテーブルをまわって彼の横に立った。ドナテッリは娘の腰に腕をまわして自分のほうに引き寄せる。「そんなふうに唇をとがらせると噛むぞ」

ケイティは期待に満ちた顔で息を吸った。「いいわ」

ドナテッリは笑いながら、娘の背中を軽くたたいた。「あとでな。まずはリンゴにきみの甘さを教えてやれ。それが終わったら、プレゼントがある」

「プレゼント？」ケイティはそれで納得したらしく、テーブルをまわってリンゴのそばに立ち、笑いかけた。「ハーイ」

リンゴはこの申し出を拒みたかった。しかし、自分がそうしないことはわかっていた。拒めるわけがない。

「彼をベッドへ連れていって服を脱ぎ、美しい体を見せてやるんだ」

「わかったわ」ケイティはきびすを返し、キングサイズのベッドが置いてあるベッドルームに向かって歩き出した。白いキャミソールを脱ぎながら。

「急いだほうがいい」ドナテッリが意味ありげに笑った。「ケイティはきみなしでも始めるからな」

立ち上がった拍子に椅子が引っくり返った。焦るあまり、力の加減を忘れていた。

「噛む場所は首だけじゃない。首なんて当たり前すぎる。どこでも好きなところを噛んでいいんだ。あの娘は倒錯的なプレイが好きだ」ドナテッリがゴブレットを口に運んだ。

ケイティはキャミソールに続いてミニスカートを床に落とし、全裸で階段を上がってベッドルームへ入った。リンゴに向かって肩越しに誘うような笑みを投げる。

「吸いすぎるなよ。ケイティはわたしの目下のお気に入りなんだ。おまえが彼女を殺すようなことがあれば、わたしは少々取り乱すかもしれない」

その言葉に、リンゴは足をとめた。こんなことはしたくない。これはまちがっている。ドナテッリは新たな方法で自由を奪って支配力を強め、汚い仕事をさせようとしているだけだ。リンゴの体は〝さっさとやれ、娘の体を楽しんで血を吸え〟とはやしていた。脳の一部が必死に抵抗する。〝こんなことはするべきじゃない。ますます自分がいやになるぞ〟

リンゴがついてこないことに気づいたケイティは、露骨に不機嫌そうな顔になった。いらだった様子で階段を下り、彼のそばに立つ。「来て」

リンゴの胸に娘の乳房が、高まりに彼女の下腹部が当たった。

ケイティがリンゴの下唇を軽く噛む。リンゴはヴァンパイアとしての本能に屈した。人間であったときと同じく、己の弱さに負けたのだった。

カーラはシーマスが断ると踏んでいた。男の膝の上で踊った経験などない。それはスクリーンの裏でポールに絡みつくこととはまったく別物だった。そんなことをしたいと思ったのは初めてだ。シーマスの上で踊ることによって、彼の仮面を吹き飛ばしたかった。しかし一方では、シーマスが同意したらどうしようと怯えている自分もいた。

シーマスに単なる欲望のはけ口と見なされたのが悔しかった。カーラは自分をストリッパーではなくアーティストだと、スクリーンのうしろで踊るダンサーだと考えていた。誘惑したかったと彼から言われたことで、安っぽい女に見られた気がしたのだ。

くだらない。わたしの仕事は裸で踊ることだ。それを見たシーマスが、わたしをダンスの天才だと思うはずがない。

それでも自分の立場をはっきりさせておきたかった。

シーマスはなにかと指示してくる。

一時的であれ彼とつき合うなら、一方的に従わされるのはごめんだ。こちらの要求も聞いてほしい。

「カーラ？」シーマスがカーラの乳房に問いかけた。

「なに？」彼女はシーマスの黒髪にふれた。豊かでやわらかい髪は短くカットされている。

カーラはその手ざわりを楽しんだ。

「なにをしているんだ？」

彼の前に立って、かすれた声に耳を傾けているのだ。カーラにはそれだけでじゅうぶんだった。

「あなたの答えを待っているのよ」黒髪の下にまっすぐに走る傷跡を発見する。

シーマスが咳払《せきばら》いをした。

「その……なぜそんなことを？　なぜダンスをしようなんて思ったんだ？」

「褒めてほしいのかもしれない。あるいは単純に、あなたがダンスを見たいだろうと思ったのかもしれないわ」カーラは七センチほどの傷をなぞった。「これはどうしたの？」

「納屋で働いているときに、父が草刈り鎌《がま》を落としたんだ。出血多量で死ぬところだった」

それが三〇〇年以上前に起きた出来事だと思うと、カーラは怖くなった。シーマスはいつまでも若いままだ。そしてわたしも。それはひどく悲しく、恐ろしいことだ。

「……見たいな」

シーマスの手が腰にあてがわれるのを感じて、カーラは視線を落とした。

「なんですって？」

「ダンスが見たいと言ったんだ」

断ると思ったのに。

彼女の驚きが伝わったのだろう。シーマスが息もとまるような笑みをゆっくりと浮かべた。

「きみはすばらしいダンサーだ。さっきは無反応だと非難されたけれど、実際ぼくはきみを見るたびに興奮する。せっかくの申し出を断ったりするものか」

言葉を発するごとに、アイルランドなまりが強くなる。

カーラはそれを男っぽくてセクシーだと思った。

「どうしてこんなに惹かれるのかしら?」純粋な疑問だった。彼の腿を挟むようにして立ち、悩ましく腰を回転させてバランスを確かめる。

シーマスは情熱に目を陰らせ、カーラのくびれたウエストを指でなぞった。

「わからない。でも、ぼくも同じくらい惹かれている。今さら運命なんてものは信じない。物事はランダムに起こり、ぼくたちはそれに反応しているにすぎないんだ。そこに理由なんてない。だからといって、楽しんではいけないことにはならないけどね」

シーマスの言い方は皮肉っぽくもなければ冷たくもなく、淡々としていた。しかし、それを聞いたカーラはどうしようもなく心が沈んだ。

彼女自身、変えられない運命があるとは思わない。大人になってからずっと、夢を実現し、理想の道を切り開くために努力してきた。自分の行動を決めるのは運命ではなく、自分自身だと信じて。その一方で、すべてが意味のない偶然とも思えなかった。マーカスとの関係にしても、あれほど努力したのにみじめな別れを避けられなかった。何年も前の話だが、思い出すといまだにつらい。それに目の前の男に……ハンサムなヴァンパイアに、これほど惹かれる理由もわからない。

ひとつだけ確かなのは、シーマス・フォックスがカーラの世界を脅かしていることだった。彼のせいで、懸命に積み上げてきたものが崩壊するかもしれない。マーカスが九度も浮気をしていたことを知って以来、心に何重にも巻きつけていた毛布を奪われるかもしれない。

そうとわかっていながらシーマスが欲しかった。マーカスにはこれほど情熱をかきたてられたことはない。シーマスのことを考えるだけで高揚し、セクシーな気持ちになる。

彼に見つめられると体がほてり、膝の力が抜けた。シーマスの前で背中をそらし、胸を突き出して腰を揺らしている自分を、カーラはおかしいとは思わなかった。彼に求められたい。出会えたことを祝福してほしい。ふたりのあいだに流れる不思議な力に気づいてほしかった。彼女を追いつめ、混乱させ、駆りたてる力に。

「つまり、これもランダムな出来事なわけ？」カーラはシーマスの胸に乳房を押しつけながら、ジーンズのボタンを外した。

「そうだ」シーマスが彼女の顎に唇を寄せた。カーラがファスナーを下ろすと同時に、彼はジーンズを引き下ろした。

体をよじってジーンズから脚を抜いたカーラは、伸縮性はあっても色気はないショッキングピンクのショーツをはいていることに気づいた。唯一ありがたかったのは、ヒップがすっぽりと覆われていることだ。「それで、この偶然が気に入った？」

胸を高鳴らせながら、カーラはシーマスの肩につかまって彼の膝にのった。シーマスの発したうめき声からして、こうするとは予想していなかったらしい。

「もちろん」それを裏づけるように、シーマスはピンクのショーツに包まれた彼女のヒップをつかんだ。「カーラ」

「なに？」彼の肩を支点にして体を上下させ、腰をまわし、乳房を揺らす。シーマスの腿は硬くて安定感があり、カーラはまたしても欲情している自分に気づいた。彼はそういう影響力を持っている。

シーマスが張りのあるカーラの肌を両手でつかみ、腰を突き上げた。

「ぼくがなにか言ったかな？」

「言った気がする」カーラは彼の肩に体重をかけて強く息を吸った。「覚えていないの？」

「……覚えていない」シーマスが彼女の首筋に鼻をこすりつけて肌に舌をはわせる。

カーラは期待に身震いした。シーマスは噛もうとしている。そうしてほしかった。強く噛んでしるしをつけ、あのクライマックスを与えてほしい。わたしはこんなに貪欲だっただろうか？　以前よりもみだらになった気がする。

「下着を脱いで。ぼくを迎え入れてくれ」

シーマスの牙の先端が首筋を押し、カーラの気を散らした。腰の動きも、熱い体も、ウエストを押さえる手の力強さも、牙がじらすように肌をかすめる感触も、すべてが信じられないほど心地よい。

しかしシーマスがカーラの背後に手をまわしてショーツを下ろし始めると、一気に現実が戻ってきた。シーマスに教えていないことがある。彼には理解できないであろうことが……。

「だめよ」

「なぜ？」シーマスは逃げようとするカーラのヒップを押さえた。

「ヴァージンだから」カーラはパニックを起こす寸前だった。今はまだシーマスと寝たくない。自分自身を制御できなくなる。ヴァンパイアになったばかりで食欲と性欲がごっちゃになっているし、死の淵《ふち》から救ってくれた相手を冷静に分析できているとも思えない。

シーマスは動きをとめ、大声で笑い出した。「ヴァージンだって？　冗談はやめてくれ」

冗談ですって？　カーラは平手打ちをされたかのようにシーマスの膝から飛びのき、両足を床に踏ん張った。「そうよ、わたしはヴァージンなの！」

「したくないなら、そう言えばいいんだ」シーマスがおかしそうにかぶりを振る。「嘘なんかつく必要はない」

「本当にヴァージンなんだってば！」

「はい、はい」シーマスは彼女のヒップをたたいた。

カーラはシーマスの手の届かないところまで後退してジーンズをはいた。もういい。皮肉屋でわからず屋のヴァンパイアの顔なんて、これ以上見ていたくない。

「出ていって」ばかにされるのはたくさんだ。

シーマスの笑みが消えた。

「おいおい、またけんかを始める気か？　もうその段階は乗り越えたと思ったのに」

カーラはジーンズのファスナーを上げて、ベッドルームへ向かった。〝あんたなんて死んじゃえ！〟と絶叫したかった。

「それに、ここはぼくの部屋だ」

「だったら、自分の家に帰るわ」カーラは力を加減することも忘れてスーツケースを引っぱった。スーツケースが天井に激突し、漆喰《しっくい》を削ってカーペットに落ちる。

「帰らせるわけにはいかない」

そのせりふなら九〇回は聞いた。

「もうたくさん！　わたしは帰るわ。あなたにはとめられない」

カーラは屈辱感でいっぱいだった。ペットの名前を呼んで出口に向かい、ドアを開けてスーツケースとともに廊下へ飛び出す。どちらに行けばいいのかわからないが、ともかくシーマスから離れたかった。

当然ながら、シーマスが追いかけてきた。驚いたのはそのスピードだ。一・六秒ほどで背後に立ち、まばたきをしたあとには彼女の目の前にいた。おかげでカーラは彼と衝突し、スーツケースにつまずいてよろけた。ふたりは手足を絡め、映画のスローモーションのごとく廊下にくずおれた。強烈な衝撃が走る。

「もう！」カーラはシーマスの体から下りようとした。それができないとわかると、せめて上体を起こそうと背中をそらす。

ところがシーマスは片方の手をカーラのヒップに当てただけで、彼女を自分のほうへ引き戻した。力では勝てないという事実にいらだちながら、カーラはもがき続けた。「放してよ！」

「だめだ。話し合わないと」

右側のドアが開く。カーラがそちらを見ると、ふた組の足が見えた。ひと組は黒い靴下に包まれた大きな足で、もうひと組は爪が磨いてあるので女性のものだとわかる。

「そういうことは部屋のなかでやったほうがいいんじゃないのか？」

カーラは目を閉じた。イーサンの声に似ていたからだ。

「あのシーマス・フォックスがねえ。あなたにそういう一面があるとは知らなかったわ」笑いを含んだ声はまちがいなくアレクシスだ。

「きみたちは口を出さないでくれ」シーマスが重々しく言い放った。「個人的な話をしているんだから」

「廊下で抱き合って？　昨今ではこういうのを個人的な話し合いっていうのね」

カーラは上体をそらしてシーマスから逃れようとした。「放して！」

「だめだ」シーマスが彼女の目を見据えた。この調子では、ヴァンパイア寿命が尽きるまで抵抗しても無駄だろう。シーマスはカーラと同じくらい頑固だった。彼女を抱いたまま反転し、体全体でのしかかってくる。

カーラはののしりの言葉を叫ぶかキスをするかで心が揺れた。シーマスにキスをしたことはないが、きっとすばらしいにちがいない。彼の唇に唇を押しつけて、そのあたたかさを味わいたかった。幸い、愚かな行為をしでかす前に、アレクシスが仲裁に入った。

「あなたたちのけんかはかわいらしいけど、まじめな話、部屋に戻ったほうがいいと思うわ。それともイーサンとシーマスには仕事にかかってもらって、カーラはわたしとおしゃべりする？」

シーマスはカーラを凝視していた。彼女の頬に熱い息がかかる。サルサソースのようにぴりっとして甘いにおいがした。カーラは自分の頭が硬い床に押しつけられているのをぼんやりと感じた。シーマスの目が、想像のなかで彼女の服を脱がせ、愛撫《あいぶ》し、称賛する。カーラの脚から力が抜けた。彼の高まりが下腹部を圧迫するのがわかった。

シーマスの唇にふれて、輪郭をなぞったらどんな感じがするかしら？

シーマスが心を開き、彼女に語りかけてきた。

〝きみを愛させてくれ〟

カーラも同じことを願っていた。いや、願っているどころではなく、原始的な欲望が彼女を支配しようとしている。〝イエス〟と言いたい。カーラが口を開きかけた瞬間、シーマスが悪態とともに体を引いた。

「ちくしょう！」

「どうしたの？」カーラは突然、自分たちがホテルの廊下に横たわっていることを思い出した。上体を起こし、Tシャツをウエストまで引っぱり下ろす。

「サタンが嚙んだんだ。このいまいましいちび犬め！」シーマスはチワワをにらみつけた。

ミスター・スポックはシーマスのヒップに座って、短いしっぽを盛んに振っていた。その姿はなんとも愛らしい。スーツケースのなかにミスター・スポックの服も入っているかしら？　かわいらしいセーターやTシャツが何枚もあるのだ。

「ちっちゃなワンコに嚙まれたくらいで大げさね」アレクシスが腕組みをしてドア枠に寄り

かかる。

「痛いとかそういうんじゃない。むかつくんだ」

「あなたはなんにでもむかついているじゃない」カーラははなをすすった。さきほどまでの緊迫した雰囲気が緩んでほっとしていた。

「きみが怒らせるからだ」シーマスが立ち上がり、カーラに向かって片手を差し出した。

カーラはその手を無視して立ち上がった。

「シーマス、今夜じゅうにするべき仕事はあるのか？　仕事がないならアレクシスとぼくは退散して、きみたちに個人的な話し合いとやらを続けてもらうけれど？」イーサンが妻の隣でにやにやしながら言った。

シーマスがイーサンをにらんだ。「きみと話したいことがある」それからカーラに向き直った。「部屋に戻るんだ」

その言い方がカーラの癇に障った。「いやよ」

「従わないなら、担ぎ上げて放り込むぞ」

どうしてここまで豹変《ひょうへん》できるの？　ついさっきまではやさしくて情熱的だったのに、今度はいばり散らしたりして。怒りの涙にカーラの視界が曇った。

「そこまでよ」アレクシスが両手でタイムのジェスチャーをする。「落ち着いてよ、シーマス。イーサンに話があるんでしょう？　カーラとわたしは下へ行って、女同士で楽しんでくるわ」

シーマスが口を開きかけるのを見て、アレクシスはつけ加えた。

「心配ないわ、ボディガードを連れていくから。本当にこのカジノは騒動に事欠かないわね」

7

「シーマス、ちょっと助言していいか？」イーサンは、シーマスから渡されたスケジュール表に目をやって尋ねた。

「ああ」シーマスがノートパソコンの上からオレンジ色の猫を抱き上げて床に下ろす。ふわふわした毛が舞い上がって、彼の唇に張りついた。「なんだこれは！」顔をしかめて毛をつまみ、ごみ箱に捨てる。「この猫どもときたら、どこへでも潜り込んでしまう。動物王国に住んでいるみたいだ」

「ぼくが助言したかったのも、そのことと関係している。きみとカーラは問題を抱えているようだな」

そのとおりだ。たとえば、彼女はぼくの存在に我慢できない。

「そうなると、カーラに対しては別の対応をしたほうがいいんじゃないか？　きみが彼女を転生させたからといって、必ずしも一緒に住まなければならないわけじゃない」

シーマスの頭のなかに警報が鳴り響いた。相性ぴったりとまではいかなくても、カーラとは離れたくない。ひとりで住まわせるのは不安だし、彼女のことが恋しくなるだろう。なんといっても、まだベッドをともにしていないのだから……。「カーラを家に帰すわけにはいかない。彼女はヴァンパイアの掟も知らないんだ。だいいち、路地で襲ってきた連中が戻ってきたらどうする？　やつらの狙《ねら》いは不明だ。カーラが危険にさらされるかもしれない」

「落ち着けよ。なにも目の届かないところへやるわけじゃない。個室を与えたらどうかと思うんだ。そのほうがカーラも喜ぶんじゃないか？」

「個室なんてだめだ！」別々に住むなど考えるのもまっぴらだった。なぜ一緒にいてはいけないんだ？　ぼくのなにが悪い？

「きみたちが惹かれ合っているのはわかる。だが、カーラは慣れ親しんだ生活を引っくり返されて混乱し、怒りを感じている。自分だけの空間とプライバシーを必要としているように見えるけれどね」イーサンは脚にじゃれついてくるチワワを押しのけた。「彼女に個室を与えれば、きみも動物王国から解放される」

「だめだ」シーマスは言った。理屈など知ったことではない。反射的に言葉が飛び出した。「カーラはぼくと一緒にいる」

イーサンがシーマスをまじまじと見た。

「だったら、召使に指示を出すような態度を改めろ」

それがどういう意味で言われたのか、シーマスにはまったく心当たりがなかった。カーラと出会って以来、彼女のためだけを思って行動してきた。あのチワワでさえ部屋に入れた。彼にしてみれば、最大級のもてなしだ。

「なんのことかわからないね」そう応えて、インターネットのブラウザをクリックする。

イーサンが鼻を鳴らした。

「そうだろうな。自分がカーラにほれていることにも気づかないんだから」

友人の指摘に、シーマスは口もきけないほどの衝撃を受けた。コンピューターの画面には、ニュースやテレビ番組、星座占いや天気予報がひしめいている。

ラスヴェガス――晴れ、二六・七度。

シーマス――間抜け、三七一歳。

「ほれてなんかいない！」そう言った瞬間に、嘘だとわかった。彼はカーラに恋していた。自慢の自制心なんてとっくの昔に吹き飛んでいた。

「正直になれよ。女性とつき合うのも楽しいぞ」

「ぼくは誰ともつき合いたくなんかない。理由はわかっているはずだ」再び女性とつき合うなど、想像しただけで冷や汗が出る。

「マリーのせいか？」イーサンは立ち上がり、紙の束をテーブルに投げた。「もう二〇〇年以上も前の話なんだぞ。マリーはきみに嘘をつき、裏切った。だが、あの女は死んだし、カーラはマリーじゃない。いつかは女性不信を乗り越えなければならないんだ」

シーマスは、その〝いつか〟がずっと先であることを祈った。「マリーはただ裏切っただけじゃない。ぼくをギロチン台に送ったんだ。唯一の救いは、ギロチンの刃先が切れにくかったことだよ」刃はシーマスの首の半分までしか達しなかった。役人たちは彼が死んだと判断し、首なし死体の山に投げ入れた。首なし死体のなかには、ヴァンパイアがふたりまじっていた。

シーマスはうなじに手をやった。傷跡はいつまでも消えなかった。

「知っている。ぼくはその場にいたんだから。マリーはどうしようもない女だ。だが、あの女が裏切ったからといって、カーラも同じとは限らない」

「きみは精神科医じゃないし、ぼくはカーラとは出会ったばかりだ。この話はやめよう。もっと重要なことがある。たとえばきみの選挙とか、ぼくを路地で殺そうとしたやつの正体とかね。一連の出来事を関連づけて考えるべきだったよ。ケルシーから事情を聞く努力をするべきだった」

イーサンが首を振った。

「それでなにかが変わったとは思えない。きみのことだから、徹底的に調べたはずだ」

「……カーラのことで迷惑をかけてすまない」シーマスの肩に罪の意識がずっしりとのしかかった。「彼女を転生させるべきじゃなかった」

「でも、きみは転生させた。その理由を考えたほうがいい。カーラはきみの運命の相手かもしれないぞ」

「結婚してからつまらないことを言うようになったな」シーマスは飲み物を出そうと冷蔵庫へ近づいた。「みんながみんな、家庭的な幸せを求めているわけじゃないんだ。ぼくはむしろ、カーラと出会ったことを後悔しているよ」シーマスは声に出すことでそう信じようとした。「彼女はこうなったのを喜んでいないし、ぼくも選挙戦に波風を立てたくない」

「大した問題にはならないよ。カーラが目立つふるまいをしないよう気をつければすむ。彼女のことは秘密にしておこう」

シーマスの背筋を冷たいものが走った。

「それなのに、カーラをきみの妻に任せてしまった。アレクシスは秘密からいちばん遠いところにいるのに」


カーラはシーマスの部屋から出られてほっとしていた。そのためならどんな誘いでも歓迎しただろうが、アレクシスはカジノで運試しをしようと言った。沈みがちなケルシーを誘って着替えをし、お互いの顔に化粧を施してカジノに繰り出す。

「わたし、一〇ドルしか持っていないわ」カーラは財布のなかを探った。「絶対に負けないマシーンってあるかしら？」重苦しい現実から目をそらしたい。ギャンブルはそんな夜の過ごし方としてぴったりだ。

「あら、お金の心配はいらないわ」アレクシスは咳払いをして、サービスカウンターへ足を向けた。「このカジノはわたしの夫が所有しているんだもの。イーサンを夫にする特権は、最高のセックスだけじゃないのよ。カードが使い放題なんだから」

「じゃあ、お言葉に甘えて。でも、勝ったら元金は返すわ」生まれたときから父がおらず、一二歳のときに母を亡くしたカーラは、貧しいながらもプライドを持って生きてきた。借りを作るのは好きではない。

「いいわ」

カウンターに歩み寄るアレクシスのあとにボディガードがつき添う。もうひとりのボディガードは、ケルシーとカーラから適度な距離を置いて立っていた。カーラはケルシーを励ますようにほほえんだ。「あなたはどうやってイーサンやシーマスと出会ったの?」

「わたしはミスター・キャリックのところで受付係をしてるの。彼とは一九六〇年代にニューヨークで出会ったわ。ヴァンパイアになったばかりのわたしに、ラスヴェガスへ来て秘書をしないかと声をかけてくれたの。シーマスに会ったのはこっちに来てからよ」

話しているあいだじゅう、ケルシーは落ち着きなく周囲を見まわしていた。体の前で折れそうに細い腕を組んでいる。シャープでなめらかな頬に長い黒髪がかかり、揺れていた。

「今の、感じた?」

「感じるってなにを?」カーラは熱くもなければ寒くもなかった。空腹でもない。ただ……自分がヴァンパイアであることだけは鮮烈に感じる。

「悪い予感。背筋を指でなぞられるような。誰かがいるって感じ」

「そりゃあこれだけ人がいるんだもの」九月の祝日でもない平日の木曜だというのに、フロアは大盛況だった。カジノでは時間が意味を失う。ここがどこで、何月何日の何曜日であろうが、朝であろうが昼であろうが夜であろうが、そんなことはどうでもいいのだ。

「このなかに、悪い意図を持った人がいるわ」

カーラにもそれは理解できた。人が集まれば悪人もまじる。

「誰かのいやな感情を察知したのかもしれないわね。大金をすった人とか」

「そうじゃないわ」ケルシーはカーラの目をじっと見た。「でも、気にしないで」そう言って小さく笑う。「シーマスはあなたがとても好きなのね」

「そうは思えないけど」

「男って不器用だから」

その点はまったく同感だ。部屋に入れと言われたときの横柄な口調を思い出すと、今でもかっとなる。もちろん高揚感ではなく怒りで。

「だけど、シーマスは信頼できるわ。彼はいい人よ。わたしが……事故に遭ったときも面倒を見てくれた」

「責任感はあるみたいね」周囲の期待を裏切らない人であることは見て取れた。だが、義務感だけでそばにいてほしくはない。お情けなんていらないし、他人にあれこれ指示されるのはまっぴらだ。

アレクシスがカードをひらひらさせて戻ってきた。「どこから始める？」

「マネー・ホイールがいいわ」ケルシーの瞳に、恐怖以外のなにかが宿った。カーラはスロットマシーンには興味がなかったが、ケルシーが楽しめるならそれでいいと思った。彼女には痛ましい過去があるらしく、〈アヴァ〉のヴァンパイアたちはみなケルシーを気遣っている。

スロットマシーンでリラックスできるなら、喜んでつき合おう。

一時間後、アレクシスはぼったくりだとぶつぶつ文句を言っていた。「損したのはわたしじゃなくてイーサンだけどね」そう言って、にやりとする。

ケルシーは頬を紅潮させて、熱心にボタンを押し続けていた。

「わたしは八七ドルの勝ちよ」

カーラは六ドル負けたあと、ほかのふたりの様子を見学していた。

「ポーカーを試してきてもいいかしら？」

「いいわ」アレクシスがスツールを下りる。「どっちにしろ、お尻の感覚がなくなってきたから少し動きたかったの」

フロアのあちこちで色とりどりのライトが点滅し、チャイムやブザーの音が鳴り響いている。カーラはジーンズの尻ポケットに両手を入れて歩きながら、唇を噛んだ。アレクシスは味方になってくれそうな気がする。

迷惑はかけたくないが、誰かに助けてもらわなければ精神を病んでしまいそうだった。シーマスを殺してしまうかもしれない。「アレクシス、質問してもいいかしら？」

「なんでもどうぞ。わたしは妹を育てたの。だから、助言するのは得意よ。たとえ相談内容についてこれっぽっちも知識がなくてもね」

カーラは声をあげて笑った。「どうしたらシーマスがわたしに愛想を尽かしてくれるかと思って。家に帰るのもだめ、逃げるのも無理となると、追い出してもらうしかないでしょう？　でも、どうやったらそれができるかわからないの」

　先ほどスロットマシーンのボタンを押しながら考えた結果、ほかに道はないという結論に至ったのだ。シーマスのそばにいると、精神衛生上も貞操上も危険だった。しかし、六人のボディガードを突破して逃げられるとも思えない。カーラは心のなかでマットとジェフと名づけたボディガードに目をやって、やっぱり無理だと確信した。ふたりともいかつい体格をしている。砂漠に生えている大型サボテンを平然と真っぷたつにするタイプだ。あんな男があと四人も出てきたら、とても逃げられるはずがない。

「シーマスのほうから追い払うように仕向けるって意味？　屈折しているわね。そういうのは好きよ。〝一〇日間でヴァンパイアを追い払う方法〟か……うまくいくかもしれない」アレクシスは眉間にしわを寄せた。「シーマスが嫌いなものなら山ほどあるわ。なんといっても、規則を破るのが嫌いね。それから人目を引くことや、べたべたする女性も嫌いだわ」

　ケルシーが七センチのハイヒールで小さなヒップを揺らして歩きながら首を振った。

「べたべたする女は嫌いでも、それが理由で追い払ったりはしないわ。わたしを見てよ。シーマスをいらだたせてばかりいるけど、邪険にされたことなんてないわよ。ちゃんと面倒を見てくれるわ」

　説得力のある意見だ。

「ケルシーの言うとおりね」アレクシスがにんまりする。「じゃあ、シーマスはあなたのどこが好きだと思う？　彼があなたにお熱なのは一目瞭然だもの」

カーラはしばし考えた。自分なんかのどこがいいのかよくわからない。

「あの人はわたしをセックスの女神だと思っているの。スーパーセクシーなストリッパー像に重ねている。男の妄想が実体化したみたいに。だけど、わたしは女神なんかじゃない。水着で人前に出るのさえおどおどしちゃうわ。ストリップ・クラブで踊っているのはスクリーンのうしろにいられるからで、そうしていれば誰にも見られていないふりができるからよ」

シーマスの膝の上で即興のダンスを披露したことはあるが、あれは成功したとは言えない。

「あの人はわたしを見ると、セックスを連想するの」

「なるほどね。いいことを思いついたわ」アレクシスは足をとめ、ボディガードをにらみつけた。近すぎるという意味だ。男たちが慌ててあとずさりする。アレクシスは声を落とした。「ボディガードはこっちの話を聞いていないことになっているんだけど、わかったものじゃないから。シーマスがいちばん恐れていることってなんだかわかる？」

「なんなの？」カーラはささやき返した。

「女性と永続的な関係を結ぶことよ。シーマスはそれが怖くてしかたがないの」

永続的な関係を恐れているのはカーラも同じだ。

「わたしはそんな要求をしたりしないわ」

「あなたが要求したとしても、シーマスは断ってくるわ。それを逆手に取って、彼の妻みたいにふるまえばいいのよ。〝ハニー、これをして、ハニー、あれもお願い。ごみは出してくれた？　なぜ花を買ってきてくれないの？〟といった具合にね。シーマスはまばたきをするよりも速くあなたを追い出すでしょう。そういうのが苦手だから」

なるほど。「うまくいくかも……」

「絶対にうまくいくわ。ヴァンパイアの男は支配的だし、自分のやり方を通したがるの。それに、永遠にひとりの女性と結ばれるのを恐れている。ヴァンパイア同士の離婚は認められていないから、みんな結婚したがらないのよ」

「考えてみるわ」妻どころか、恋人のふりをすることすら恐怖だ。シーマスがそれを気に入ったらどうすればいいの？　そうこうするうち、三人はポーカー・ルームに到着した。「とにもかくにも、先立つものがないとね」


シーマスは混乱していた。気性が激しくてエキゾティックなダンサー、彼の理想であり、血を吸うことでクライマックスに達する女性が、突如として家庭雑誌の歩く広告塔になったからだ。

自室のドアを開け、今度はなにが待ち受けているのだろうと身構える。たった七日間で、シーマスの部屋はピンクに支配されつつあった。リビングルームにはピンク色をしたふかふかのクッションが配置され、バスルームにはどぎついピンクのタオルがかかっている。カーラとインターネットは最悪のコンビだ。カーラはオンライン・ショッピングでなんでも買ってしまう。今日などシーマスはシャワーを浴びたあとで、大事な部分にピンク色の糸くずがついているのを発見した。男の沽券《こけん》にかかわる事態だ。第一次世界大戦のときの今は亡き戦友たちが見たら、笑い死にするにちがいない。

しかし、いくら本人のためとはいえ、意思に反して閉じ込めているも同然なのだから、彼女がピンクに慰めを見いだすくらいは大目に見なければならない気がした。

恐る恐る部屋に入ると、スツールの上に立つカーラを発見した。彼女が肩越しに振り返ってにっこりする。

「ああ、よかった。おかえりなさい。カーテンをつけるのを手伝ってほしかったの」カーラはたっぷりしたピンクの布を差し出した。

あろうことかシーマスの部屋に、ピンクとオレンジのストライプのカーテンをかけるつもりらしい。「その……これはちょっと明るすぎるんじゃないかな？」これなら直射日光を浴びるほうがましだ。

「そうかしら？」カーラが不思議そうな顔をした。「陽気でいいじゃない。ラズベリーとオレンジはお日さまの色よ」

「だけど……」シーマスはダイニングテーブルの上に財布を放った。相手の感情を害さずにそのカーテンは趣味が悪いと伝える方法を考えたが、なにも思い浮かばなかった。「カーラ、ぼくはそのカーテンが好きになれそうもないな」

カーラが大きく目を見開いた。見る見るうちに涙がたまって瞳の表面が膜を張ったようになる。

「わたしはただ、もっと居心地のいい部屋にしたかっただけなのに……」

「わかっている。きみの努力には感謝しているよ。本当だ。でも、おかしな色のカーテンなしでも、居心地のよさは追求できるんじゃないかな？」だいたい、このテーブルはどうしたんだ？　物の位置がすっかり変わってしまっている。

「わたしにセンスがないって言いたいの？」カーラはスツールから飛び下り、ぶかぶかのスウェットパンツを引き上げた。

シーマスはそのスウェットパンツが大嫌いだった。パンツは彼女の下半身を完全に覆っている。ここ数日というもの、カーラは大きすぎるスウェットパンツとだぼだぼのTシャツばかり着ていた。シーマスはため息をついて、テーブルの上の郵便物に手を伸ばした。当然ながら、手紙はピンク色のレターホルダーに差してあった。

「センスがないなんて言っていない」失言続きだ。なにを言ってもマイナスに取られる。たとえば蛇がいたと言っても、カーラは自分が侮辱されたと解釈するのだ。彼女がむくれないのは血を吸っているときだけだった。しかし、それでさえ以前のように体をふれ合わせようとはしない。これではまるで……まるで……結婚しているみたいじゃないか！

しかも、結婚生活はシーマスの想像どおり最悪だった。セックスはお預けで、二四時間文句を言われる。

「でも、そう思ったでしょう？」カーラは反抗的な態度でカーテンを持ち上げた。「ドッグフードは買ってきてくれた？」

しまった！「……いや」

カーラが例の声を出す。間抜け男と一緒になった自分の不幸を嘆く声だ。きっちり引き結んだ口から発する小さな音にそれだけの意味を込められるなんて信じられないが、彼女は見事にやってのける。カーラの不満がひしひしと伝わってきた。

「明日の夜にはなくなるのよ。フリッツが飢え死にしちゃうわ」

まさにそのとき、適正体重より五キロも重いラブラドールは長椅子で昼寝をしていた。腹が重力で床のほうへ垂れ下がっている。

「明日はちゃんと買ってくるよ。忘れてすまない」忘れないようにメモしようとペンに手を伸ばしたところで、渦巻き模様のついた鮮やかなピンクのペン立てに気づく。ペン立ての正面には、ピンクの羽根飾りまでついていた。「なんだこれは？　なにがどこにあるのかさっぱりだ」

「あなたのために整頓《せいとん》してあげたんじゃない。慣れてしまえば、こっちのほうがずっと効率的だってわかるわ」

自分でまいた種だ、とシーマスは思った。カーラに個室を与えるのを拒んだのは彼自身だ。意地を張らずにイーサンの助言に従っていれば、気ままな独身生活を続けられた。だが、シーマスはそれを望んでいなかった。大事な部分にピンクの糸くずがついていようと、カーラと一緒にいたかった。ベッドのなかでも、それ以外でも。問題は、彼女が食事のあいだも含め、シーマスにいっさいの性的興味を失ったらしいことだ。

カーラに血を与えるためだけに、シーマスが通常の二倍の血液を飲んでいる事実を知ったら、イーサンは仰天するだろう。

カーラはシーマスの血を吸うことを当たり前だと考えている。一度だけ、あなたはどうやって血を補給するのかと尋ねられ、本当のことを教えた。冷蔵庫で冷えている血液を飲むのだと。カーラは二度、冷蔵庫の血液を味見した。そしてひと袋まるまる飲んでから、鼻にしわを寄せた。「やっぱりあたたかいほうがいいわ」

それはシーマスも同じだ。

「効率的ね……最高だ」彼女が服を脱いで、羽根飾りのついたペン立ての隣に横たわってくれたら言うことはないのだが……。

もう一度誘ってみるべきかもしれない。どうしようもなくきみが欲しいとカーラに伝え、ぼくの体の反応で証明するのだ。このあいだは途中で終わってしまったが、膝の上で踊ったとき、カーラが興奮していたのはまちがいない。

「カーラ……」そう言うと同時に、右手に持っていたペンが半分に折れた。力の加減すらできないとは。いろいろな感情がごちゃまぜになっていた。自分がなにをしているのかもわからない。「カーラ……」

「ごみを出してきて」カーラは醜いカーテンを取りつけ始めた。

「なんだって？」目がつぶれそうなピンクとオレンジに脳みそをやられたらしく、シーマスは彼女がなにを言ったのか聞き取れなかった。

「ごみを出してきてよ。もうごみ箱がいっぱいなの」

あそこがこわばっているときに、ごみ捨てなんてできるもんか！　「もちろんいいよ」

「そうだ、インターネットで新しいベッドカバーを注文したんだけど、ついでにあなたの小切手帳も楽しいのを買っておいたわ。ベティちゃんの柄で、とびきりかわいいの」

折れたペンが床に落ちる。シーマスは深く息を吸った。自分の名前がベティちゃんの横に印刷されるくらい、大騒ぎするほどのことではない。本当に、なんでもないことだ。それがライバルの手に渡るわけではないのだから。ちょっと待った、もしドナテッリの陣営にそんなものが渡ったら？　だいいち、なぜカーラがぼくの小切手帳を見るんだ？　シーマスは額をかいた。

「ぼくはもう寝るよ」〝一緒に来てくれ、一緒に寝よう〟心のなかで叫ぶ。カーラの服を脱がせることさえできれば、あのカーテンもましに見えてくるはずだ。

「わたしも行くわ」カーラが言った。「カーテンをつるすのって、思ったより難しいわね」

その返事を聞いたシーマスは、カーテンを取りつけるカーラをぼうっと見つめた。やったぞ！　シーマスはカーラのそばへ行ってその手を取り、心にもない嘘をついた。

「いいね。部屋が明るくなった」

「そう思う？」

思わない。「ああ、まちがいないよ」

カーラがシーマスの腕に身を寄せた。

「どうもありがとう。そう言ってもらえると、とらわれの身でいるのも悪くないと思えてきたわ」

シーマスはなんだか胸がちくちくした。

「もう少しの辛抱だ。カーラ、約束する。あといくつかの点がはっきりしたら」

「いくつかって？」

「きみが心配する必要はない」どこから説明したらいいのかわからなかったし、カーラを怯えさせたくなかった。「きみも一週間前よりはずっと、ヴァンパイアに詳しくなったことだし」

「掟はみんな覚えたわ。イーサンの政治方針や、人間とヴァンパイアのハーフに関してもね。でも、あなたのことはなにも知らない」

カーラは家族のことや、父親が失踪《しっそう》したこと、ブラックジャックのディーラーをしていた母親が死んだことをシーマスに打ち明けていた。シーマスは彼女の苦労に同情した。だが、彼自身には語るべき事柄などない。人間時代の家族は父親だけで、どんな顔をしていたかさえろくに覚えていなかった。

「そんなことはない。知っているはずだ。アイルランドで畑を耕していたと話しただろう？」シーマスはカーラの手を引いてベッドルームへ歩き出した。自分のことは話したくなかった。それよりカーラをベッドに連れていきたい。

「彼女がどんな人だったか知りたいの」

シーマスは歩みをとめた。「彼女？」

「あなたを傷つけた女性のことよ」

シーマスは思わずカーラの手を強く握った。心を読まれたのだろうか？　だが、カーラに対しては思考を遮断してきたはずだ。「なんの話かな？　そんな女性はいない」

「女性を警戒するのは、過去になにかあったからでしょう？」

女性と話していて途方に暮れるのはこんなときだ。「警戒だって？」セックスを警戒しているのはカーラのほうじゃないか。「カーラ、こんな話はやめよう。ぼくたちはうまくいっているだろう？　一〇日前は見ず知らずの他人だったのに、今は一緒に住んで、お互いに満足している。それをわざわざ複雑にすることはない」

カーラはしばらくシーマスを見つめて肩をすくめた。

「わかったわ。ごめんなさい」

なにかがすっきりしなかった。シーマスはシャツを脱いでクローゼットの洗濯物かごめがけて投げた。かごの手前の床に落ちたシャツを無視してジーンズを脱ぎ、トランクス姿でバスルームへ入って歯を磨く。バスルームから出てくると、脱いだ服は洗濯物かごに収まっていた。カーラがいまいましいスウェットパンツをはいたまま、シーマスの脇をすり抜けてバスルームに入る。

シーマスはベッドに行き、枕《まくら》を七回ほどたたいてどさりと横になった。なにかがおかしいことはわかるのだが、それがなんなのかはわからない。フリッツがベッドに飛びのり、くるくると三回まわってシーマスの隣に寝そべった。カーラに寝てほしいと思っているまさにその場所に。

「おい、犬、下りろ」シーマスは不機嫌に言った。

フリッツはどこ吹く風で首を伸ばし、湿った鼻をシーマスの肩につけた。シーマスはべたべたする感触から逃れようと、慌ててベッドの端へ寄った。ベッドの下ではサタンがオーケストラさながらに甲高い声で吠え、合間に鼻を鳴らしている。

「なんだよ?」シーマスはサタンにそのまま倒れて永眠しろと念じた。彼の願いもむなしく、吠える声が一段と大きくなる。

「ミスター・スポックはどうしたの?」カーラがバスルームから尋ねた。

「ベッドにのりたいらしい」

「上げてやってくれる?　仲間外れが嫌いなの」

シーマスは三つ数えた。ヨガでも始めたほうがいいだろうか。いや、ボクシングのほうが効果的だ。「もちろんだ」シーマスは手を伸ばして太ったチワワをつかみ、乱暴に持ち上げた。「おまえが好きだからじゃないぞ。カーラが好きだからだ」

サタンは自由になろうともがき、フリッツの背中によじのぼってカーラの枕に落ち着いた。カーラが上げろと言ったのだ。枕を奪われようが知ったことではない。シーマスは仰向けになった。

オレンジ色のしま猫がベッドに飛びのり、シーマスの右脚にどっかりと座る。シーマスは猫の尻の下から脚を引き抜いた。「重い!」

猫はこれ幸いと、シーマスの脚があった場所に丸くなった。シーマスは寝返りを打った。するとさっきまでシーマスの頭があった場所に黒猫が陣取った。「いい加減にしてくれ！」シーマスは黒猫のほうに向き直ったが、猫も同時に反対を向いたのでふわふわしたしっぽがまともに口に入った。

シーマスは猫の尻を枕から押し出した。「枕にのるな！」

動物たちに踏みつけられた彼は憤慨して仰向けになり、バスルームから出てきたカーラに目をやった。まだスウェットパンツを身につけている。Tシャツは柄が変わり、輪をかけてだぼだぼになった。

「まあ、あなたたちったらなんてかわいいの。ボタンはどこ？　おいで、ボタン」

もう一匹のラブラドールがベッドルームに飛び込んできてベッドにのる。カーラはラブラドールの向こう側に滑り込み、枕の上にいたチワワを抱き上げてシーマスが夢にまで見た豊かな胸に押しつけた。

二匹のラブラドールが寝心地のいい姿勢を探して互いの体を押しながら、不満そうに鼻を鳴らした。

「カーラ、みんなで寝るほどこのベッドは大きくないと思うんだけれどね」

「大丈夫よ」彼女は体に毛布をかけた。「とっても寝心地がいいわ」

そうは思えない。

「今夜もケルシーやアレクシスと一緒にカジノへ行ったのよ」カーラはそう言ってあくびを

した。

「それはなによりだ」本当はアレクシスの凶暴さが感染しそうで怖かった。けれどもボディガードを連れてホテル内で楽しんでいるのだから、反対する理由がない。

「あなたに断ってから行くべきだった？」

シーマスはくるりと目をまわしてベッドの隅へ寄った。黒猫がふーっと鼻を鳴らしてシーマスを威嚇する。彼は猫に向かって牙をむいてみせた。「そんな必要はない」

それしか言えなかった。シーマスはヴァンパイアだ。強く、賢く、そして……女の尻に敷かれている。彼の部屋を飾りつけ、小切手帳を注文し、一緒に住んで同じベッドに横たわりながら一度もセックスをしていない女の魅惑的な尻に。

カーラはしばらく静かだった。

「わたしたち、カウンセリングを受けたほうがいいかしら？」

「冗談じゃない」カウンセリングなんて受けるくらいなら、自分の首をちょんぎったほうがましだ。だいたい、カウンセリングを受けるような関係がどこにある？　ふたりのあいだにあるのはセックスレスの同居生活だけだ。

「だって、あなたはわたしに対してオープンじゃないでしょう？」

カーラだって人のことは言えない。もう何日も、美しい膝は固く閉じられたままだ。

「ヴァンパイアにカウンセリングを受ける習慣はないよ」

「あら、そうなの」

カーラの頭のなかをのぞいてなにを考えているのか知りたかったが、彼女の思考は膝同様にぴったりと閉じられていた。

「おやすみなさい」一瞬あとで、カーラが言った。

シーマスは口元を少しだけ緩めた。「おはようの時間だけれどね」


ブリタニー・バルディッチは自分にヴァンパイアの血がまじっていることや、姉のアレクシスが今や完全なヴァンパイアで、ヴァンパイア国の大統領と結婚しているという事実を受け入れようと努力していた。それは、これまでの人生を根底から覆すほどの変化だった。すべてが歓迎できるわけではないが、深夜でも気兼ねなく姉に電話できるのは便利だ。

ブリタニーはバスタブに頭をもたせかけて、アレクシスに電話をかけた。ブリタニーの顔は赤く上気していた。さすがのアレクシスもインフルエンザは退治できないだろうが、姉の声を聞けば少しは気分がよくなる気がした。母親が麻薬の過剰摂取で亡くなったあと、ブリタニーはアレクシスに育てられた。ブリタニーにとって、姉は母親も同然だ。どんなに忙しいときでも、姉は時間を作ってくれる。

アレクシスならすぐに駆けつけて妹の額の汗を拭き、湿ったTシャツを着替えさせてベッドに入れ、ジンジャーエールを運んできてくれるはずだ。バスルームの冷たい床にうずくまっているブリタニーにとっては、どれもが夢のようだった。

これほど体調が悪くなったのは初めてで、気分は最悪だ。

ところが、アレクシスは電話に出なかった。

留守番電話に切り替わったので、ブリタニーは弱々しい声で話しかけた。「……アレックス……」やはりアレクシスは出なかった。

ブリタニーは携帯電話を床に落とした。両目から涙がこぼれて頬を伝う。まさに最悪の気分だった。胃のなかになにかがいて、内側から胃壁をたたいているみたいな感じだ。おまけに頭がぼうっとして、寒けもする。

だが、木曜の夜中に薬を買ってきてと頼める相手などほかにいない。

ふと、コービンの顔が浮かんだ。

ブリタニーはため息をついて、汗に濡れたTシャツを引っぱった。冷たい空気が腹部をなでる。コービンを呼ぶことはできるが、そうするつもりはなかった。彼とは別につき合っているわけではない。コービンはイーサンのホテルで出会ったヴァンパイアで、ヴァンパイアを人間に戻す方法を研究していた。研究のために採血させてほしいと頼まれたはずが、いつの間にかとてつもなく気持ちがいいセックスに突入していた。ただそれだけだ。彼は体を離すや部屋から消えた。そのときはブリタニーも自分を恥じていたので、ひとりになれてうれしかった。

それで終わるはずだった。

いつまでも未練がましくコービンのことを考えているなんておかしい。彼がどんな男かほとんど知りもしないのに。それでも胸が痛んだ。ほんの少しだけ。コービンは彼女のことも、彼女とのセックスも忘れてしまったにちがいなかった。その証拠に、電話すらかけてこない。コービンはとてもキュートだった。フランスなまりの英語も、緑がかったグレーの瞳も。コービン・ジャン・ミッシェル・アトゥリエ……。

またしても胃が激しく痙攣《けいれん》した。ブリタニーは便座に覆いかぶさるようにして胸を波打たせた。震えながら体を起こす。目は涙に濡れ、髪が顔に張りついていた。胃がむかむかする。そのとき、玄関のドアが開く音が聞こえた。

助かった！　アレックスが来てくれたんだわ。みじめったらしい留守番電話のメッセージを聞いたのかもしれないし、ヴァンパイアの不思議な力で、わたしの悲惨な状況を察したのかもしれない。

「アレックス？」ブリタニーは目を閉じたまま、タオルを手探りした。

「ブリタニー？　大丈夫か《サ・ヴァ》？」バスルームの入口から声がする。

この声は……ブリタニーははじかれたように目を開けた。「コービンなの？」小さな声で尋ねる。

バスルームの入口にコービンが立っていた。ブロンドとグレーの瞳を引きたてるしゃれたシャツにスラックス姿だ。数週間ぶりに見たコービンは、記憶しているよりもハンサムに見えた。

彼の目に自分がどう映っているかはわからない。驚愕の表情を見る限り、よい印象を与えているとは思えなかった。

コービンはすぐさまバスルームに入ってきてブリタニーの前にしゃがみ、顔にかかった髪を払って全身に視線を走らせた。「どこが悪いんだ？」

「インフルエンザよ」

「熱はあるのか？」コービンが彼女の額に冷たい手を当てる。「ないみたいだ。だが、汗をかいているな。吐いたんだろう？」

「ええ」しかもそのあとトイレを流すのを忘れていた。ブリタニーは羞恥心《しゅうちしん》に駆られてレバーに手を伸ばしたが、コービンが先にレバーを押した。最高だ。大人になって初めて夢中になった男性に、胃の中身をぶちまけた跡を見られるなんて。髪は汗でべとついているし、頬には唾液《だえき》が飛んでいるにちがいない。

コービンに抱き上げられ、ブリタニーはぎょっとした。

「コービン、やめて。わたし、とんでもなく汚いのよ」

「静かに。ベッドへ連れていくよ」

吐き気がするにもかかわらず、ブリタニーは彼とベッドにいたときのことを思い出して赤面した。コービンの腕に力がこもる。彼の胸は硬く、たくましく、安心感があった。ブリタニーは体の力を抜き、ひとりでないことに感謝した。アレクシスは人に頼りたがらないが、ブリタニーはちがった。

コービンは片手で白とピンクのシーツをはがし、ブリタニーをやさしくベッドの上に寝かせた。ブリタニーは安堵《あんど》のため息をついた。弱った体にマットレスのやわらかさが心地よい。

コービンは次に、ドレッサーの引き出しを引っかきまわした。

「なにを捜しているの？」

コービンがTシャツを手にベッドへ戻ってくる。

「着替えがいるだろう？　そのTシャツはびしょ濡れだ」

彼の言葉に新たな震えが走る。ブリタニーはベッドから手を伸ばした。「ありがとう」

しかしコービンはきれいなTシャツをベッドの上に落とし、ブリタニーの着ているTシャツを引っぱり上げた。

「コービン！」ブリタニーは悲鳴をあげた。ブラジャーをつけていなかったからだ。けれども彼の名前を呼び終わる前に、Tシャツは頭から引き抜かれていた。体を覆っているのはコットンのショートパンツだけだ。

裸とコービンとインフルエンザ。なんて皮肉な組み合わせだろう。

「襲ったりしないよ」コービンが不快げな声で言った。フランスなまりが強くなる。「ぼくが医者《ドクトゥール》だってことを忘れたのかい？　きみを助けたいだけだ」

忘れたわけではない。だからといって、恥ずかしさが消えるものでもなかった。ブリタニーはコービンを高揚させたいのであって、同情してもらいたいわけではない。「わかっているわ」ブリタニーは片方の腕で胸を覆った。上半身が裸というのはなんとも心細い。「ありがとう」

コービンはブリタニーの恥じらいのしぐさを目にして小さな笑みを浮かべ、洗いたてのT

シャツを拾い上げた。「ぼくの前で恥ずかしがる必要はないよ」

ブリタニーは返事をしなかった。コービンが彼女の頭にTシャツをかぶせる。ブリタニーは袖《そで》に腕を通し、疲れきって枕に頭を落とした。コービンは水の入ったグラスと顔を拭くタオルを運んでくると、上掛けを引き上げてベッドを整えてくれた。ブリタニーは相変わらず気分が悪かったが、コービンに甘やかされて悪い気はしなかった。

コービンがブリタニーの口にかかった髪を払う。

「なぜ来たの？」

ブリタニーの問いに、今度はコービンが恥ずかしそうな顔をした。腕組みをして顔をしかめる。「きみが困っているような気がしたんだ」

「わたしの考えていることが聞こえたの？」コービンは以前も彼女の考えを読んだ。それを利用して、ブリタニーのほうから呼びかけたこともあった。ふたりがベッドをともにして、彼が逃げ出す前のことだ。

「逃げ出したわけじゃない」コービンは憤慨した。「きみが出ていけと言ったんじゃないか」

やはりコービンには心の声が聞こえているのだ。

ブリタニーは口元が緩むのを感じた。この人はわたしを好きにちがいない。わたしと同じで、決まり悪かっただけだ。そうだとわかると、ずいぶん心が軽くなった。

「そうだったかしら。今夜は来てくれてありがとう」

ブリタニーはまぶたを閉じた。突然、疲れが襲ってきて、体がだるい。

「どういたしまして、いとしい人《シエリ》」コービンがささやいて、冷たい唇をブリタニーの額につけた。「眠るんだ、ブリタニー」

ブリタニーはぬくもりに包まれて眠りに落ちた。

8

カーラの隣で目を覚ますことがシーマスの新たな夜の楽しみになった。寝ているときの彼女はうんざりした顔でくるりと目をまわすこともないし、自由を制限されて舌打ちをすることもない。むしろ転生して間もないヴァンパイア特有の深い眠りのなかで、カーラはシーマスを求め、肌がふれ合うまで何度も寝返りを打つ。腰や胸に手をはわせてくることもしょっちゅうだ。

そのしぐさはシーマスにとてつもない幸福感を与えてくれた。彼女にしがみつかれて目を覚ますと、少なくとも眠りのなかでは信頼を得ていることを実感できた。

カーラはたいていシーマスよりも三〇分から一時間遅く目を覚まし、起きるとすぐにたわいのない話をする。シーマスはそれに耳を傾けるのも好きだった。

そのカーラがあくびまじりの声をあげた。片脚はまだシーマスの脚の上にのっている。彼女は一瞬目を開けてから、再び閉じた。「夢を見ていたの。すてきな夢だけど、変なのよ。祖母はもともと英語をろくに話せなかったんだけど、今は少しぼけているから韓国語しか話さないの。その祖母と昔のように日曜の買い出しへ行く夢だったわ。バスに乗ってスーパーマーケットに行ったんだけど、祖母はネイティヴみたいに英語をしゃべっていたの。これってなにを意味しているのかしら？」

「期待と……不安じゃないかな？　眠っているときの脳は素のままだから、普段考えていることがそのまま反映されるんだ」

「そうかもしれない」カーラが顔を上げてにっこりした。彼女の髪がシーマスの胸に流れ落ちる。

サテンのように肌をくすぐるその感触がシーマスは大好きだった。カーラの女らしさが好きだ。肌も、体も、心も、まなざしも、どこもかしこもやわらかい。

「あなたはなんの夢を見たの？」

シーマスは躊躇《ちゅうちょ》せずに答えた。「きみの夢だよ」実際、毎晩のようにカーラの夢を見ている。自分の血を吸う彼女を、彼女を味わう自分を、体を絡めて互いに心を開く場面を。シーマスは胸が痛くなった。自分の望みはもはや肉体的な欲求不満を解消することだけではなかった。カーラを完全に、永遠に、自分のものにしたかった。こんな同棲《どうせい》ごっこはいつ終わってもおかしくない。

「わたしの夢？」カーラはほほえみ、シーマスの唇に視線を落とした。「それで、わたしはどっちだった？　期待？　それとも不安？」

「両方だ」

　カーラは勝っていた。二〇〇〇ドルの元手が三六〇〇ドルまで増えている。ディーラーがカードを伏せて差し出すと、彼女の体内をアドレナリンが駆けめぐった。カーラは意識を集中させた。このラウンドが最後だ。

　大勝ちしているカーラの周囲には小さな人だかりができていた。アレクシスとケルシーも両脇で応援している。

　対戦相手はテキサスから来た三人の中年男性で、女だからとカーラを侮っているふうだった。しかしカーラには、彼らの予想を覆す自信があった。

「この勝負はもらった」中年男のひとりがテキサスなまりで言った。「そもそもテキサス出身者がテキサス・ホールデムをやって負けるものか」

　カーラは男の言葉を無視してカードをめくった。ベット（全プレイヤーが順番に賭けをどうするか意思を示す）が始まる。突き出た腹のせいでテーブルから六〇センチほど椅子を離さなければ座れない男がゲームを降りた。ほかのふたりはレイズ（賭ける金額をつり上げる）する。

　勝負の行方は微妙だった。カウボーイハットをかぶった男はジャック二枚を見せている。テーブルに身を乗り出しているところからして、残りの三枚はキングかもしれない。

　カーラの手は一〇が三枚のフルハウスだ。

　ところが蓋を開けてみると、カウボーイハットの残りのカードはくずだった。プレイヤーが手のうちを明かした途端、やじうまたちがどっとわく。カーラも勝利の雄たけびをあげた。二万二〇〇〇ドルの勝利だ。信じられない。一瞬にして大金を手にしたのだ。イーサンに借りた二〇〇〇ドルを引いても二万ドル残る。

「すごいわ。あなたの完勝ね！」アレクシスが飛び跳ねた。「かっこいい！」

カーラはチップを受け取り、胸をどきどきさせながらスツールの横木に足をかけて立ち上がった。「勝ったわ！」やじうまに向かって叫び、満面に笑みを浮かべる。最高の気分だ。

シーマスの部屋に閉じ込められ、嫌がらせのためだけにせっせと模様替えをしてきた。ところが彼は明らかに迷惑そうにしながらも、いっこうにわたしを追い出そうとしない。先日、その理由に気づいた。シーマスは心底いい人なのだ。わたしがどれだけ部屋を改造し、口うるさくしても、彼は驚くほど平然と耐えている。

しかもあろうことか、わたしはシーマスのそういうところを好きになりかけている。まさにミイラ取りがミイラになってしまった。

さらに自分について、もうひとつぞっとする発見をした。彼女はシーマスが好きなだけでなく、主婦としての生活も気に入っていた。長年、祖母のために食事を作り、小さなアパートメントを整えてきたので、主婦に向いているかもしれないと思ったのは初めてではない。その予想は今や確信に変わった。

恐ろしかった。だからカジノへ――家事と対極の場所へと逃避した。そこで得た勝利の味は格別だ。

「カーラ……」ケルシーが口を開く。

「なに？」カーラはアレクシスとハイタッチをした。

「なに？」カーラはケルシーを見た。

二万ドルの勝ちを目撃したにしては浮かない声だ。

「シーマスがあそこで怖い顔をしてるわ。あなたと話したがってるんじゃない？」

ケルシーの指先をたどると、シーマスとイーサンがロビーからカジノへ下りられる階段の上に立っていた。イーサンはおもしろがっているようだが、シーマスは険しい顔をしている。しめしめ。アレクシスの話では、シーマスは派手な行為が嫌いだ。妻のふりをしても効果がないなら、ギャンブルで自由を獲得できるかもしれない。シーマスの部屋を出たいという気持ちは変わっていなかった。彼との同居はどちらにとっても悪い影響を及ぼす。

カーラはスツールの上にのり、やじうまに向かって叫んだ。

「わたしを受けとめたら一杯おごってあげる」

その言葉とともに、きれいな弧を描いて見物人の上にダイブする。カーラは右脚に痛みを感じたものの、見物人はしっかりと彼女を受けとめてくれた。そのまま宙を運ばれ、カーラは声をあげて笑った。たくましい体にタトゥーを入れた男ふたりが彼女を立たせたとき、真正面にシーマスがいた。

「いったいなにをしているんだ？」

「楽しんでいるのよ」ついでにあなたを怒らせようとしているの。「永遠に退屈して生きるなんて耐えられないもの」

「それで見ず知らずの人の上に飛び込むのか？」シーマスがぴりぴりした声で言う。

「そうよ」カーラは顎を上げた。

「みんなバーへどうぞ。一杯おごるわ」

二〇人ほどの客が歓声をあげてバーに群がる。カーラの隣に立っていた女性が彼女の腕を小突いた。「恋人は喜んでないみたいね」

「恋人じゃなくて看守よ」

なにより腹立たしいのはそれだ。我慢がならないのは家に帰れないことではなく、強制的に従わされていることだった。自分で決めさせてくれれば、シーマスと一緒にいたいと言うかもしれない。少なくともふたりのあいだにあるものがなにかわかるまでは彼のそばにいたいと。わたしはシーマスが好きで、彼と一緒にいると楽しい。シーマスは信頼できるし、ペットたちのこともかわいがってくれる。だけど無理やり連れてこられて閉じ込められたのでは素直になれない。今後もシーマスが保護者のような態度を取り続けるなら、ふたりの関係はだめになるだろう。

わたしのいちばんの望みは、自分のアパートメントで生活しながらシーマスとデートすることだ。映画を見に行ったり、おしゃべりをしたりして、お互いのことを知ってから恋に落ちたい。普通の人々のように。でも、彼はわたしを解放してくれそうにない。

「カーラ」

カーラはシーマスの声を無視して、バーテンダーに二〇〇ドル分のチップを投げた。

「ここにいる友人たちにお酒をお願い」

アレクシスがカーラの手をつかんだ。「踊りましょう。マドンナの曲よ」

カーラとアレクシスとケルシーはダンスフロアへ繰り出し、軽快なビートに合わせて踊り、笑った。シーマスはいらだちに顔をゆがめ、椅子に座ってその様子を見ていた。イーサンはフロアをまわってバーテンダーやＤＪやウエイトレスに声をかけている。

カーラはシーマスの冷ややかな視線を感じつつも、ダンスをやめようとしなかった。アレクシスやケルシーとはめを外してみて、ずっと肩に力が入りっぱなしだったことにようやく気づいた。ケルシーも今日ばかりはリラックスした表情をしている。週に一度のヴァンパイア・ガールズ・ナイトはぜひとも恒例にするべきだ。

曲がスローになると、カーラの体が自然と反応した。いつも踊っている曲なので、なにも考えなくても動ける。彼女はウォームアップも兼ねて全身を揺らした。ジーンズなので動きづらいが、徐々に下半身の筋肉がほぐれていくのがわかった。

アレクシスがカーラの動きをまねる。ただし、ぎこちなく。三人は声をあげて笑った。突然、シーマスがカーラの腕にふれた。離れたテーブルに座っていた彼が一瞬にして横に立っていたので、カーラは驚いた。シーマスは鉄をも嚙みきりそうなほど歯をむいていた。

「あら、ハンサムさん」カーラがほほえむと、シーマスの顔から怒りが消えた。

「酔っ払っているのか？」

「わたしたちって酔えるの？」そんなことは考えてもみなかった。「どうやって？」

シーマスがカーラの手を引っぱる。

「酔えるかどうかなんてどうでもいい。ふたりで話せないかな？」

「命令口調じゃないから、話してもいいわ」カーラはシーマスに導かれるままにダンスフロアを出て、彼が座っていたテーブルに腰を下ろした。「どうしたの?」

「カーラ」シーマスは咳払いをした。「楽しんでいるみたいでうれしいよ」

「よかった。二万ドルも勝ったのよ」

勝利の余韻で、カーラはなおも頭がぼうっとしていた。これでまとまった額の貯金ができる。オンラインの授業に切り換えられれば、残り一八時間か二〇時間分の授業を取って来春には卒業できるだろう。そのあとは、夜間も営業している動物病院でインターンをすればい い。賢く立ちまわれば、まだ夢を実現させることは可能だ。

「だが、ぼくたちにとって大事なのは、目立たないようにすることだ。注目を浴びれば浴びるほど、正体がばれる危険性も増す」

「そうね」シーマスの発言は筋が通っている。「つまり、今夜のわたしは目立ちすぎたと言いたいの?」

「ギャンブルに勝ったこともそうだが、客のなかにダイブして、セクシーなダンスを披露した。男どもが涎を垂らしていたぞ」

「あなたは?」シーマスも涎を垂らしてくれたならうれしい。ダンスフロアで披露したのは準備体操みたいなものだ。水を使ってなにができるかを彼に見せたらどうなることか。

「ああ、もちろん涎を垂らしたよ」シーマスが彼女の膝に手を置く。

「いいわ」

シーマスが目をしばたたいた。「いいって、なにが？」

「注目を浴びないように努力するってこと。今みたいに説明してくれたらいいのよ。一方的に命令するんじゃなく、そうしなければならない理由を説明してくれれば、わたしだって聞き分けるわ。もう人前でダンスは踊らない」カーラは立ち上がった。主婦業に戻るときが来たのだ。群衆の上にダイブするよりも、そのほうがずっといい。実際、メタルグレーが基調のシーマスの部屋に彩りを加えるのは楽しかった。カーラはシーマスの額にキスをした。

「換金したら部屋に戻るわ。長い夜だった。犬の散歩をお願いしてもいいかしら？」

シーマスは面食らった様子ながらもうなずいた。「もちろん」

「ありがとう、ベイビー。アレクシスとケルシーにおやすみを言ってくるわね」

かすかに眉をひそめているシーマスに向かって、カーラは小さく手を振って歩き出した。

ダンスフロアを抜けたところで、アレクシスが飛びついてくる。

「シーマスはなんて言っていたの？」

「注目を集める行為は控えてくれって。だからセクシー・ダンスはやめると言って、おでこにキスをして、あの人のことをベイビーと呼んで、もう部屋へ戻るって伝えたの。彼はどう対処していいかわからないみたいだった」

アレクシスが鼻を鳴らした。「完璧よ。とことん混乱させてやるといいわ」カーラの肩越しにシーマスを見る。「彼、どこかに行くみたいよ」

「犬の散歩を頼んだの」

アレクシスが破顔一笑した。「あなたって天才ね。きっとすぐに追い出されるわ」

それはよかった。待ちきれない。本当に……。カーラはもやもやとした気持ちを抑えて、アレクシスに抱きついた。「いろいろありがとう。話し相手がいて心強いわ」

「わたしもよ。ヴァンパイアの女友達がいるってすてき。このホテルは男性ホルモンの値が異常に高いから」

カーラは次にケルシーを抱きしめた。

「あなたと仲よくなれてうれしいわ。また遊びましょう」

「いいわね」ケルシーがカーラを抱き返す。

「週に一度のガールズ・ナイトを恒例にしましょうよ」カーラはシーマスがどんな反応を示すか想像した。「次は、わたしたちのことを誰も知らないところでやるべきかもしれないわね」

「いいアイデアだわ」アレクシスはそう言って、まだバーテンダーと話している夫に目をやった。

カーラはバーを出て廊下へ向かった。すぐうしろをボディガードがついてくる。二万ドルを換金するのだから、護衛がいてくれたほうが安心だ。

金額が金額なので、カジノでは換金してもらえない。カーラはハイヒールのかかとが埋まりそうなカーペットが敷かれた廊下をメインカウンターへと向かった。イーサンのカジノホテルは落ち着いた雰囲気だ。少なくともラスヴェガスの基準からすれば、かなり控えめと言っていいだろう。一九四〇年代の華やかさを備えつつも、ガラスや銀を多用して上品な輝きを保っている。伝説によるとヴァンパイアは銀が苦手だったはずだが、シーマスのバスルームにも銀製品があふれていることからして事実無根のようだった。

廊下には奇妙なにおいが漂っていた。カーラは鼻にしわを寄せ、どこか暗がりで嘔吐した人でもいるのだろうかといぶかった。あたりを見まわしても、悪臭の源となりそうなものはない。

廊下にいるのはうしろをついてくるボディガードと、反対側から歩いてくる男だけ。しかし、においはどんどん強くなり、カーラは胃がむかむかしてきた。振り返ると、ボディガードが歩調を速め、ヘッドセットに向かってなにか話しかけている。

カーラは歩く速度を緩めた。こちらに向かってくる男のなにかが気になった。鈍重な足取りや、厚い胸板と比べて驚くほど貧相な下半身が記憶のドアをたたく。相手との距離が縮まるにつれ、男がカーラを凝視しているのがわかった。男の手がジャケットの内側に滑り込む。カーラの脳内に警報が鳴り響いた。路地の夜の再来だ。

「あっ！」カーラは思わず叫んで立ちどまった。路地にいた男だ。シーマスと戦っていた男にまちがいない。肥満した体に呆《ほう》けた目。カーラにちょっかいを出そうとした間抜け男だった。

相手がポケットからナイフを取り出す。異常に長くて鋭いジャックナイフだ。ひと振りで鹿《しか》のはらわたを抜くこともできそうだった。鹿でなければわたしの……。

カーラはパニックに襲われた。足に根が生えたようで逃げられず、頭は恐怖で真っ白だった。男がナイフを振り上げたときも、彼女はまだどうすればいいか考えていた。すぐ脇を空気の塊が通り抜ける。カーラは息をのんだ。悲鳴をあげようとして、声が喉に張りついた。次の瞬間、目の前にボディガードがいた。ボディガードはまばたきする間もなく、間抜け男の腕をねじり上げて床に押し倒した。

カーラの口からようやくかすれた叫びがもれる。彼女は口に手を当てた。

ボディガードが肩越しに振り向いた。「大丈夫ですか?」

カーラはうなずいた。ボディガードはうしろに下がって膝をつき、倒れているヴァンパイアの手首を縛って肩に担ぎ上げると、廊下を歩き始めた。「行きましょう」抑制のきいた声で言う。

「この男は……なにを?」

「あなたを殺そうとしたのです」

そうではないかと思った。推測が正しいかどうか確認したかったのだ。カーラの膝が震えた。

「なぜ?」

ボディガードはまじまじとカーラを見つめた。「わかりません」

しょうもない質問をするなという顔だ。

「どこへ行くの?」ボディガードのあとを追いかけながら、カーラはラブラドールのあとを追うチワワの気持ちをようやく理解した。必死に足を動かしても、六歩ほどの距離が縮まらない。廊下にひとりにされるのはまっぴらだった。

「ミスター・キャリックのオフィスです。そこで別のボディガードを見つけて、あなたをミスター・フォックスの部屋までお連れします」

カーラはなんと言っていいかわからず黙っていた。

シーマスと一緒にいることで手に入るのは、クライマックスつきの吸血行為だけではなさそうだ。ひとりでいるのは本当に危険なのかもしれない。

わたしを殺そうとしているヴァンパイアがいる。

どうしてそんなことが予想できただろう？

シーマスはラブラドールのボタンが歩道に爆弾を投下するのを見ながら、アイルランドのジャガイモ農夫が兵士になり、今はラスヴェガスで犬の散歩人をしているという不思議について考えた。

三匹いっぺんに散歩に連れてきたのは失敗だった。リードは絡まるし、歩く速度も方向もてんでばらばらだ。サタンがボタンのうしろ足を噛み、怒りに満ちた吠え声の応酬が始まる。フリッツは鳥の糞《ふん》やごみや死んだ昆虫を発見するたびに、いちいちにおいをかがずにいられないらしい。

シーマスはすぐにふたつの結論を導き出した。犬を人間の住居に入れるのは自然ではないということと、自分は簡単に丸め込まれるということだ。額にキスをされ、にっこり笑いかけられただけでこのざまだ。カーラには、会った瞬間から尻に敷かれている気がする。犬の散歩はそれが具現化したにすぎない。

用を足し終わったボタンが急に走り出した。リードがぴんと張り、きゃんという鳴き声とともに尻もちをつく。フリッツとサタンはボタンの落下物に駆け寄って、熱心ににおいをかぎ始めた。

「最低だ。やめてくれ、おぞましい」シーマスは二匹を引っぱり、三匹とひとりで散歩を続けようとした。唯一の救いは気持ちがいい夜だということだ。空気が澄んでいて涼しい。ラスヴェガスの通りはいつもどおりにぎやかだったが、シーマスは繁華街のなかでも人ごみの少ないところを選んで歩いた。

「ちょっと」誰かがシーマスの腕をたたく。

「なんだい？」

船旅をテーマにしたレストランの女主人だ。人魚のようなスカートと貝殻の胸当てをつけている。彼女は貝殻の上から腕組みをした。「拾うつもりでしょうね？」

「なにを？」

女性がボタンの落下物を指さす。「法律で決まってるのよ」

地面を見たシーマスは、糞を拾う法律ができた理由に合点がいった。歩道脇の排泄物《はいせつぶつ》はひどく見苦しい。そもそもボタンに歩道で用を足すのを許したことからして非常識に思えてくる。しかし、歩道でなければどこを散歩しろというんだ？　車で郊外へ行けとでも？　カジノに住んでいる犬が用を足す場所は、砂利道か、コンクリートの道か、プール脇の芝生しかない。いずれもふさわしいとは言えなさそうだ。

「それで、ぼくはどうすればいいんだろう？」

女主人はあきれてくるりと目をまわし、レストランの入口の小さな台に身を乗り出してブルーのビニール袋を取り出した。「これに入れて、歩道に設置してあるごみ箱に捨てなさい。そうすれば、誰かのレストランやバーに悪臭が漂うこともないわ」

シーマスはそれで犬の糞を包むという事実に驚愕しつつ袋を受け取った。「どうやって入れるんだ？」手でさわるのは絶対にごめんだ。

「袋越しにつかんで、裏返しにして口を結べばいいのよ」女主人は、しっぽを振りながら寄ってきたフリッツの頭をなでた。

マインドコントロールで女主人に糞を拾わせたいのはやまやまだが、良心が痛む。シーマスは袋に手を入れ、息をとめて糞に手を伸ばした。

「それにしても、どうして午前二時に犬の散歩をしてるの？」

「頼まれたんだ」シーマスは糞をつかんで持ち上げた。とんだことを頼まれたものだ。素早く袋を裏返して口を結ぶ。彼はほかほかのビニールを指先でつまんだ。

携帯電話が鳴り始めた。シーマスはビニール袋をごみ箱に投げ入れ、カーラのためにここまでする価値があるのだろうかと考えた。彼女の望みどおり、アパートメントへ帰らせたほうがいいのかもしれない。

携帯電話のディスプレイを見ると、かけてきたのはイーサンだった。通話ボタンを押す。

「もしもし？」

「ぼくの執務室に来てくれ。カーラが路地の男に遭遇した」

シーマスは凍りついた。「彼女は無事か？」

「心配ない。ちょっと動転しているだけだ。ボディガードをふたりつけて、きみの部屋に戻した」

「すぐに帰る」シーマスはポケットに携帯電話を入れ、三本のリードを引っぱった。三匹はそれぞれ左を向いたり右を向いたりして、お互いの体にぶつかった。

よくわからない感情が喉をふさぎ、冷静でいられなかった。

「おまえたち、ちゃんと並ぶんだ」威圧的な声で命令する。

シーマスのただならぬ口調に、犬たちはいっせいに顔を上げ、奇跡的に整列した。

シーマスはカジノまで全力疾走した。ラブラドールには猟犬《レトリバー》の本領を発揮してもらい、チワワは小脇に抱える。不穏な空気を察知したミスター・スポックは興奮してきゃんきゃん鳴きどおしだった。シーマスはイーサンの執務室がある二二階を素通りして、まずは自分の部屋へ直行した。

部屋に着いてドアを開けると、カーラが青い顔をしてリビングルームを歩きまわっている。けがはなさそうだ。「大丈夫かい？」

カーラはうなずいて両腕を広げた。彼女から必要とされていることに、シーマスは感激した。カーラに歩み寄りながら、脈が正常な速さに戻っていくのを感じる。イーサンから連絡を受けたときは死ぬほど怖かった。彼女の体を抱きしめて、無事を確認したい。

ところがカーラはシーマスに抱きつくどころか、彼の腕から犬を奪った。チワワの頭に唇を押しつけて目を閉じ、身を震わせる。

シーマスは彼女の肩へ伸ばしかけた手をとめた。中途半端でなんとも格好がつかない。カーラが求めていたのはねずみ顔の犬であって、シーマスではなかった。ボディガードのマイケルとスタンリーは、気づかなかったふりをしようとして失敗していた。それぞれ窓の前と廊下へ出るドアの前で、さもなにかを調べているかのように床や天井を眺めまわしている。

「おまえたちは廊下で待っていてくれないか？」シーマスはドアを指さした。

「はい、ミスター・フォックス」ふたりは靴音をたててシーマスの横を通り過ぎた。

ボディガードたちが廊下に出ると、シーマスは深呼吸をして肩の力を抜こうとした。カーラは元気そうだ。それが大事だった。「なにがあった？」

彼女がシーマスのほうを向いて目を開ける。その瞳に宿る恐怖がシーマスの心を揺さぶった。

「換金所に向かっていたら、あの男が廊下に現れたの。あの夜、襲ってきたうちのひとり……わたしにちょっかいを出してきたほうよ。味がいいんだろうなって言って……」

シーマスは太った男の気味の悪い口調と、男の言葉にかっとなった自分を思い出した。あのときはカーラのもとに駆けつけようにも、醜いほうのヴァンパイアと戦っている最中でできなかった。「今夜はなにか言われたのか?」

「いいえ。あいつがジャケットの胸元に手を入れて、ナイフを取り出したの。そうしたら、ボディガードがとんでもないスピードで飛び出してきて……」カーラは片腕を前後に振りながら説明した。「なにが起きたかわからないうちに敵を倒してくれたの。でも、ボディガードが言うには、あの男はわたしを殺そうとしたって」

コーヒーテーブルを持ち上げて背後の窓にたたきつけたかった。シーマスはそれほど激怒していた。敵の正体を突きとめたら、この手でとどめを刺してやる。カーラに危害を加える者は、誰であれ容赦するつもりはなかった。

「おかえり、ミスター・スポック」カーラは甘い声で言った。「寂しかったわ」それから複雑な表情でシーマスを見る。「あの男は……胸が悪くなるような、甘ったるい汗みたいなにおいがしたわ。かなり強烈なにおいよ。何日もお風呂に入っていないような。化学薬品みたいな……」

カーラは再び身を震わせた。シーマスはこらえきれずに彼女の肩に手を置いて抱き寄せた。カーラは抵抗しなかった。それどころか、ため息をついて彼の肩に顔をつけた。ミスター・スポックがふたりのあいだに挟まれる格好になる。

「ボディガードがいて本当によかった」

「わたしもそう思うわ」カーラはシーマスを見上げた。「あなたの説得を聞かずに、家へ帰りたがったりしてごめんなさい。わたしはなんにもわかっていなかった」

シーマスはカーラの体に腕をまわし、髪に唇をつけた。サテンのようになめらかだ。

「ぼくの責任だ。もっとうまく説明すればよかった。ヴァンパイアになったばかりのきみを適切に導いたとは言いがたい」彼はカーラの話を思い起こした。「ところで、そいつはくさかったって？」

「ええ、ひどいにおいだったわ。まるで……病室のような。母が癌《がん》で亡くなったときみたいだった」カーラはぶるっと震え、シーマスのほうへ身を寄せた。

シーマスはひらめいた。「ドラッグ入りの血液だ。薬物依存症だったんだよ。ぼくもそういうヴァンパイアに会ったことがある。一九世紀はアヘンで、二〇世紀はヘロインとコカインだった。ここ最近は見かけなかったが、薬物入りの血液を飲むとそういうにおいがするんだ」彼はカーラの背中をなで、その男を捜し出すのがどのくらい難しいかを考えた。

「きっとそうだわ。つまり、あいつは薬物の入った血を飲んでいたってことね？」

「そうだ。そいつを見つけ出して、黒幕を突きとめないと」

「その男なら……」カーラは少し体を引いた。「イーサンのオフィスにいるわ。ボディガードが手首を縛ってそこへ運んだから」

「このホテルに？」シーマスはカーラのウエストをつかむ手に一瞬力を入れ、素早くきびすを返した。カーラを傷つけようとした男と話をするつもりだった。自然と手がこぶしを握る。

「部屋から出るなよ。マイケルとスタンリーがドアの外にいる。ぼくが戻ってくるまで、あのふたり以外は部屋に入れてはだめだ」

カーラがシーマスの腕をつかむ。「なにをするつもり？」

「さっきも言ったとおり、黒幕を突きとめるんだ」

「気をつけて。ひとりであいつに会っちゃだめよ」

カーラの不安げな顔を見て、シーマスは口元を緩めた。

「なんだかぼくのことを心配してくれているみたいだな」

カーラは唇を引き結んだ。「あなたが首を切断されたら、後味が悪いもの」

シーマスは声をあげて笑った。「あとで話をしよう。選挙戦に伴うごたごたと、ケルシーの過去について、きみも知っておくべきだと思う」

「わかった、ここで待っているわ」

ラブラドールがカーラの膝に体をこすりつける。サタンを抱いた彼女は美しくはかなげだった。シーマスは上体を寄せ、カーラの唇をそっと唇でかすめた。それ以上のことをしたくならないうちに、急いで体を離す。

「おとなしくしているんだよ」


リンゴはストリップ・クラブの楽屋に足を踏み入れた。

「ここは立ち入り禁止よ」ダンサーのひとりが肩越しにリンゴを値踏みして、先のとがったハイヒールに足を滑り込ませた。彼女が身につけているのはほとんどハイヒールだけと言っていい。リンゴは無遠慮に女の体を眺めまわした。

「スクリーン越しに踊っていた女性を捜してるんだ。今夜は来てるかな？」

「なんのために？」ダンサーが額にしわを寄せる。

リンゴはにっこりして彼女の心を探った。マインドコントロールの経験はあまりないが、女の思考は大きく開け放たれている。彼女は友人の身を案じ、リンゴを警戒していた。スリムで妖艶《ようえん》で、魅力的な女だ。血液が体内を規則正しくめぐっている。パニックを起こすタイプではない。ケイティで味を占めたリンゴは、目の前のストリッパーに同じことをしたくてたまらなかった。

だが、まずは必要な情報を手に入れなければならない。

「ぼくのパーティーで踊ってくれる人を探してるんだが、興味がないかと思って」

「カーラが？　まさか」女は鏡に向き直り、口紅を塗り始めた。「あの子はストリッパーにしてはお堅いの。スクリーンのうしろに隠れてるのが好きなのよ。だいいち、交通事故に遭って、今週はまるまる休んでるわ。来週末には戻るはずだけど、そんな誘いに興味を示すとは思えないわね。さっきも言ったとおり、お堅い子なのよ」

つまり、カーラはじきに仕事に復帰するわけだ。

リンゴはストリッパーの背中を見つめた。Tバックしか身につけていない魅力的なうしろ姿を。この女の辞書に慎みという言葉はないらしい。鏡に映らないことに気づかれないよう、リンゴは入口にとどまっていた。「それなら、ほかに興味を持ってくれそうな人はいないかな？　二時間で五〇〇〇ドル出すが」

　女の手から口紅が落ちた。リンゴへの警戒心が消える。

「二時間で五〇〇〇ドル？　踊ったり……ほかのことをしたりするだけで？」

「踊るだけでいいよ」

「わたしがやる。ドーンよ、よろしく」

「知り合えて光栄だ、ドーン。絶対に損はさせないよ」リンゴには彼女を雇うつもりなどなかった。金をちらつかせて、警戒を解きたかっただけだ。「きみとカーラが一緒に踊ってくれるなら三倍出すよ。お互いの服を脱がせるんだ」

　鏡に映るドーンの目に計算高い光が浮かぶ。リンゴはそこにある種の高揚を見た気がした。

「電話をかけてみるわ。尋ねるだけなら害はないもの」

「そうだな。前金を持ってふたりで訪ねていくのはどうだろう？　説得できるかもしれない」鏡を避けて左に寄りながら、リンゴはドーンの魅惑的なヒップに片手を滑らせた。

「それもいいわね」

　リンゴはヒップをつかみ、ドーンの心を支配しようとした。「まずは、きみの踊りを見せてもらえるかな？　自分がどんなダンサーを雇うのか、事前に知っておきたいんだ」

　驚いたことに、マインドコントロールはうまくいった。ドーンが振り返り、Tバックを脱ぎ捨てる。いいぞ、こういうショーが見たかったんだ。ドーンは服を脱ぐのが上手だった。ラスヴェガスには、プロとは言いがたいストリッパーがたくさんいる。

リンゴはドーンの正面にしゃがみ、きれいにそられたビキニラインを観賞した。「とてもいいね」からかうようになでてから、ふっくらとした肌に牙を沈める。

快感に身を震わせたところをみると、ドーンはケイティと同じく噛まれるのが好きらしい。リンゴも噛むのが好きだった。口内に熱い血液が流れ込む。リンゴはその感触を堪能《たんのう》し、抑制を解き放った。もはや己の欲望を満たすことしか考えない獣と同じだった。ドナテッリに気に入られ、ドラッグ入りの血液の供給を絶やさないためならなんでもやる。

しかし、キャリックのカジノに足を踏み入れることはできなかった。数週間前にキャリックの心臓を撃ち抜いたとき、監視カメラに映ったからだ。

今ごろスミスは、激しい飢えにすすり泣いているだろう。スミスがそんな状態で、リンゴ自身も面が割れているため、ウィリアムズをカジノに潜入させなければならなかった。

ウィリアムズにはコーンフレーク程度の脳みそしかないが、監視くらいはできるはずだ。

あのストリッパーはリンゴが始末をつけるつもりだった。

リンゴがさらに強く吸うと、ドーンはリンゴの体にきつく脚を絡みつけてきた。最初のクライマックスの痙攣が伝わってくる。リンゴはヴァンパイアの驚異的に素早い身のこなしで立ち上がり、彼女を貫いた。ドーンが快楽の叫びをあげる。

カーラの面倒を見る前に、ドーンを歓ばせてやるとしよう。

「イーサン、これを聞いて」アレクシスが携帯電話を手に執務室に飛び込んできた。彼女自身、メッセージを聞いたばかりで、胃と心臓と脳が恐怖一色に染まっていた。

「アレクシス、いとしい人。ぼくは仕事中なんだが……」イーサンは幅の広い革張りの椅子にゆったりともたれていた。しかし肩のラインがこわばっているのを、アレクシスは見逃さなかった。

彼女自身もひどく緊迫していて、イーサンの前にボディガードがふたり立っているのも目に入らなかった。アレクシスの要件は二秒ですむのだ。

「いいから聞いて」携帯電話をイーサンの耳に押し当て、四を押してメッセージを再生する。妹のブリタニーがかすれた声で姉の名を呼び、あとは沈黙が続いた。

イーサンが眉を上げた。「ブリタニーか？　いつかかってきたものなんだ？」

アレクシスは携帯電話を自分の耳に当てて、もう一度再生した。自分を苦しめるためだけに。ブリタニーの声はひどく弱々しくて、まったくいつもの彼女らしくない。「二時間前よ。わたしはバーにいたから、電話が鳴ったのに気づかなかったんだわ。音楽が大きくて聞こえなかったのよ。今から妹の家へ行ってくる。様子が変だもの」

アレクシスはイーサンがついてきてくれるものと決め込んでいたが、イーサンはただうなずいただけだった。「ジークを連れていけ」

ボディガードのひとりがアレクシスの脇に立った。

「あなたは来てくれないの？」彼女は驚き、傷ついた。

イーサンがうなずく。「さっきカジノを出たところで、カーラがヴァンパイアに殺されかけた。そのヴァンパイアをとらえたから、当局に引き渡さなければならない」

アレクシスは息をのんだ。「カーラは無事なの？」

「大丈夫だ。怯えているけどね。ぼくはこの事態を収拾しないと」

アレクシスは心からうまくいくよう祈った。

「でも、誰に引き渡すの？　ヴァンパイア警察なんて聞いたことがないけど」

「警察というより裁判所だ。ブリタニーのアパートメントへ着いたら、電話をくれないか。きみたちの無事を確かめたい」

アレクシスはイーサンの表情に気づいた。机に歩み寄って、彼の唇に素早く口づける。

「自分以外の人の心配をするのは大変でしょう？」

「まったくだ」イーサンはアレクシスの顔を両手で包み、長い口づけをした。「ジークの言うことをちゃんと聞くんだぞ」

ジークはまったくしゃべらないので言うことを聞こうにも聞けなかったが、アレクシスは結婚生活を通じて、黙って従ったほうがいいときもあることを学んでいた。イーサンが聞きたいせりふを言ってやればいいのだ。

「もちろんよ」

イーサンの部屋に入ったシーマスは、不安な面持ちで部屋を出ていくアレクシスとすれちがった。彼女は簡単におろおろするタイプではない。

「アレクシスはどうしたんだ？」シーマスはドアを閉めて、イーサンに尋ねた。

「留守番電話にブリタニーから謎のメッセージがあって、様子を確認しに彼女のアパートメントへ向かうところなんだ。妹のことになるとアレクシスは過剰に反応するが、確かにあのメッセージは妙だった。ブリタニーは〝アレックス〟と言ったきり沈黙しているんだ」

「きみは行かないのか？」

「ジークを行かせた。ぼくたちは別の問題を処理しなきゃならない」イーサンは隣の部屋へ続くドアを指さした。「ヴァンパイア殺害未遂でやつを裁判所に突き出そう」

それを聞いて、シーマスの怒りに火がついた。「いったい何者だ？　見覚えがあるか？」

「いいや。だが、まだ若いヴァンパイアだ。五〇年ほどしか生きていない。アメリカ人であるのはまちがいないな。口を割らないが、どうも裏がありそうだ。主人に対する忠誠以外はなにも知らないタイプだな。しかも、依存症患者だ。あと数時間で、禁断症状が出るだろう」

「カーラが薬品みたいなにおいがしたと言っていた。麻薬だろうか？」

「ほぼまちがいない。だが、きみやケルシーを襲い、今度はカーラに手を出した理由がわからないんだ」

シーマスはこの状況が気に入らなかった。「選挙絡みか？」

「可能性は否定できないな」

「だが、選挙とブリタニーがどう関係するんだ？」ストリップ・クラブに戻って、ブリタニーの叔母を捜すべきだろうか？　ブリタニーの父親の正体がわかれば、一連の謎の答えもわかるんじゃないか？

「さっぱりわからない。どうもきなくさいな。やはり、アレクシスのあとを追うべきかもしれない」

「そうだな」

そのとき隣の部屋のドアが勢いよく開き、手首を縛られたヴァンパイアが転がり出た。怒りと苦痛にうめいている。

「どうやらお友達が目を覚ましたらしい」イーサンが言った。

「よかった」シーマスは進み出て、もがいて立ち上がろうとするヴァンパイアの前に立った。

「初めて会った夜のことについて質問したい」

シーマスは路地にいた若いヴァンパイアのことが気になり始めていた。ケルシーがふらふらとついていった男だ。

「よく聞け」シーマスはブーツの先で男の体を引っくり返した、「おまえと一緒にいた黒っぽい髪のヴァンパイアは誰だ？　あいつはなぜケルシーを連れていった？」

「知り合いにドーンっていう名前の人がいる？」

シーマスの部屋にやってきたケルシーが唐突に言った。

カーラは驚いた。「ええ、クラブで一緒に働いていたわ。どうしてドーンのことを知っているの？　シーマスと一緒にクラブへ来たときに会ったの？」

「よくわからない」ケルシーは下唇を突き出した。

あまりにかわいらしく唇をとがらせるので、カーラは感心してしまった。

ケルシーはカジノへ行ったときと同じドレスを着ていた。スーパーモデル並みの体型に、パープルの生地が靴下のごとく張りついている。ひと晩でいいから、カーラはケルシーみたいな体型になってみたかった。下を見たとき、バストのせいでつま先が見えないというのはどんな気分だろう？

「ドーンはあの夜、わたしと一緒に楽屋にいたの。わたしが路地に出たあとで会ったのかもしれないわね。ところであのとき、あなたはどこにいたの？」シーマスが戦っているあいだ、ケルシーがなにをしていたかなど、カーラは考えたこともなかった。ドーンは廊下にいるシーマスを値踏みしたときに、ケルシーを目撃している。

ところが、路地にケルシーの姿はなかった。

「彼がいたわ」ケルシーが言った。「あの夜の男のひとり」

なんのことだろう？

「ええと……」カーラはジーンズのポケットに両手を入れた。ハイヒールを脱いでサンダルに履き替える。レース地のキャミソールはすでにゆったりしたTシャツに着替えていた。

「その男がドーンのことを知っているの？」

ケルシーの脈絡のない思考についていくのはときどき骨が折れる。まるで祖母と話しているときみたいだ。外国語のようだった。

ケルシーがうなずく。「ええ、知ってるわ。それがよくないの。ドーンは彼に近づくべきじゃない。あの男は黒いの。わたしには心を開いてくれたけど、暗くてどろどろしたものが詰まってた。悪い感情にのまれてしまったのよ。いい人にもなれるのに」

ケルシーの穏やかで淡々とした話し方に、カーラは背筋が寒くなった。

「彼はヴァンパイアなの？」

「そう。ドーンっていう人は今、彼と一緒にいると思う」

「その男の正体は？」カーラは友人が心配だった。わたしがその男をドーンのもとへ導いてしまったの？

ケルシーはただかぶりを振った。

「ドーンに電話をかけたほうがいい？」

ケルシーは頭のなかに響く声に耳を澄ますかのように首をかしげた。それを見たカーラは、心底怖くなった。とくに、ケルシーがその声に返事をするようにうなずいたときは。

シーマスが同じように話しかけてきたことはあるが、別の誰かがやっているのを見るのは気味が悪い。「ケルシー、なにが聞こえるの？」

ケルシーの黒髪が肩に流れ落ちた。ダークブラウンの瞳がカーラをとらえる。

「ドーンの身に起きたことは事故だったって。自制心を失ったって」

カーラの口のなかに苦いものが込み上げた。

「大変だわ！　ドーンのところへ行かないと」

「わかった」ケルシーはそう言って肩をすくめた。さっきまで頭のおかしいヴァンパイアと交信していたのが嘘のように。「途中で血を補給してもいい？」

9

ベッドで眠る妹を見たアレクシスは、安堵のあまり気絶しそうになった。

胸に手を押し当てて、肩の力を抜く。「よかった！　人間だったら心臓発作で死ぬところだわ」彼女は暗い部屋でつぶやいた。

部屋のなかを見まわすと、ベッドの脇には嘔吐したときのためにバケツが用意され、ドレッサーの上には濡れたタオルが置きっぱなしになっている。整頓好きなブリタニーにはあり得ないことだ。ナイトテーブルには水の入ったグラスがあった。具合が悪いのはまちがいない。

アレクシスは手を伸ばして、妹の額から汗で湿った髪を払ってやった。熱はなさそうだが顔色は悪く、呼吸が苦しそうだ。

ブリタニーが身動きした。「アレックス？」まぶたを震わせて目を開く。

「そうよ。具合が悪いの？」

「インフルエンザよ」

アレクシスは哀れみと罪の意識を同時に感じた。ブリタニーが体調を崩して電話で助けを求めてきたとき、自分はバーで踊っていたのだから。

「なにか欲しいものはある？」

「大丈夫」ブリタニーは横を向いて毛布を引き上げた。「姉さんが電話に出なくて困っていたら、コービンが来てくれたの」

「コービン？　あのフランス人のヴァンパイア？」妹とベッドをともにしておきながら、なにも言わずに去った卑怯者だ。ヴァンパイアの救済方法を研究している科学者だとか。アレクシスは彼に関するすべてが気に入らなかった。

「そうよ。バスルームにいるわたしを見つけて、清潔な服に着替えさせて、ベッドに入れてくれたの」ブリタニーがため息をついて目を閉じる。

コービン・アトゥリエがブリタニーを寝かしつけるところなど、アレクシスには想像もできなかった。「それは……よかったわね。でも、夢を見たんじゃない？」

ブリタニーは眉をひそめた。

「夢じゃないと思うわ。彼、わたしをベッドへ連れていくと言って、服を脱がしたもの」

かわいそうに、苦しみのなかで妄想と現実がごっちゃになったらしい。

「わかった、それ以上は言わなくていいわ。ただの夢よ」アレクシスは上掛けを整えながら、コービン・アトゥリエを張り倒したいと思った。妹がここまで異性に夢中になるのは初めてだ。それが気に入らなかった。どこかであのフランス男と遭遇することがあったら、妹を傷つけた代償として急所にまわし蹴りをお見舞いしてやる。

「ただの夢なの？」ブリタニーが沈んだ声で言った。「だからいつもよりフランスなまりが弱いような気がしたのかな……」

アレクシスはブリタニーの頬をなでた。「そうよ、ただの夢に決まっているわ」

「どこにいるかわからないとはどういうことだ？」シーマスは激怒して部屋の前に立っているボディガードをにらみつけた。恐怖が背筋をはいのぼる。「だいたい、もうひとりのボディガードはどうした？」

「ミス・キムとケルシーについていきました。ふたりだけで行かせたりはしません」間抜けなボディガードがむっとして言い返す。

「そもそも、どこへも行かせないようにするのがおまえの務めだろう！」

シーマスはふたりがどこに行ったのか見当もつかなかった。カーラは自分がいかに危険な状態にあるかをようやく認識したと言い、シーマスが戻ってくるまで部屋にいると約束した。それなのに、なぜ出かけたりしたのだろう？

「その……申し訳ありません」

「もういい。ふたりに同行したボディガードの携帯電話にかけて現在地をきくんだ」シーマスは髪をかき上げ、落ち着けと自分に言い聞かせた。イーサンはアレクシスの様子を見に出かけた。カーラとケルシーは行方がわからない。なにもかもが不吉だ。

ボディガードが携帯電話を取り出し、低い声で話し始める。シーマスはその手から携帯電話を奪いたい衝動と闘った。

「ダニエルはクラブにいるそうです。例の〈お熱いのがお好き〉とかいうストリップ・クラブに。ミス・キムが給与明細を受け取りに行くとおっしゃったとか」

それはおかしい。テキサス・ホールデムで二万ドル勝ち、暗殺者に殺されかけた夜に、わざわざ給与明細を取りに行くはずがない。

「その場を動くなと伝えろ。カーラとケルシーから一瞬たりとも目を離すなと。五分で行く」

ボディガードがシーマスの言葉を伝える。シーマスはポケットに車のキーと財布が入っていることを確かめた。

「ミスター・フォックス？　ダニエルが言うには、ふたりは楽屋へ行ったそうです。男は入れないので、今は客席で待っているところです」

なんてこった！　「そいつにふたりを見つけてちゃんと監視しろと伝えろ。さもないと、別の働き口を探すはめになるぞ」

そう言い捨てて、シーマスはエレベーターへと走った。

楽屋へ飛び込んだカーラは、ドーンの恋人のブライアンが彼女の上に覆いかぶさっているのを発見した。ブライアンがカーラたちのほうを振り返る。真っ青な顔をして、目はショックと恐怖で濁っていた。

「カーラ……なんてこった。これを見てくれ……ああ、助けを呼ばないと……」ブライアンの声がすすり泣きに変わる。カーラの胃が不安によじれた。

ブライアンは体重が一一〇キロもある用心棒で、指の数よりもタトゥーの数のほうが多いような男だ。それが、今にもくずおれそうな顔をしている。カーラは最悪の事態を覚悟した。それでも薄汚れたカーペットの上に手足を投げ出し裸で横たわっているドーンを見たときは、ひるまずにいられなかった。鮮やかな赤い嚙み跡が体じゅうについている。首筋、肩、乳房全体、腹部、へそのまわり、それから脚も四分の三ほどが赤い傷で覆われていた。ドーンの肌は真珠のように白く、全身にうっすらと汗がにじんでいる。

「ああ、なんてこと！　ドーン、ひどいわ」カーラは怖じ気づきそうになるのをこらえて、ブライアンのそばに膝をついた。

「まだ生きてる」ケルシーが言った。「大量の血を失っただけよ」

「本当に？」とても生きているようには見えない。ドーンは微動だにしなかった。しかし彼女の胸元を見たカーラは、そこがかすかに上下しているのに気づいた。息をしている！　カーラは涙に暮れてドーンの手を取った。「がんばるのよ。絶対に助かるから。ブライアン、救急車を呼んだ？」

「五分くらい前に電話をかけた」彼はドーンのほうへ身を乗り出し、恐る恐る頬にふれた。

「本当に生きてるのか？」

その言葉が聞こえたかのように、ドーンが目を開けた。ブライアンはすすり上げてわけのわからない言葉をつぶやいた。

「救急車が到着したわ」ケルシーが楽屋の入口から声をかける。

「おれが案内する」ブライアンは涙をぬぐい、ドアへと走った。

「カーラ……？」ドーンがささやく。「寒いわ」

「かわいそうに」カーラは部屋の隅にある衣装ラックからローブを取って、痛い思いをさせないようにそっと体にかけてやった。「なにがあったの？　あの男になにをされたの？」

ドーンはため息をついた。「なんであんなことをしたのかわからない。ブライアンを裏切っちゃった。でも、気持ちよかったのよ。すごく気持ちがよかった。あんなセックスは生まれて初めてだったわ。だから、やめないでって頼んだの。そのあとどうなったのかわからないけど、たぶん快感で気を失ったのね」彼女は唇をなめた。「なんでこんな気分なのかしら……胸に氷の塊がのってるみたい。動けないの」

「出血したのよ。だけど、救急車が来たから大丈夫」カーラは落ち着かせるように言って笑ってみせた。「待ちに待った婚約指輪をもらう日も近そうね。ブライアンったら、恐怖に縮み上がっていたわ。内緒だけど、あの人、今、廊下で泣いているわ」

「本当？」ドーンが身震いをした。歯がかちかちと音をたてる。「でも、こんなことしちゃって、わたしはブライアンにはふさわしくない」

「あなたが悪いんじゃない。あなたのせいじゃないわ」カーラはそう言ってドーンの手を握り、ストレッチャーと一緒に小さな部屋へ入ってきた救急救命士に場所を譲った。

ドーンを見るや、救急救命士のひとりが口を開いた。

「これはいったい……なにがあったんです？　誰かに嚙まれたんですか？」

カーラはかぶりを振った。ブライアンが答える。

「おれが発見したときはこの状態だった。なにが起きたのかわからない」

一〇分後、ドーンは静脈に点滴をつながれ、保温毛布をかけられてストレッチャーで運ばれていった。

カーラは戸口に立って、彼らのうしろ姿を見送った。額をこすってケルシーに向き直る。彼女は楽屋の隅のスツールに腰かけていた。

「ケルシー、ボディガードを見つけなきゃ。病院へ行って、ドーンの無事を確かめたいの」

「彼女なら大丈夫だ」

カーラはびくりとした。聞いたこともない男の声が、楽屋から響いてきたからだ。ゆっくりと振り返ると、黒っぽい髪をした男が高級スーツを着て立っていた。手には火のついた葉巻を持っている。息をのむほどのハンサムというわけではない。口の端を狡猾《こうかつ》そうにゆがめている。

「ドーンにあんなことをしたのはあなたね？」この男にちがいない。ケルシーが言っていた男だ。男は肩をすくめた。

「そうだ」葉巻の煙をカーラのほうへ吹きかける。「一、二分正気を失ったことは認めるが、謝るつもりはない。気を失うまでは、あの女も楽しんでいたんだ。だいいち、血を補えば元どおりになる。それどころか、おれを見たらもう一度してくれと懇願するだろうな」

カーラは猛烈に腹が立った。この男がドーンになにをしたのか正確にはわからないが、両手が自然とこぶしを握った。「あなたは誰？　なにが望みなの？」

「あんたとちょっと話がしたい」男がケルシーを振り返った。ケルシーは目を見開いて男を見つめている。「こっちへ来て一緒に座れよ、ケルシー」男は手を差し出した。

ケルシーは首を振りかけて、眉をひそめた。「……カイル？」

男は緊張を解き、うれしそうに笑った。「やっぱり覚えていたんだな？」

ケルシーは男を認識したのか、歩み寄って彼の手を取った。男と隣り合って長椅子に腰かけ、男が彼女の膝に手を置いても黙っている。カーラは余計にむかむかした。この男はケルシーにも同じことをしたのだろうか？

「あんたがヴァンパイアになっているとは思わなかった」男がカーラに言った。「まあ、フォックスの気持ちもわかるがね。あんたは見た目がいいからな」

お礼の言葉を期待しているなら、この男は頭がどうかしているのだ。いずれにせよ、まともには見えないけれど……。カーラは本当はケルシーの手をつかんで、一目散に逃げ出したかった。けれどもケルシーは男の手を握ったままで、とくに不安そうでもない。カーラが逃げたとしても、ついてきそうになかった。

それどころかケルシーは男のほうへ体を向け、うなじをマッサージし始めた。それから母親が子供にするように髪をなでつける。

男もケルシーのしたいようにさせていた。「カーラ、あんたはシーマス・フォックスに属しているな？　あいつはなんで、あんたのために掟を破ったんだ？　美人だってことはおいとくとしてもだ」男がまた煙を吐き出す。「興味深いね」

ケルシーが男のスラックスに落ちた灰を払った。

「あんたは本当に世話焼きだな」男はまんざらでもなさそうに言った。

「みんなそう言うわ」ケルシーも素直に応える。

男が声をあげて笑い、ケルシーの腿へと手を滑らせた。「だろうな」彼はカーラに向き直った。「もう行っていい。お友達のドーンを見舞ってやれよ。おれとケルシーには積もる話があるんでね」

そんなことできるわけがない。「ケルシーが一緒じゃなきゃ、行かないわ」

男はおもしろそうな顔をした。「そうか、いいだろう。どっちにしろ、おれには別の用がある。これで消えるよ。おれは物わかりがいいんだ」

カーラなら、この男を形容するのに物わかりがいいとは言わないだろう。

男はケルシーの腿から手を離して立ち上がった。「おれがケルシーを傷つけることはない」彼はカーラに詰め寄った。腕と腕がふれ合う。ガラス玉のような黒い瞳がカーラの瞳をとらえた。葉巻の香りにまじって、〈アヴァ〉にいたヴァンパイアと同じ、ねばつく甘い香りが鼻を突く。カーラは恐怖を悟られまいとじっとしていた。

「だが、あんたは別だ」

男が消える。カーラは大きく息を吐いた。「あの人はいったい誰？」

ケルシーは立ち上がって肩をすくめ、ドレスの裾を直した。「カイルよ」

「罠だ」シーマスは顔をしかめた。「ドーンはきみをおびき寄せるための餌《えさ》にされたにちがいない。どういう事情か知らないが、あいつはきみをあそこへおびき寄せたかったんだろう」

一同は、シーマスが最初にストリップ・クラブを訪れた夜と同じテーブルについていた。彼はそこからスクリーン越しに踊るカーラを見たのだ。あの夜と同様に、シーマスは人数分の飲み物を注文した。これで怪しまれずにすむし、ウエイトレスがチップをもらい損ねることもない。ステージでは羽根でできたボアを首に巻いた四人のストリッパーが、お決まりのダンスを披露していた。

「わからないわ」カーラは疲れきった表情で目をこすった。ちょうどドーンの恋人との電話を終えたところだ。ドーンは輸血をして痛み止めを処方されて眠っているらしく、面会は明日の朝まで待ってくれと言われた。

シーマスはドーンの状況を見ていないが、カーラが遭遇したヴァンパイアに血を吸われたことは推測がついた。

「どうしてわたしを狙うの？」

「それはぼくにもわからない」シーマスは襲われた夜のことを思い返した。〝フォックスと女をとらえろ〟とやつは言った。あのときはケルシーのことだと思ったが、カーラのことだったのかもしれない。だが、なぜだ？　ぼくを殺してなんの得がある？

「踊りましょう」突然、ケルシーがボディガードの手をつかんで引っぱった。

ボディガードがすがるようにシーマスを見る。「ミスター・フォックス？」

アレクシスがケルシーを見つけた夜のことを話すあいだは、ケルシーがそばにいないほうがいい。シーマスはにっこりした。

「楽しんでこい、ダニエル。ここはぼくがいるから、ケルシーと踊ってくるといい」

カーラとケルシーがクラブへ行くのをとめなかった罰だ。

ダニエルは足を踏ん張って抵抗したが、ケルシーは彼を押したり引いたりしてダンスフロアへ引きずり出した。ケルシーたちはステージを見る客の視界を妨げたわけではない。それでも腰をくねらせてストリッパーの動きをまねるケルシーのほうに注目する客もいた。ダンスフロアでは、ほかにセクシーな女性ふたりが踊っている。ケルシーは石像のように立ち尽くすダニエルの首に手をまわし、上下に動きながらたくましい体に絡みついていた。

それを見たシーマスは噴き出しそうになった。

「ケルシーったらどうしちゃったの？」カーラもダンスフロアを見ながら言う。「なにがあったの？　まるで……なんて言えばいいのかしら？」

「正気じゃないみたい？」

カーラがうなずいた。

「まあ、昔から賢い娘とは言えなかったが……。ちょっとずれたところがあって、憎めなくて、パーティー好きだった。ダンスや酒を楽しんでは、カジノで男を誘惑していたよ。ところが八月の中旬に大統領候補による討論会があって、イーサンの部屋へ行ったアレクシスが、血を抜かれて倒れているケルシーを見つけたんだ。犯人はまだ部屋のなかにひそんでいて、アレクシスを刺して致命傷を負わせた。イーサンがアレクシスを転生させ、ぼくがケルシーに血を与えて生き返らせた。それからというもの、ケルシーは変わってしまった」シーマスは、ダニエルの胸に手のひらをはわせ、彼の腰に自分の腰をぶつけているケルシーを見た。その顔に笑みはない。「以前のように笑うことがなくなった。ひとりになるのを怖がる。輪をかけて取りとめがなくなった」

「ケルシーはあの男と知り合いだったわ」カーラはシーマスに身を寄せた。「彼女の前では言えなかったけど、ふたりは知り合いだったのよ。あの男は……ケルシーに好意を寄せているみたいだった。彼女は男をカイルと呼んでいたわ」

「ケルシーに好意を？」シーマスは目を閉じた。カーラが車にひかれた夜を思い返す。路地にはやせた男がいた。若いヴァンパイアだ。男がケルシーを誘うと、ケルシーはためらうことなくついていった。

「どんなやつだった？　やせていて、上等なスーツを着ていて、黒っぽい髪で、いかにも自分に自信がありそうなタイプか？」

「そうよ」カーラが椅子を動かして、シーマスのほうへさらに寄った。「知っているの？」

シーマスは首を振った。カーラの手を取り、改めて無事を確かめる。

「いいや。だが、ぼくたちが出会った夜、その男もあの路地にいた。ぼくがほかのふたりと戦っているあいだ、男がケルシーに話しかけた。そうしたら、彼女は男についていったんだ」

「ケルシーは以前から彼を知っていたのね。どうして知っているのか尋ねてみたけど、要領を得ない答えだった」

「とにかく、向こうは彼女を知っていた。ぼくのことも。そして今夜は、きみのことまで知っていた」

「ケルシーはこれまでにも奇妙な行動を取ったことがある？　怖がっている相手とデートをするとか」

「デート……」シーマスは座り直し、カーラの手を強く握った。「そうだ！　数週間前、イーサンを暗殺しようとした相手を知っていたのもケルシーだった。彼女が男をイーサンのオフィスがある階に入れたんだ。そのあとで男の心を読んで怖くなり、その場に置き去りにした。その男の心は真っ黒で、イーサンを殺そうとしていると言ってね。ケルシーは男を催眠状態のまま放置した。イーサンが現場を調べに行ったんだが、相手はすでに正気を取り戻していて、イーサンを撃った。ただ、その男はヴァンパイアじゃなかった。監視カメラの録画がある。ケルシーの姿は映っていないが、男の姿は映っていた」それが路地にいた男と同一人物なら自分も気づくはずだと思いながらも、シーマスはカーラに確認してもらうべきだと思った。「監視カメラの映像を見たら、同じ人物かどうかわかるかい？」

「たぶんね」カーラはダンスフロアに目をやった。「だけど、なぜケルシーは覚えていないの？　血を抜かれたときに記憶まで奪われたってこと？」

「わからない」シーマスはパープルのドレスを着て官能的に踊るケルシーを観察した。黒髪が背中で揺れる。「一連の事件にケルシーがどうかかわっているのかがちっとも見えてこないんだ」

四人のダンサーがフェザーボアを投げ縄のようにして互いの体に投げる。シーマスはその様子を見るともなく見ていた。照明がピンクからブルーに変わり、またピンクに戻った。

「カーラ、ジョディ・マドセンは来ているかな？」この際だから、ブリタニーの叔母に話を聞いておきたかった。

「バックステージにいるはずよ。週末はだいたい来ているから。呼んでくるわ」

カーラが立ち上がる。彼女もステージ上のダンサーを見ていた。カーラの眉間には深いしわが刻まれている。「わたしってあんなふうに見える？　踊っているとき」

シーマスは質問の意味がわからなかった。なにか裏があるのかもしれない。どう答えても、悪いほうに解釈される可能性が高い。シーマスは墓穴を掘るまいと慎重に首を振った。

「全然ちがうよ。きみのほうがずっとすてきだ」

「だといいけど」カーラはそう言って、眉間のしわをさらに深くした。「あの人たちはなんていうか……ばかみたいだもの」

我慢できなくなったシーマスは、彼女の手を引っぱって自分の膝の上に座らせた。カーラは身を硬くしたが、逃げようとはしなかった。

「信じてくれ、踊っているときのきみはすばらしい。三〇〇年間生きてきて、きみみたいに美しい女性は見たことがないよ」

フェザーボアを引っかけてぐるぐるまわる四人の女性に視線を注いだまま、カーラは言った。

「でも、あなたは三七一歳じゃなかった？　最初の七〇年ほどのあいだに、もっとかわいい女性を見たってこと？　その人もダンサーだったとか？」

結局、墓穴を掘ってしまったらしい。

「ちがう、そういう意味じゃない。端数を切り捨てたんだ。三七一年間で、きみほど美しい女性に出会ったことはない」

実際、マリーよりもきれいだ。華やかな美貌《びぼう》を誇った小柄なフランス女性よりも。もちろんカーラにそのことを教えたりはしないが……。

カーラはシーマスのほうを向き、彼をまじまじと見つめた。

「ねえ、わたしたちってなに？　お互いにとってどういう関係なの？　転生したヴァンパイアはみんなこうなるの？　転生させた相手に、こういう気持ちを抱くものなの？」

「どんな気持ちだい？」シーマスはカーラの腿の筋肉を意識した。胸の奥がくすぐったい。アイルランドにあるモハーの断崖《だんがい》並みに高いところから宙づりにされた気分だ。もちろんヴアンパイアの飛翔《ひしょう》能力はなしで。ロープが切れれば落下して、大きなダメージを受ける。

「あなたが好きよ」カーラはそっと言った。「それがわたしの気持ちだわ」シーマスの額にあたたかな唇を押し当てて立ち上がる。「ジョディを呼んでくるわね」

シーマスは歩み去るカーラを見送った。そのうしろ姿はまるで芸術作品だ。めりはりがありながら、どこもかしこもやさしい曲線を描いている。ラベンダー色のレース地のキャミソールに、まっすぐに切りそろえられた髪がかかり、揺れていた。肩越しに振り向いた彼女が控えめな笑みを投げる。

カーラはぼくを好きだと言った。喜んでもいいはずだが、なぜか〝いいお友達でいましょう〟と言われたような気分だった。ただの友達なんかで満足できるはずがない。

だが、ただの友達が気に入らないなら、どうなりたいというのだろう？

答えはわからない。

見当もつかなかった。

10

「イーサン、ヴァンパイア・スレイヤーのメーリングリストを見た？」

アレクシスは不安といらだちに駆られて、夫の机の前を行ったり来たりした。

「いいや」イーサンはなにげない様子で肩をすくめたが、アレクシスには彼が警戒しているのがわかった。妻から責められそうになると、イーサンは決まって身を守るように両手を突き出す。「きっとおもしろ半分のいたずらメールだよ。本物のヴァンパイア・スレイヤーなんかじゃないんだ」

「見てもいないのにどうしてわかるの？」

アレクシスはバルコニーへと続く引き戸を開け、急速に薄れつつある闇のなかへ足を踏み出した。あと一時間もすれば太陽がのぼり、ベッドに入る時間となる。ブリタニーを看病して、安全に目を光らせる者がいなくなってしまう。アレクシスは不安げにラスヴェガスの歓楽街を見渡した。彼女はかつてヴァンパイア・スレイヤーのメーリングリストに招待され、転生してすぐに除名された。まるで転生したことを彼らが知り得たかのように。

イーサンが背後にやってきて、彼女の肩をさすった。「どうしたんだい、アレクシス？」

アレクシスはうまく説明ができなかった。

「なにかが進行している。あなたとシーマスを殺したがっている人がいるのよ。でも、その理由がわからない。あなた、わたしに隠していることはない？」

「きみにはなんでも話しているよ」イーサンは穏やかな声で言い、アレクシスの耳に唇を滑らせた。「黒幕がわからない。あの依存症患者が口を割らなくてね」

「おかしいわ。いつものわたしは楽観的なのに、悪いことが起こりそうな予感がしてならないの」アレクシスは身を震わせた。

イーサンが小さく笑った。「愛する人のこととなると、きみはいつも心配性になるよ。以前はブリタニーだけだったのが、今はぼくもいるから余計に不安なんだろう。ぼくは大丈夫だ、約束する。九〇〇年以上も生きてきたんだから、身を守るすべくらい心得ている」

夫が地層が積み重なるほどの長い時間を生きてきたことを思うと、アレクシスはいまだに怖くなることがある。だが、イーサンの言いたいことはわかった。九〇〇年を超える経験は伊達《だて》じゃない。

「休暇でも取ったほうがいいのかもしれない。ブリタニーを連れて、数週間ラスヴェガスを離れるの」

彼女はそう言いながらも、イーサンが反対するのはわかっていた。選挙は目前だ。

「時期が悪いよ。今はここを離れられない。だいいち、このカジノは世界中のどこよりも安全だ」

アレクシスにはそうは思えなかった。「じゃあ、なぜあなたが撃たれたの？」思い出すだけでもぞっとする。三二階のバルコニーで警戒すべきは雨に降られることくらいだとわかっていても、周囲を見まわさずにいられなかった。雨ではなく……ヴァンパイアが降ってくるかもしれないからだ。

「ついていなかったんだ。油断していたし、警備を過信していた。同じ過ちは繰り返さないよ」

イーサンの力強い声に、アレクシスは少しだけ気が楽になった。彼は事態を軽視しているわけではない。

「それに誰であろうと、きみやブリタニーに危害を加えさせたりはしない。部下にブリタニーを二四時間態勢で三六五日監視するよう指示を出した。今ごろは彼女のアパートメントで配置が完了しているはずだ」

「ありがとう」背後から抱き寄せられたアレクシスは、腹部に置かれたイーサンの手に自分の手を重ねて彼の胸にもたれた。「ところで、ケルシーとはどうやって知り合ったの？　一九六〇年代にニューヨークで会ったというのは聞いたけど、もっと詳しく教えてよ」

「ある芸術家がギャラリーで開いたパーティーで見かけたんだ。すぐにヴァンパイアだとわかったよ。麻薬常習者だってこともね。だから更生施設に入れて、仕事を与えた。ケルシーは誰が自分を転生させたのかわかっていないと思う。当時はＬＳＤ漬けだったからな」

それでいろいろと納得がいった。「ケルシーはとてもいい子だわ、本当よ。だけど麻薬のせいで、脳細胞にかなりのダメージを受けていたんじゃないかしら。数週間前に血を吸われたことで、それが悪化したみたい。ときどき気味の悪いことを言うの。今夜なんて、〈ヴェネチアン〉に行ったことがあるかってきくのよ。あっちのほうが上質の血液があるんですって。ただ自分は彼らにそこへ連れていかれたから、もう行かないって。どういう意味かって尋ねても、それ以上は答えないの」

イーサンが身をこわばらせた。「ドナテッリは〈ヴェネチアン〉に住んでいる」

アレクシスは驚いて振り向いた。イーサンの顔は怒りにゆがんでいる。

「イーサン？　まさか……そんなことって！」

カーラはジョディがあまり好きではなかった。横柄な印象を受けるからだ。今夜、その直感が正しいことがわかった。

ジョディは椅子に腰かけ、スコッチをがぶ飲みしてシーマスに流し目を送った。あからさまな誘いに対してシーマスは無関心だったものの、カーラは平静でいられなかった。

「あんたのことは覚えてるよ」ジョディがシーマスに言った。「アレクシスの結婚式にいたね。あたしに気づいただろう？　花嫁に無視されてたのはあたしだけだったからね。実の叔母に対してまったく礼儀知らずじゃないか。あの娘ときたら、あたしを招待すらしなかったんだよ。だから、あたしは自分で自分を招待したのさ」

「つまり、アレクシスやブリタニーとは連絡を取っていなかったと？」

「取ってないね」ジョディはグラスに残った酒を飲み干した。「あの子たちはあたしにかかわりたくないのさ。元ストリッパーなんかとはつき合えないってわけ。やってることは大して変わりゃしないくせに。考えてもごらんよ。アレクシスがどうやってあの金持ちを射とめたと思う？　ちょっと口を使ったに決まってるさ。もちろん、話をしたって意味じゃないよ」

カーラは嫌悪に口をゆがめた。タイミングの悪いことに、ジョディと目が合う。

「カーラ、あんただってわかってるはずだ。男はストリッパーを見れば娼婦《しょうふ》だと思う。シーマスがあんたを見たときだって、〝おや、賢そうな娘がいるぞ。ワインを片手に話がしたいな〟とは思わなかっただろうよ」

カーラは身を縮めて座っていた。ステージ上でダンサーが踊っている。彼女は頬が熱くなるのを感じた。ジョディの言ったことは、カーラが自分自身に言い聞かせていたこととまったく同じだった。

「彼はあんたの裸や、熱くていやらしいセックスのことを考えたはずだ。でも、それでいいんだよ。セックスが世界をまわしてるんだから。だいいち、あたしらはこれでいい金を稼いでるんだ。ところが気取った女どもは、あんたのことを鼻であしらう。同じことをしてのし上がったくせにさ。あたしはそれを隠したりしないね」ジョディはカーラの体を上から下まで見た。「ところで、いつ仕事に戻るんだい？　けがをしたようには見えないよ。ドーンがあんなことになっちまって、人手が足りないんだ」

「さあ、どうかしら……」カーラは平手打ちされたかのような気分で言葉を絞り出した。「シーマス、わたしはいつ仕事に戻れるの？」

心のどこかで、彼が永遠にだめだと言ってくれることを期待していた。自分という男がいるし、二万ドルもの大金を手に入れたのだから、危険な仕事は辞めろと。自分以外の男がきみを見て、熱くていやらしいセックスのことを考えるのには耐えられない。そう言ってほしかった。

ところが、シーマスはこう答えた。「きみさえよければいつからでも。きみしだいだ」わたしの身の安全とやらはどうなったの？　ようやくシーマスがカーラの意思を尊重してくれたというのに、彼女はいやな気分になった。

「じゃあ、明日から仕事に戻るわ。あなたさえよければ」

「問題ないよ」シーマスは端的に言った。

ジョディが声をあげて笑い、ウエイトレスに飲み物のお代わりを頼んだ。

「金とセックス。すべてはそこに行き着くんだよ」

ふとジョディの笑いが途切れた。首をかしげて、不可解な表情をする。空のスコッチグラスを握る手が震えていた。

「ブリタニーの父親は誰だ？」シーマスが抑揚のない声で尋ねた。

ジョディの口から表現しがたい音がもれた。目はうつろで、唇が小刻みに動いている。カーラはやっと目の前で起きていることを理解した。シーマスがジョディの思考を探っているのだ。

それは見ていて気持ちのいい光景とは言えなかった。ジョディは心臓発作を起こしたように痙攣しており、口の端には唾がたまっていた。

「男の名前は覚えていないんだな？　黒っぽい髪と目をした外国人で、金持ちだった。あんたは姉に嫉妬した。結婚している姉に、金持ちで年上の恋人など必要じゃない。その男はあんたのものになるべきだと思った」シーマスは言葉を切って背もたれに寄りかかり、カーラのほうを向いた。「だめだ。彼女は男の名前を記憶していない。これじゃあ、なにもわからないのと同じだ」

シーマスがジョディの思考を解放した。ジョディは混乱している様子だった。口の端をぬぐってカーラのほうを向き、目を細める。

「それなら、明日の夜からだね。腰を振る準備をしておいで。あたしは仕事に戻らなきゃ」少しよろけながら立ち上がり、シーマスに向かってうなずく。「飲み物をごちそうさん」

カーラは急ぎ足で去っていくジョディを見守った。かろうじて垂れていないヒップを振るのも忘れている。

「がっかりだ」シーマスが言った。「もっと決定的な情報を握っていると思ったのに。約二六年前、ラスヴェガスにいた外国人ヴァンパイアなんていくらでもいる。ここは身を隠すにはうってつけの場所だからな」

カーラはうつろな表情で、ジョディからステージ上のダンサーに目を移した。たったこれだけのことだったの？　プライドを持って踊ってきたはずが、今は胃酸が逆流するような感覚が残っているだけだ。それは飢えではなく怒りだ。誰にも頼らないで自由に生きたかったのに、自分のダンスに男たちが高ぶることへの羞恥心とシーマスへの思いでがんじがらめになっている。

絶対に引っかかるまいと避けてきた罠に両足を挟まれて、自分をコントロールできない。ストリッパーになったのは学費のためであり、抑圧されていないことを証明するためだった。それと同時に、単なる尻軽女にならないようヴァージンを守ってきた。自分でも男に尽くすタイプだという自覚があったし、そうなるのが死ぬほど怖くてデートすらしなかった。

カーラの母親も男に尽くすタイプだった。そしてひとりで死んでいった。

マーカスに出会ったとき、この人なら自分を理解してくれると思った。しかし結局は、二本脚で歩ける者となら誰とでもベッドをともにするような男だった。彼女以外のすべての女と。

カーラが愛したマーカスは存在しなかった。

異性とつき合うのは苦手だ。自分の気持ちすらよくわからない。だいたい、どうしてわたしはシーマスを愛しているのだろう？　彼はなんの相談もなくわたしを転生させ、部屋に閉じ込め、わたしが選んだカーテンにいやな顔をした。本来ならば嫌って当然の相手だ。好きになるなんておかしい。

その一方で、シーマスは信じられないほどやさしく、忍耐強く、これまで会ったなかでいちばん寛大な男でもある。友人の選挙活動を手伝い、脅迫観念に取りつかれたケルシーを慰め、カーラが居心地よく過ごせるよう力を尽くし、文句も言わずに犬の散歩をしてくれた。床に倒れている友人の姿を見て、殺し屋のヴァンパイアと遭遇した今となっては、シーマスのそばを離れたくなかった。永遠に。

シーマスを愛し、ストリッパーを辞めたくなるなんて……片方だけでも恐ろしいのに、両方とも現実なのだ。

カーラの自我が大地震で崩落する橋のごとく崩れていく傍らで、シーマスは代金を払い、ポケットをたたいて車のキーが入っていることを確認した。

「準備はいいかい？」彼はあっけらかんと尋ねた。

わたしがシーマスへの愛を自覚したことに気づかないのかしら？　この胸の震えが伝わっていないの？　どうして無頓着な顔で立っていられるのだろう？

カーラは混乱したままジャケットに手を伸ばした。彼女は怒っていた。

「わたしの安全はどうなったわけ？　明日の夜、ここで踊っているあいだに、また命を狙われるかもしれない。敵に無防備な姿をさらけ出すことになるのよ」

シーマスはカーラを見つめ、女性の不機嫌はすべて生理前症候群のせいだとでも言いたげにため息をついた。「それについては、車のなかで話してもいいかな？」

彼の答えに、カーラの怒りはマグマ並みに煮えたぎった。「ここで話すわ！」

シーマスはそろそろと椅子に腰を下ろした。「ボディガードをつければいいと思ったんだ。

ぼくをね。人前で踊ってほしくはないけれど、きみがそれを望むならぼくが守る」

カーラのなかでマグマの温度が少しだけ下がった。八つ当たりしている自覚はあったが、怒りにしがみついていなければ泣き出してしまいそうだった。

「踊ってほしくないなら、なぜ仕事に戻れなんて言ったのよ？」

「ぼくがだめだと言ったら、きみは怒るだろう？　きみ自身に決めてほしかっただけだ」

「見ず知らずの男のために裸で踊れっていうの？」本当に生理が近いのかもしれない。ヴァンパイアに生理があるのかどうかもわからないが、ホルモンの分泌過剰としか思えなかった。ぶちぎれる寸前だ。こんなところでヒステリーを起こしてしまいそうだった。

シーマスは黙って座っていた。テーブルに手を置き、ひと言もしゃべらなかった。ピンクの照明に照らされて、ブルーのシャツがオレンジがかった色に変わる。彼の表情は読めなかった。

「なにか言うことはないわけ？」

シーマスはうなずいた。「ない」

「ないってどういう意味よ？　見ず知らずの男のために裸で踊ってほしいのかってきいているの！」

彼は顎を震わせた。

「シーマス！」

「ぼくは答えないぞ。なんと答えようが、文句を言われるに決まっている。以前も同じようなことがあった。今回はその手にはのらない」

シーマスの言うとおりだ。カーラは愕然とした。彼のことを愛していると自覚したからといって、ヒステリーを起こすのはおかしい。

カーラはなんだか愉快になった。「わかったわ、家へ帰りましょう」

「本当かい？」シーマスはいかにもほっとした様子だった。立ち上がって、カーラに手を差し伸べる。

「本当よ」急に霧が晴れた気がした。自立は裸で踊ることとはなんの関係もない。互いを尊重することで得られるものなのだ。シーマスは口論を避けることで、わたしへの敬意を示した。血を分け与え、親密な行為を終えたあとでも支配しようとはしなかった。むしろ自分の気持ちを押し殺して、わたしの望みをかなえようとしてくれた。

「家に帰りましょう」

そうして、今後はシーマスのためだけに踊ると伝えるのだ。彼のセクシーなブルーの瞳をどう思っているかを、ちゃんと伝えよう。


シーマスは弾丸を避ける技を会得した気分だった。さっきまで激怒していたカーラが、帰りの車のなかでは機嫌よくしゃべり続けている。こんな面倒な関係をなぜ投げ出さないのか、彼は自分でもわからなかった。弾丸に当たって倒れたほうが楽ではないだろうか？　ぼくの信条は、女性の気まぐれに振りまわされないことじゃなかったのか？

それでもどういうわけか、カーラをあきらめられなかった。足場さえ固めれば、すばらしい関係が築ける予感がする。現時点でもこんなにすばらしいのだから。

部屋に戻ったら、ふたりの関係がこの先どこへ向かうのかをはっきりさせよう。どうやって切り出せばいいのかわからないし、果たして自分の思いをちゃんと言葉にできるかどうかもわからない。だから、シーマスは直感に従った。ホテルのシーマスの部屋の玄関先でカーラがサンダルを脱ぎ飛ばしたところで、姿勢を正して彼女に向き合った。

「以前、きみに個室を与えたらどうかとイーサンに提案されて、ぼくは拒否した。きみに出ていってほしくなかった。それだけは避けたかったんだ。でも、きみが個室に移りたいなら、そうしてもいい。そのことについて反対したり、ヴァンパイアとしての経験の差を持ち出したりして、ふてくされたりしない。きみが出ていきたいなら……」

カーラが黙ってシーマスを見つめた。犬たちが足元をぐるぐると旋回して、彼女の指をなめ、気を引こうとしている。「出ていきたくないわ」

「そうか、わかった。よかったよ」シーマスは咳払いをした。次はどうする？

「正直に言っていい？」

だめだと言いたい。カーラの口からどんな言葉が飛び出すかと思うと怖かった。だがシーマスは二〇世紀に作られたロマンス映画で、こういう場合の対応を学習していた。

「もちろんだ。なんでも言ってくれ」

カーラが言葉によって彼の心臓をえぐり出し、壁に投げつけたとしても耐えてみせよう。

なんといってもぼくは、あそこにピンクの糸くずがくっついているのを発見した進歩的なヴァンパイアなのだから、思っていることを言葉にすることだってできるはずだ。本音を言うと、こんな話し合いをするくらいなら心臓に楔《くさび》を打たれたほうがまだましだが、なにが来ても受けとめてみせる。

「わたし、本当にヴァージンなの」

予想外の言葉に、シーマスはわけがわからないまま口走った。

「ええと、それはその……まちがいないのかい？」

カーラの頬がピンク色に染まる。

「当たり前でしょう。そういうことを本人がまちがえると思う？」

確かに間抜けな質問だった。だが……カーラは一糸まとわぬ姿で踊る。バイブレーターも持っている。ぼくから血を吸って、クライマックスに達した。どこから見てもセクシーで感じやすい女性だ。ヴァージンであるはずがない。待てよ、本当にヴァージンなのか？

シーマスは頭が痛くなってきた。下のほうの器官も。

「そうだけど……でも……」こういうときこそスピーチ・ライターの出番なのに。

「おかしな話でしょう？　だけど、誰にも捧げたい気持ちにならなかったの。わかる？　自分の人生は自分でコントロールしたかった。裸で踊るのは、スクリーンのうしろにいられるからよ。あれなら人に見られている気がしないもの。わたしはお金のために踊るのであって、お客のためじゃないわ」

「でも、バイブレーターは……」それを使ってもヴァージンというのだろうか？　あれは一種の抜け穴か？　カーラが電動のおもちゃでしか経験したことがないと思うと、シーマスは猛烈に興奮した。それにしてもなぜ、こんなところでバイブレーターのことなど持ち出してしまったのだろう？　まるで変態だ。

カーラは腕組みをして、神経質そうに周囲を見まわした。

「あれは……なかに入れないで使っているの。実際にはどうすればいいかわからないし」

ポルノ映画を初めて見た一二歳児みたいな会話だ。

「ぼくは二〇〇年以上、女性とベッドをともにしていない」こうなったら、自分も正直になるべきだ。カーラと例の行為に――つまりセックスに――行き着くとしたら、かなり練習不足であることを知っておいてほしかった。

カーラはひどく驚いた顔をした。片方のつま先をもう一方の足でこすり、Tシャツの裾をジーンズの上に引っぱり下ろす。「それは、その……長いわね。なにか理由があるの？」

「最後に寝た女性に裏切られたんだ。ギロチン台に送られた」シーマスは首の傷にふれた。

カーラが視線をやわらげる。「ああ、かわいそうに！　それはひどいわ」

同情されるなんて恥だと思っていた。それなのに、カーラの指が首筋に近づいてくるとうれしくなった。みみずばれになった傷を彼女の親指がなぞる。「ぼくは相手の言いなりだった。当時は気づいていなかったけれどね。それで、二度と女性を信じないと誓ったんだ。きみと同じで、自分の生き方は自分で決めたかったから」

「わたしが最後につき合った人は……結婚するまでセックスは待てると言ったわ。でも、あとになって、彼がそんなかっこいいことを言った理由がわかったの。ほかに女がたくさんいたのよ」

「卑劣な男だ。かわいそうに」シーマスにはその手の男の心理が理解できなかった。セックスを己の欲望を満たす手段としか考えられない連中だ。「これを聞けば、きみの気が紛れるかもしれない。ぼくが愛されていると勘違いしていた女性も別の男と寝ていたよ。ふたりして、最初からぼくを殺そうと企《たくら》んでいた」

「ひどい女ね！」カーラがシーマスの代わりに憤慨した。

「そいつらはヴァンパイア・スレイヤーだったんだ」

「最低だわ！」カーラはダークブラウンの瞳を欲望に見開いてシーマスを見上げた。「正直になったついでに言うけど……わたしはあなたとベッドをともにしたいわ。だけど、自分を見失うのが怖いのよ」

「ぼくもだ」カーラが豹変したらどうすればいい？　そう、問題はカーラではなく、彼自身にあった。女性を信じるのが怖いのだ。

「だったら、どうするの？」

シーマスはおずおずとカーラの腰に腕をまわした。そうしながらも相手の出方をうかがう。

「わからない」

「ねえ、わたしがほかの男のために裸で踊ると考えると、どんな気分になる？」カーラが低い声でささやいた。

それなら簡単だ。嫉妬に駆られ、体温が急上昇する。「耐えられない。それが正直な気持ちだ。見ている客の顔を片っ端から殴りつけて、尻に強烈なキックを食らわせたくなる。そいつらの頭蓋骨をたたき割って、きみの全身を毛布で覆い隠したい」

カーラがぽかんと口を開けた。

シーマスは上体を傾け、断固とした態度で彼女の唇を奪った。自分をコントロールするなど知ったことか。ふたりともこれを望んでいる。ストリップ・クラブの席に座って、スクリーンのうしろで踊るカーラを見守らなければならないなら、せめて彼女にとって最初の男になりたい。カーラを奪い、自分のものだというしるしをつけ、カーラ自身にもほかのすべての者にも、彼女がぼくのものだとわからせたい。

すでにふたりは一緒に住んでいる。今こそ、その関係を確実なものにするのだ。カーラに自分のにおいをつけたかった。

シーマスは熱く、むさぼるようにキスをした。驚いている彼女の唇のあいだに強引に舌を割り込ませる。息が苦しくなって唇を離したとき、シーマスは言った。

「きみがほかの男のために裸で踊るのは気に食わないと言ったかな？」

返事も待たずに再び唇を合わせ、背中をなで下ろして引きしまったヒップをつかむ。カーラの体は完璧だった。やわらかな唇は芳醇なワインのようだ。情熱的な数分間が過ぎたあと、シーマスはうめき声とともに体を離した。

カーラは激しく息を吸った。「ねえ、やめないで。本当の気持ちを教えてよ」

激しい欲望がシーマスの体を貫く。「本当の気持ちだって？　これがぼくの気持ちだ」

シーマスはヴァンパイアの驚異的な素早さでシャツを脱ぎ、カーラを自分のほうに引き寄せた。舌で下唇をなぞり、キスをしながら彼女のヒップをもみしだく。すべてが満ち足りて、正しいことに思えた。今になってみると、なにをぐずぐずしていたのか疑問だ。カーラも積極的にキスに応えて、彼の胸をなでまわした。

シーマスは彼女の素肌にふれたかった。初めて目にしたときからずっと妄想してやまなかった体に。カーラを味わい、その曲線に手をはわせることのできる唯一の男になりたかった。彼女の体を満たし、快感の叫びをあげさせたかった。そのためにはまず、服を脱がせなければならない。

軽く引っぱっただけで、カーラのTシャツは消えた。彼女はブラジャーをつけていなかった。形のいい美しい乳房は輝くようだ。

カーラが驚いて体を引く。「今、Tシャツを引き裂いたの？」

「そうだ」シーマスは布切れを床に落とした。ボタンが素早くそれをかぎつけ、鼻に引っかけて放る。Tシャツはボタンの頭の上に落下した。

自分が犬たちを好きになりかけていることを、シーマスは認めざるを得なかった。なんとも間抜けなしぐさは見ているだけで心が和む。

「そう」カーラは目をしばたたき、両手で乳房を隠した。

シーマスは目をみはった。胸を隠すという恥じらいのしぐさはあまりに可憐《かれん》で色っぽかった。その行為は彼女にとって、シーマスとストリップ・クラブの客たちがまったくちがうことを意味している。カーラはぼくの目にどう映るかが心配なのだ。

シーマスは思わず口元を緩めた。「手をどけるんだ」

「いやよ」カーラは体を縮こまらせた。

「どけないなら、無理やり外させるぞ」

カーラの頬が憤慨したように紅潮する。「やれるものならやってみなさいよ」

「そうするつもりだ」シーマスは一歩前へ出た。カーラが一歩後退する。「ぼくを信じてくれ」

「信じなきゃだめ？」

「そうだ」シーマスはカーラの両手首をつかんで腕を広げさせ、体の脇で固定した。「ぼくはきみを信じる。本当だ。だからきみもぼくを信じてほしい」彼はカーラを見下ろして息を荒らげた。シーマスの高まりがカーラの腿を圧迫し、牙は欲望にうずいていた。カーラの胸が大きく上下する。彼女は顔を上げ、興奮した目をシーマスに向けた。

言葉など必要なかった。その目が懇願していた。リスクを受け入れると語りかけていた。シーマスはカーラの腕を放して反応を待った。またしても胸を隠すようなら問題だ。

しかし、カーラはそうしなかった。その代わりにシーマスのジーンズのベルト通しに指をかけ、彼との距離を縮めて自分の胸を押し当ててきた。カーラに唇で肩と首をなぞられ、シーマスの全身は喜びと期待に張りつめた。

「信じるわ」カーラがシーマスの耳にささやいた。「さあ、始めましょう」

まるでビルから飛び下りるとか、敵に突撃するとでもいうように決意に満ちた声だ。

実際、彼女にとってはそうなのかもしれない。

シーマスは顔を傾けてカーラの頬に唇を滑らせ、やわらかな肌の感触を確かめた。顎に手をかけて上向かせ、やさしくキスをする。キスはしだいに熱を帯び、激しさを増した。シーマスがカーラの唇に牙を立て、ビーズのような血のしずくを口に含む。カーラは両手を彼の胸から背中へ移動させていき、さらに下へと滑らせてヒップをつかんだ。

カーラが性急になるとシーマスがなだめ、カーラが落ち着くとシーマスがペースを上げる。ふたりは互いをあおっては静め、満ち引きを繰り返す潮のようにじゃれ合った。初体験はやり直しがきかない。シーマスはそれを特別な経験にさせてやりたかった。自分自身も、快楽のときを引き延ばしてじっくりと味わいたい。即席の行為ではなく、最高のクライマックスで二〇〇年を超える禁欲を飾りたかった。

「シーマス……」カーラがシーマスのベルトをいじりながら呼びかける。

いよいよベッドルームへ移るときだ。シーマスは彼女を腕に抱いて廊下を歩き出した。

「すごい」カーラが言った。「ヴァンパイアの力にはいまだに驚かされるわ」

「ぼくがどのくらい耐えられるか、楽しみにしていてくれ」

「怖くなってきたかも」カーラは小さく笑った。

ラブラドールたちがゲームかなにかと勘違いして、シーマスのまわりを跳ねながら盛んに吠えたてる。ベッドルームの入口には、なかに入ろうとしたら足首を嚙みきってやるとでも言いたげにサタンが鎮座していた。

「おまえたち、ぼくの邪魔をしたら、動物保護施設に送るからな」

カーラが恐怖に満ちた声を出す。「そんなことを言ってはだめよ！　いい子ね、パパは本気じゃないのよ。本気だとしても、ママがそんな恐ろしいことはさせませんからね」

カーラがなだめているあいだ、シーマスは毛むくじゃらの動物たちのパパになった自分を想像した。それほどいやな気はしない。イギリスにいたころは、何年も犬を育てていた。ただ、当時の犬たちは犬舎で寝起きした。犬とは本来そういうものだ。同じベッドで眠ったりしないし、彼を父親だと思うこともない。

四本脚の生き物を子供と見なすのは難しかったが、カーラが父親の役割を与えてくれたのはうれしかった。彼女はこの部屋を出ていきたくないと言った。ぼくと一緒にいたいのだ。犬たちと一緒に……当面は……。シーマスにとってはそれでじゅうぶんだった。

彼はベッドルームに足を踏み入れた。犬たちがあとをついてこようとしたので、指を立てる。「お座り」

ボタンとフリッツは廊下でお座りをし、しっぽを振って床にこすりつけた。

「いい子だ」

すでに座っていたサタンが、一度立ち上がってから座り直す。シーマスはチワワを足で廊下へ押し出した。

それから犬たちの鼻先で、ベッドルームのドアをぴしゃりと閉めた。

「いじわるね」カーラが非難した。

「悪いが、観客はいらない。連中ならすぐに立ち直る」シーマスはカーラをベッドに横たえ、一歩下がってジーンズのベルトを外しにかかった。

カーラは両膝を曲げたが、胸を隠しはしなかった。それどころか、シーマスに向かって胸を突き出すようにして妖艶なポーズを取る。ミルクのように白い肌が、木製のブラインド越しに差し込む月の光で輝いていた。

シーマスは息を詰まらせた。「本当にきれいだ」ファスナーをつまむ手をとめる。「言葉にできないくらいだよ。あの夜……最初に会った夜も吸い込まれそうになった。ちょうど今みたいに……」

ぼろが出ないうちに口を閉じたほうがいい。アイルランド人特有のおしゃべりの才能は受け継いでいないのだから。

「本気でそう思っているのね？」カーラがなまめかしい笑みを浮かべ、シルクのような黒髪に指を滑らせる。

「気のきくやつなら、もっとうまいせりふを言うんだろうな」シーマスはジーンズのファスナーを下ろした。「きみのそばにいると、ぼくはじゃがいも農家の息子に戻ってしまうんだ。政策の解釈にひねりを加えるときみたいには言葉が出てこない」

「どっちのあなたも好きよ。イーサンと仕事の話をしているときのあなたは自信にあふれているけれど、わたしと一緒にいるときの素に近いあなたもセクシーだと思うの」

しゃれたせりふも言えない自分のどこがセクシーなのかシーマスにはわからなかったが、反論はしなかった。その代わりに靴と靴下とジーンズを脱ぎ捨て、ベッドに身を乗り出し、無精ひげの生えた顎をジーンズに包まれたカーラの膝にこすりつけた。それから一方の手をふくらはぎに滑らせながら、彼女のジーンズを脱がせにかかる。カーラの息遣いが浅くなり、目が見開かれた。彼女も自分と同じくらい高ぶっているのだ。

ジーンズを取り去る前に、シーマスは身をかがめて両方の胸の頂に唇を当て、目を閉じて甘い香りを吸い込んだ。カーラの肌が粟立つ。彼女は胸を突き出した。

「これが好きかな？」シーマスは片方の乳首を口に含んで吸い上げながら、かぐわしい肌と彼女のあえぎ声を堪能した。女性を抱いたのははるか昔で、セックスがもたらす拷問のような歓びを忘れかけていた。徐々に盛り上がるリズムと期待、そして女性の恍惚の表情を。

血を与えているときに何度かふれたので、カーラのそこがどんな手ざわりかは知っていた。頂点を極めたとき、彼女がどんなふうに背中をそらすのかも。それが原因で、眠れぬ夜を過ごした。だが、カーラを味わったことはない。カーラに胸を愛撫されるのも、彼女がシーマスの反応に関心を示すのも初めてだ。

それは想像を超える快感だった。シーマスが乳首を強く吸うと、カーラの爪が肌に食い込む。彼女の興奮に駆りたてられたシーマスは、美しい胸をくまなく探索して乳首をとがらせた。カーラのうめき声が高く苦しげになる。

「ジーンズを脱がして」彼女が懇願した。

それこそがヴァンパイアのいいところだ。カーラがしゃべり終わるよりも前に、シーマスはジーンズを脱がせていた。

カーラが目をしばたたく。「自分の腕を自慢したくてしかたがないのね」

「ぼくの腕はまだまだこんなものじゃないよ」

カーラがはにかんだ笑みを浮かべた。「待ちきれないわ」

シーマスも同じ気持ちだった。彼女の腹部に両手を移動させ、腿を開かせる。カーラが自ら脚を開くのを見て、シーマスの舌がびりびりとしびれた。欲望が熱く煮えたぎる。シーマスは身をかがめ、彼女の潤いに唇を当てて味わった。

カーラはすでに極限まで興奮しているつもりだった。二〇分ものあいだ、唇にキスをされたり胸の頂を吸われたりしたのだから。だが腿のあいだに舌を入れられたときは、あまりのショックにベッドを壊しかけた。

勢いよくのけぞりすぎて、ヘッドボードに後頭部と肩をしたたか打ちつける。

「痛い！」カーラは痛みよりも驚きから叫んだ。

「大丈夫かい？」シーマスはそう尋ねたものの、攻撃の手を緩めるつもりはなさそうだった。

「大丈夫よ。ああ、シーマス……」カーラは身をよじって横を向こうとした。ベッドに体を横たえて、シーマスが与えてくれる快感に意識を集中したかった。今だって悪くはなく、それどころか信じられないほどいい。だが、それだけに意識を集中すればもっとよくなるはずだ。ところが、実際は集中すること自体が難しかった。あたたかく濡れた舌の感触に、彼女の思考は千々に乱れた。

二〇〇年を超す禁欲を経ても、彼の腕はまったく鈍っていない。

驚異的だわ！　カーラはシーツを握りしめ、目をつぶって達しないように耐えた。シーマスの心の声が切れ切れに響いてくる。

それはカーラに向けて発した言葉というよりも、彼が受けたとりとめのない印象の羅列だった。

〝なんて甘美なんだろう……刺激的で……信じられないほどきれいだ……〟シーマスの全身から思考の断片が伝わってくる。彼の舌が肌にふれるたびに、熱い欲求がちくちくとカーラの肌を刺した。シーマスが興奮していると思うとカーラもより高揚し、一段と大きなあえぎ声がもれた。それを聞いたシーマスは彼女の腿を押さえ、指先でじらすように円を描く。

突然、シーマスが口を離したので、カーラは不満のあまり叫んだ。クライマックスの二秒前なのに。「やめないで、お願いだから」彼女は懇願した。

〝まだのぼりつめてはだめだ〟シーマスがカーラの心に語りかけ、ふくらんだ敏感なつぼみに親指を滑らせる。それから彼女に向けて、一気に心を開いた。

さまざまな感情と欲望と快感が波となって押し寄せ、カーラをのみ込む。感極まって息をするのも忘れたカーラは、なにを求めているのかもわからないまま手を伸ばした。シーマスがその手をつかんで指を絡める。

　ふたりの心が交わり、歓びが炸裂した。シーマスがカーラの唇を情熱的なキスでふさぐ。カーラは全身に彼を感じて圧倒された。シーマスがカーラの曲線をたたえるのを感じて、カーラも男らしい体への賛美を返す。

　彼女はシーマスの胸に指をはわせ、張りつめた部分をたどった。心と体の両方で、彼を受け入れる準備ができたことを示したかった。シーマスはわたしのなかに身を沈めたがっている。彼の思いが頭のなかに響いていた。

　あたたかな肌をなでながら、カーラは自分もシーマスが欲しいことを伝えようとした。覚悟はできた。ふたりの交わりは完璧で信じられないほどすばらしく、最高潮のときを迎えたらどうなるのかは予想もつかない。彼が奥深くまで入ってきたら、どんな感じがするのだろう。

「いいのかい？」シーマスは声に出して尋ね、体を離してカーラの顔をまじまじと見た。

　カーラは彼の顎に指を滑らせて、彫りが深くてごつごつした感触を楽しんだ。パニックでなにも考えられなくなるとか、罠にかかったような絶望的な気持ちになるのかと思いきや、まったくそんなことはなかった。心がとろける高揚感のほかに感じているのは自由だった。未来への憂いもなく、自分以外の誰かにならなければならないというプレッシャーもなく、ただ感じるままにふるまえばいい。彼女はどうしようもないほどいとしい男性と一緒にいる自由を謳歌《おうか》していた。

「ええ、大丈夫よ」

シーマスは潤った場所を何度もなで、少しずつ指を沈めてカーラの反応を探った。彼女は落ち着きなく身をよじり、長いあいだ自らに禁じていた歓びを求めた。

「コンドームはあるの？」

「ない」シーマスがカーラの膝のあいだに移動し、欲望の証《あかし》を入口にあてがう。

一五年間の性教育がカーラにブレーキをかけ、彼女は思わずシーマスの胸を押した。

「待って、コンドームをつけなきゃだめよ」

「なんのために？」シーマスがカーラの耳に鼻をこすりつけ、指先で秘密の扉を開けた……ああ！

彼はそこで動きをとめ、カーラの欲求不満をあおった。次の段階へ進んで、カーラを愛したい。そういえば、さっき彼女はなんと言った？

「ひ、避妊のためよ」カーラはようやくそれだけ言った。全身が期待に脈打っている。

「きみは妊娠しないし、病気に感染する心配もない。ヴァンパイアなんだから」

「そうなの？」カーラはかすかに腰を上げた。シーマスはじっとしている。ここで男性がなにかをするんじゃないの？「わたしは不死のヴァンパイアだものね」そしてクライマックスの一歩手前にいる。

「ぼくのヴァンパイアだ」シーマスはそう言って、彼女のなかへ身を沈めた。

鋭い痛みにカーラはたじろいだ。「ああ、ああ、やめて、お願い」

「静かに。力を抜いてくれ。半分入っただけだ。全部入れると気持ちがよくなるから」

それはどういう論理なの？　耳が痛いなら、綿棒を奥まで突っ込めってこと？　ストーブに手をついて熱かったら、もう少し我慢してみろと？

カーラは逃れようとした。「無理よ、痛すぎるわ」体の内部が強引に広げられている。焼けつく痛みはどうしようもなかった。ゲームオーバーだ。もうやめたい。

シーマスは体重をかけて彼女の体を押さえた。「動かないで。最後までさせてくれ。ぼくを信じて」カーラの心に訴える。〝信じてほしい〟

罪悪感に訴えるつもりなの？　ここでシーマスを押しのけたら信頼していないことになり、彼を傷つけてしまう。だけど、こちらは紛れもない痛みを感じているのよ。ヴァンパイアに貫かれて。「信頼するわ。でも、気が変わったの。ほかの方法でもいいじゃない」

やめてくれるなら、口でしてあげてもいい。

「それは魅力的だけど、こっちのほうがいいな」

心を読まれていた。

「せめて最後まで入れさせてくれ。それでもきみがやめてほしいならやめるよ。いいだろう？」

挿入の程度について交渉するなんてばかげている。

「一回だけよ。貸しひとつだから」

「わかった」シーマスはカーラの額に、こめかみに、そして唇にそっとキスをした。

口づけながら彼女のなかにゆっくりと身を沈める。カーラは体のあちこちをつねられたり刺されたりしているように感じた。ところがシーマスのすべてを受け入れた途端、圧迫感がなくなった。気持ちがよく、完全に満たされている。彼の腰骨が微妙な場所に当たっていた。

カーラは少しだけ力を抜いた。さっきまでは、緊張と痛みで肩が耳にくっつきそうなほど力が入っていた。これで約束は果たしたのだから、さっさと撤退してと告げようとしたとき、シーマスが腰を引いた。そして、もう一度押し入ってくる。彼は同じリズムで、カーラの口のなかに舌を入れてきた。

今度はまったくいやではなかった。シーマスがもう一度同じ動きをする。ゆっくりと。カーラはその感覚をむしろ心地よいと感じた。自分の体が彼を包み込んでいる。約束の一回はとうに終わっているが、やめさせたいとは思わなかった。

シーマスが切迫した声をもらす。

「カーラ……最高だよ、ベイビー。とても気持ちがいい」

官能的な声だ。自分がシーマスにそういう声を出させているのだと思うと、カーラは興奮した。引きしまった彼のヒップに手を添える。

カーラがヒップをつかんだことで、ふたりの体はさっきよりも強くぶつかり合った。カーラの体を欲望が貫く。彼女にもようやくセックスのしくみがわかってきた。甘美な震えとともにため息がもれる。シーマスの動きが速くなり、快感が押し寄せてきた。

「ああ、気持ちがいいわ」

「そうだろう？　ぼくの言うことを信じてくれないと。ぼくはいつだって正しいんだ」

それを鼻にかけなければもっといいのに。カーラは無言でシーマスのヒップをつねり、彼の腿に脚を巻きつけてタイミングを合わせて腰を突き上げた。ふたり同時に歓びの声をもらす。

「カーテンについては正しくなかったじゃない」カーラはうめき声の合間に反論した。

シーマスはカーラの体に腕をまわし、一八〇度回転して彼女を自分の上にのせた。驚いたことに、体はつながったままだ。カーラはこの体位でどんなことができるのかと考え、期待に胸を高鳴らせながらバランスを取った。

「あのカーテンは見るに堪えないよ。それから、きみは上になるのが好きだと思う」

「あら、カーテンについての意見には賛同しかねるわ」カーラはベッドの枠をつかみ、シーマスの胸に長い髪を垂らした。腰を回転させ、下になっているときとはちがう、くすぐったい感覚を楽しむ。「でも、これについては、あなたが正しいと認めざるを得ないわね」

自分がなにをしているのかもわからないまま、カーラは動き始めた。欲望のまま、異なるリズムや角度や動きを試す。驚嘆したことに、ほんの少し位置を変えただけで、単に気持ちがいいレベルから、脳みそがとろけそうなレベルへと刺激が劇的に変化した。シーマスはじっと仰向けになって彼女のリードに任せていたが、我慢できずに胸の頂をつねったり、口に含んだり、カーラに言葉をかけたりした。

「そうだよ、ベイビー、好きにしていいんだ」

ついにカーラは最高の位置を見つけた。そこだと乳房がシーマスの胸をこすり、ふたりの体がうまくぶつかって、彼のものがいちばん気持ちのいい場所に当たる。カーラは目を閉じ、シーマスの肩に顔をつけてペースを上げた。さらに速く、熱狂的に動く。

「そうだ、カーラ、その調子だ。信じられないほどセクシーだよ」シーマスの声も興奮に上ずっていた。彼の思考がカーラを覆って細胞のなかに入り込み、彼女の欲望を包んで情熱的に駆りたてた。

「やめたほうがいいかしら?」シーマスがイエスと言わないことを祈りながらも、カーラは礼儀として尋ねた。「わたし、イキそう」

「やめてはだめだ。やめるなんてあり得ないよ。ぼくの上でのぼりつめるんだ、カーラ」

カーラは喜んで従った。いずれにしろ、それ以上は持ちこたえられそうになかった。首をのけぞらせ、シーマスの上に腰を沈める。カーラは絶頂感に貫かれて背中を弓なりにそらし、力いっぱい唇を噛みしめた。

彼女の体から驚きや高揚やもろもろの感情が放出され、シーマスの上にはちみつのように流れ落ちた。クライマックスの波にのったカーラの歓びを感じて、シーマスはうめき声をあげた。カーラは腿を広げて彼の上になり、熱く湿ったなかに怒張したものを完全に受け入れている。

〝すごい……こんな……ああ! シーマス……!〟カーラの脳はとりとめもなく発せられる言葉にしがみつこうとしているようだった。彼女の体が快感に歌っている。その姿が、すでに勢いづいていたシーマスの情熱に油を注いだ。彼が勢いよく腰を突き上げると、カーラがはっと息をのむ。

〝愛している……あなたを愛しているわ〟彼女の思考が伝わってきて、シーマスは一瞬、動きをとめた。カーラがぼくを愛している？　そんなはずはない。だがシーマス自身、どうしようもないほど彼女を愛していた。カーラが声をあげる。まるでシーマスの思考が聞こえたかのように。

〝愛しているわ〟今度は耳元でささやかれたみたいにはっきりと聞こえた。

シーマスは大きく息を吸い、カーラの体をつかんで反転した。彼女の脚を大きく開いて、猛然と攻撃を開始する。カーラはシーツに腕を投げ出し、半分目を閉じて恍惚の表情を浮かべていた。彼女はぼくのものだ。目の前にいるのはぼくの女で、恋人で、駆け出しのヴァンパイアだ。シーマスはカーラのすべてを手に入れたかった。自分がカーラにとってどういう存在かを世界中に知らしめたい。人間であろうとヴァンパイアであろうと、自分と同じように彼女にふれられる者はほかにいない。

シーマスは前に倒れて両肘をつき、カーラの顔を手で包んだ。そうして攻めたてながら、親指でなめらかな肌や薔薇色《ばらいろ》の唇をなぞる。カーラが舌を出してその指先をなめ、牙を立てた。予期せぬ官能的な刺激に、シーマスは一瞬、腰の動きをとめた。

しかしカーラが血を吸い始めると、シーマスは小さく声をもらし、新たな激しさで攻撃を再開した。もっと深く、隅々まで支配したかった。彼は上体を近づけ、クリームのようなカーラの肩に牙を立てた。カーラはびくりとしたが、シーマスは彼女の体をしっかりと押さえて放さなかった。強く吸ってから、口いっぱいの血液を舌の上で転がす。

カーラは目を見開いて彼を見上げた。ダークブラウンの瞳は曇りガラスのようにぼうっとして、焦点が合っていない。

「ああ、シーマス、もっともっと強くして!」

カーラの望みどおり、シーマスは膝を立ててさらに深く突き入れた。強烈なクライマックスに、自制などきくはずもなかった。体が燃え尽きてしまいそうだ。この世にはカーラと、その体に身をうずめる自分しか存在しないような気がする。カーラがたくましい腕に唇をはわせ、牙を立てた。大きな音をたてて夢中で血を吸い、彼の腰の動きに合わせて体を震わせる。

血を吸われるたび、シーマスの脚や下腹部や肺に引きつれる感覚が走った。彼女と完全に一体化しているのが感じられる。カーラの首筋に嚙みつくと、頭のなかに彼女の歓喜が響いた。組み合ったままベッドの上で横転し、互いの体をつかんだり引いたり吸い上げたりする。その途中でカーラは二度目のクライマックスを迎え、すぐに三度目の波にのった。歓びが思考を支配し、さらなる高みへと駆りたてる。

ふたりは上掛けやシーツを蹴り、ベッドの上を縦横無尽に転げまわった。ヘッドボードにぶつかったところで、シーマスはひらめいた。カーラの体をヘッドボードに押しつければ、激しく突きたてても逃げようがなくなる。カーラが体をひねって彼の下から抜け出そうとした。シーマスはすかさず艶《つや》のある黒髪に指を巻きつけ、最後の攻撃を開始した。

彼は下唇についた血をなめ取った。カーラがシーマスのヒップをたたいて、彼の下から抜け出そうとする。いや、体を嚙もうとしたのかもしれない。シーマスはカーラの腕を頭の上に固定したまま全体重をかけて襲いかかり、雄たけびとともに二〇〇〇年を超える欲求不満を爆発させた。爆発は連続して何度も続き、ついにシーマスは空っぽになった。筋肉が震え、額に汗がにじみ、喉がからからだった。

「最高だ」シーマスは彼女の上に崩れ落ちた。

カーラが不規則に息を吸って、顔にかかった髪を払う。目は大きく見開かれていた。彼女の上からどかなければ。ひどく重いだろうし、カーラの敏感な部分は激しい交わりに痛みを感じているはずだ。それでも彼女を放したくなかった。

シーマスはゆっくりと体を引き、カーラを抱いたまま逆さまになった。カーラがシーマスの胸にぐったりと体を預け、指先で彼の肩をやさしくなでる。

「シーマス？」

「なんだい？」シーマスは口にたまった唾をのみ込み、彼女の背中とヒップをきつく抱きしめた。

「すばらしかったわ」カーラはため息をついた。「あとでもっといい言葉を考えるけど、今はそれしか言えない」

「じゅうぶんだよ」シーマスが応えたとき、カーラはすでに眠りに落ちていた。

シーマスもまぶたを閉じて、眠りの世界へと漂った。


エレベーターを出た途端、アレクシスはイーサンの背中にぶつかった。

「どうして立ちどまるのよ？　廊下に誰かいるの？」

彼女は不安になった。ここのところ、奇襲を警戒して振り返るのが癖になっている。神経過敏だ。

「誰かいるなら、エレベーターに戻って」

アレクシスは夫の腕を引っぱり、エレベーターの下降ボタンを押そうとした。ところが、イーサンは肩を震わせて笑っている。

「なにがそんなにおかしいの？」

アレクシスは彼の腕を放し、憤慨して言った。イーサンにも腹が立つが、過剰に反応した自分も気に入らなかった。いつからこれほどパニックを起こしやすくなったのだろう。どんな状況でも冷静でいられるのを誇りにしていたのに。結婚して、わたしは弱虫になったらしい。

「現状についてシーマスと話し合うのは、少しあとになりそうだ。聞いてごらん」イーサンがシーマスの部屋の方向を顎で示した。エレベーターからシーマスの部屋までは、ふたつの部屋を挟んで六メートル以上ある。

「なにも聞こえないじゃない」

アレクシスはイーサンの周囲をいらいらと歩きまわった。妹は具合が悪いし、イーサンのライバルが彼を殺そうとしているかもしれない。あらゆることがストレスだった。今はただ、おなかいっぱい血を飲んで眠ってしまいたい。

「聞こえないのか？」

イーサンは廊下に敷いてあるグレーのカーペットの上に仁王立ちになって、信じられないという顔をした。

「そうよ、あなたはわたしよりずっと年上で何倍も賢いのよね。わたしにはあなたほどの聴覚がないの」そう言っているそばから、なにかが聞こえてくる。「あれはなに？　なにかを打ちつけているみたい」

イーサンが唇の端を持ち上げる。「そうとも言えるだろうな」

アレクシスは眉間にしわを寄せて耳を澄ました。打ちつける音と同時に、うめき声も聞こえる。廊下の先でなにが起こっているのか、彼女にもわかってきた。

決定打となったのは、鮮明に響いたカーラの叫び声だ。

「ああ、シーマス、もっともっと強くして！」

「彼女、もっとしてほしいって」アレクシスはイーサンに言った。

「しかも強くね」

高いあえぎ声に太いうめき声が加わり、打ちつける音が激しくなる。アレクシスは少しうらやましくなった。カジノにまで振動が伝わりそうだ。

「フロア全体に響いているって教えてあげたほうがいいかしら？」

「教えたところで、彼らが気にするかどうか怪しいものだな」イーサンがにやりとする。

「気にしないでしょうね」アレクシスは自分たちの部屋へ向かって歩き出した。「でも、正直言って驚いたわ。カーラがそこまでシーマスを好きだとは思わなかったから。大金を手に入れて気持ちが高ぶっているのかしら？　それともまた殺されそうになったせい？　死に直面した人は奇妙な行動を取るものよ」

「セックスは奇妙な行動かい？」イーサンは当惑の表情を浮かべた。「なぜあのふたりが寝てはいけないんだ？　同じ部屋に住んでいるし、一日の大半は一緒だ。こうなるのはとても自然に思えるけどな。シーマスのためにも、ぼくはうれしいよ。一世紀前に恋人を作ってもおかしくなかった」

アレクシスにとってはそう簡単ではなかった。カーラはシーマスから逃げたいと言っていた。シーマスに追い出されたがっていた。それがこうも突然に心変わりするだろうか？　もしかすると、カーラは敵のスパイなのかもしれない。

そんなわけないわと、アレクシスは心のなかで自分に言い聞かせた。正常な判断力を失いかけているみたいだ。カーラはエキゾティックなダンサーかもしれないが、断じてドナテッリのスパイではない。

「わたしはヴァンパイアとデートしたいなんて絶対に思わないわ。別れたらどうするの？　そのあと、四〇〇年もお互いを避けながら過ごすわけ？　そんなのはごめんよ」アレクシスは自室のドアを開けて部屋に入り、サンダルを蹴り飛ばした。部屋のなかでは素足がいちばんだ。

「きみはときどきおかしなことを言うね。現実にヴァンパイアと結婚しているくせに。まあ、いずれにせよ、ぼくがきみを愛していることは変わらないけど」

アレクシスのうなじの毛が逆立った。「なにか企んでいるわね？」

イーサンが意味ありげににやりとした。

「そうなんだ。カーラの声で、理想的な夜の過ごし方を思いついた」

アレクシスはバッグをキッチンカウンターに放り投げた。

「どんな過ごし方？　シーマスに〝もっと〟っておねだりするの？」

イーサンが顔をしかめる。

「おもしろい冗談だ。ぼくはきみを愛したいんだ。美しい妻をね」

アレクシスは不安をぬぐえないまま、イーサンに引っぱられて彼の胸に身を寄せた。

「イーサン？」彼女の首筋にキスをしながら薄いカーディガンのボタンを外し始めた夫に声をかける。

「なんだい？」

「ドナテッリがあなたを襲うようなことがあったら、あいつのあそこをちょんぎってやるわ」

イーサンは体を離した。ブルーの瞳が欲望に燃えている。

「アレクシス、いとしい人。暴力的なきみはセクシーだ」

アレクシスは急に明るい気分になって、夫の脚のあいだを指でたどった。「カーラにも空手を教えてあげようかな。自分の身を守る方法を知っておくのは大事だもの。ケルシーにもね」

「三人で稽古するのかい?」イーサンはボタンを外し終わり、カーディガンを床へ放った。

「それはすばらしいアイデアだが、ぞっとするね。ともかくおしゃべりはあとだ。まずはきみを歓喜のあまり叫ばせてあげよう」

アレクシスとしても望むところだった。

11

「あの女はヴァンパイアでした。交通事故に遭った夜に、フォックスが転生させたのでしょう」リンゴはドナテッリに報告した。

「興味深い」ドナテッリは錬鉄製の椅子の背もたれに体を預けた。ふたりがいるのは〈ヴェネチアン〉に併設されたショッピング・モールのカフェだ。

リンゴとしては、もっと人目につかない場所がよかった。物陰に身をひそめるほうが性に合っている。殺し屋とは本来そういうものだ。それでなくてもこのホテルは、空の天井画や室内ゴンドラ目当ての観光客であふれ返っている。

「きれいね」観光客の女が、ふくよかな友人と一緒に天井を見上げていた。

リンゴは偽物の空などきれいだと思わなかった。女の体をめぐる血の香りを無視するために大きく息を吸う。飢えはいつもそこにあった。血を吸ったそばからもっと欲しくなる。ケイティとストリッパーで味を占めた今、冷蔵庫の冷たい血液では満足できなかった。あたたかな体を抱き寄せて血管に牙を立て、新鮮な血液を吸い上げて相手の体が歓びに痙攣するのを感じたい。

吸血行為とセックスが一体となると、さらに依存性が増す。〈ヴェネチアン〉を行き交う女性旅行者はリンゴの好みではないが、血液は別だ。再び血を吸うことを考えただけで、下腹部がこわばった。しかも、二人組の女たちは別に不器量ではない。ふくよかなほうでさえ、かわいらしい顔と豊かな胸の持ち主だ。彼女たちに未知の歓びを与え、ドーンのように叫ばせてやったらさぞ気分がいいだろう。ひとりずつ交代で抱いてもいい。

「ウィリアムズが戻っていない。理由を知っているか？」ドナテッリがコーヒーに砂糖を入れてかきまぜた。

リンゴはショーウィンドーに飾られた壺《つぼ》をのぞき込んでいる女性客たちから視線を引きはがし、無表情でドナテッリを見つめた。本気でそのコーヒーを飲むつもりだろうか？　年寄りのヴァンパイアはどうして血液以外の液体を飲むんだ？　だいたい、このイタリア人はどうやって今の地位を築いたのだろう？　そんなことを考えているうち、ドナテッリの質問がようやく脳にしみてきた。

「戻ってない？　どこへ行ったんです？　死んだんですか？」リンゴは必死に意識を集中させた。水の下にいるように、すべてがぼんやりとしている。

「やつの居場所など知らん。キャリックのカジノに行ったきりだ。死んだかもしれないし、キャリックにつかまったのかもしれない。スミスが使えないとなると、おまえにウィリアムズを連れ帰ってもらうしかない」

「あの女は？」

「放っておけばいい。フォックスが人間を転生させたことを世間に広めるだけでじゅうぶんだ。このタイミングで噂《うわさ》になれば、わたしにとってはまたとない追い風になる」ドナテッリはほほえんだ。その笑みにあたたかさはみじんもなかった。「感謝のプレゼントでも送ったほうがいいかもしれない」

リンゴは再び女性客たちに目をやった。小柄なほうが彼の視線に気づいて笑みを消し、身震いをして鋭く息を吸った。リンゴを警戒しているらしい。リンゴはドナテッリに向き直った。「じゃあ、果物を盛ったかごでも送ってやりますか?」考える間もなく言葉が口をついて出た。

幸い、ドナテッリは声をあげて笑った。「おもしろい」

リンゴは葉巻に火をつけてにやりとした。本気で言ったわけではないが、本気に取られてもかまわない。実際、おもしろいかもしれない。

「ウィリアムズをあのホテルから引っぱり出したら、すぐに手配します」

「よし」ドナテッリは頭をかすかに左にかしげた。「もう行っていい。あそこで怯えている主婦たちを味見してからでもかまわんぞ」

ドナテッリはリンゴが目をつけた旅行客たちをじっと見つめていた。リンゴの飢えと欲望を察したのだ。リンゴの胸に恥ずかしさが込み上げる。それは血への欲求よりも強烈だった。ヴァンパイアとして経験を積むたびに、以前の自分から遠ざかっていく。人間だったときも別に人格者ではなかったが、自分の生き方は自分で決めていた。ところが今は、本能とドナテッリの言いなりだ。リンゴはそんな状況を変えたかった。なにものにも依存しない生き方を取り戻したかった。現実は、依存症の沼のなかでおぼれまいともがいている状態だとしても。

「大丈夫です。ありがとうございます。まっすぐ〈アヴァ〉へ行きます」

「好きにしろ」ドナテッリはコーヒーカップの縁に指を滑らせて、ショッピング・モールのなかを見渡した。

突然、ふたりの女性がチョコレートショップの前で動きをとめ、リンゴたちのほうを向いてほほえんだ。ひとりが身をかがめてもうひとりの耳になにかささやくと、ふたりは少女のようにくすくすと笑った。

「本当にいいのか？　こっちへ歩いてくるみたいだが」

実際そうだった。ふたりはバッグを小脇に抱え、ヒップを揺すって引き返してきた。長い髪が背中で躍る。リンゴの口のなかに唾がわいた。筋肉が張りつめ、つま先がせわしなく床をたたく。

「いいえ、遠慮します」全身に汗が噴き出した。

ドナテッリは立ち上がり、テーブルの上にコーヒーの代金を投げた。

「それならひとりで楽しむとするか。いい夜を」

ドナテッリは女性たちに近づいて声をかけた。ふたりは足をとめ、にっこりしてぺちゃくちゃとしゃべり始めた。それから三人そろって歩き出す。

ドナテッリがヴァンパイアのあいだでどうやってのし上がったのか、リンゴにもようやくわかった気がした。

あいつは無慈悲な、げす野郎だ。

シーマスは寝ぼけまなこでシャワーの音を聞いていた。両脇には犬がいて、頭のうしろには猫が座っている。彼の頭は喜びでぼうっとしており、なにもかもがうまくいくと思えてきた。恋をしたのだ。いや、恋というより愛だった。ついにそれを手に入れた。

カーラを初めて見たときからセックスに至るまでのどこかの時点で、彼女を愛するようになった。そうなるのが自然で、正しいことに思える。誰であろうと、恋のもたらす幸福感を妨げられはしない。

携帯電話の着信音が聞こえた。シーマスはポケットから携帯電話を取り出して、発信者を確認した。イーサンだ。すぐに通話ボタンを押す。「なんだい？」

「終わったかな？」

「なにが？」シーマスはヘッドボードに背中を預けた。黒猫のミミが不機嫌そうに鼻を鳴らす。ミミはシーマスをにらむと、彼の腹に前足をつけてパン生地のようにこね始めた。寛大な気分のシーマスは、猫の好きにさせてやった。

「カーラとの取っ組み合いは終わったのかときいているんだ。一連の事件について話したいことがある」

どうして自分たちのしていたことがばれたのかは知りたくない。できれば政治的なことも話したくなかった。だが無視していても問題は消えてくれないし、カーラとの取っ組み合いは終わった。とりあえずあと数時間は……。昼寝でもすれば回復するだろうが、カーラにも休息が必要だ。「わかった、一〇分後にこっちの部屋へ来てくれないか？　それから警備員に連絡して、きみが撃たれた夜の監視カメラの映像を持ってこさせてほしい。カーラとぼくは暗殺者の顔を見たかもしれないんだ」

「本当か？　大きな進展だ。こちらもいくつか思いついたことがある」

「それじゃあ、一〇分後に」シーマスは電話を切り、猫の脇に落とした。暗殺者や数々の謎すら彼の幸福感を損ないはしなかった。今ならたとえ引っぱたかれてもにこにこしているだろう。

水音がやみ、ハミングが聞こえてきた。題名はわからないが、明るくて軽快な曲だ。カーラの鼻にかかった歌声が響く。カントリー・ミュージックらしい。我慢ができなくなったシーマスはベッドから起き上がり、裸のままバスルームへ向かった。

ドアを開けると、カーラはこちらに背を向けて、ピンクのタオルで体を拭いているところだった。全身から湯気が立ちのぼり、濡れた黒髪が顔や背中に張りついている。肌はしっとりとして、あたたかいシャワーが集中的に当たった部分がほんのり赤みを帯びていた。タオルが下に滑り、きれいな曲線を描いたヒップがあらわになる。シーマスは彼女の背後に忍び寄って、その体に腕をまわした。

カーラはびくりとしてから、体の力を抜いた。

「あなたったら音もたてずに動くのね。ねずみみたい」

「ねずみじゃなくて、ヴァンパイアだよ」シーマスは彼女の耳のうしろに鼻をこすりつけた。カーラの肌から熱が伝わってくる。形のいいヒップを急速に大きくなりつつある部分に押しつけて、彼はカーラの腹部に手のひらを滑らせた。「大丈夫かい？　痛みはないかな？」

カーラはシーマスにもたれ、彼の頬にキスをした。「大丈夫よ」振り返ってシーマスの首に腕をまわす。「これまでに見たいちばんワイルドな夢より強烈だったわ」

今の言葉は録音する価値がある。シーマスはカーラの額にキスをして、彼女を引き寄せた。

「ぼくも信じられないほどよかった。でも思ったより、その、激しくなってしまった」

カーラも楽しんでいたのはまちがいないが、初めてなのだからもっと慎重にやさしくするべきだった。抑制が外れた途端に暴走してしまった。

「報復を覚悟しておいて」カーラが思わせぶりな笑みを浮かべる。女性特有の神秘的な表情は、彼女が満ち足りて幸せであることを表していた。

それで、シーマスの不安も消えた。同時に興奮が戻ってくる。「カーラ……」彼は上体をかがめてキスをした。

ドアのベルが鳴る。

「ちくしょう」

「無視すればいいわ」カーラは彼に腰を押しつけた。

シーマスは欲求不満にうめいた。

「だめなんだ、イーサンなんだよ。暗殺者の映像を持ってきてくれたんだ」

カーラはため息をついて体を離し、淡々と尋ねた。

「どの暗殺者？　イーサンを殺そうとしたほう？　それともわたし？」

彼女が危険にさらされたことを思い出すたびに、シーマスは背筋が寒くなった。「イーサンを殺そうとしたほうだ。きみに襲いかかったやつはちゃんと閉じ込めてある。薬物を抜いているところだよ。依存症の症状が治まったら、裁判所へ送るつもりだ」

カーラは身を震わせ、服に手を伸ばした。「ともかく服を着ないと」

「イーサンもそのほうがありがたがるだろうな」シーマスはトランクスとジーンズを回収しにベッドルームへ戻った。

二分後、ドーンの容体を確認しようと病院に電話をかけるカーラをベッドルームに残して、シーマスはイーサンのためにドアを開けた。イーサンはにやにやしていた。

「やあ」

「どうも」シーマスはイーサンのにやけ顔も気に入らなかったが、肩を思わせぶりにたたかれたのも気に入らなかった。

「手短にすませよう。もう遅い時間だ。そろそろベッドに入る準備をしなければならないだろう？」イーサンのにやにや笑いが大きくなる。「ああ、ベッドに入るじゃなくて、戻るのか」

親友はメキシコ産の唐辛子くらい油断がならない。「アレクシスは？」

「ブリタニーの心配ばかりしているよ。寝る前にもう一度、彼女のところへ行きたそうだった」

「インフルエンザなんだろう？」

イーサンは肩をすくめた。「妹のこととなると、アレクシスがどうなるか知っているだろう？」彼はシーマスから視線をそらした。「やあ、カーラ、ご機嫌な夜じゃないか？」

シーマスは振り返ってカーラの手を取った。不安そうな顔をしている。

「ドーンの容体は？」

「大丈夫だって。午後には家に戻れるそうよ。何日か休んで栄養をつけたら、すっかり治ると言っていたわ」カーラはシーマスの手のひらを神経質にこすった。「ブライアンと話したの。ドーンはなにが起こったかよくわかっていないみたいだって。なにも覚えていないらしいの。でも、わたしにはあのヴァンパイアとセックスしたって言ったのよ。なぜあの男はそんなことをしたのかしら？　しかもあんな状態で放置するなんて」彼女は身震いした。

イーサンが手にしたディスクをこつこつとたたいた。「若いヴァンパイアは抑制を失いやすい。さらに良心のないヴァンパイアはパワーとスリルを楽しむ。そいつをつかまえられれば、裁判にかけて移動制限を科せられる。ここに滞在させて監視するんだ。あのフランス男のようにね」

「まずは何者かを突きとめないと。なぜイーサンを、それからぼくときみを狙ったのかをね」シーマスはディスクへ手を伸ばした。「ろくでなしの顔を拝ませてもらおうじゃないか」

「アレクシスが言っていたんだ」

ディスクを受け取ったシーマスは、イーサンが先を続けるのを待った。「なんて？」

「ケルシーの話では、〈ヴェネチアン〉のほうがいい血液があるが、襲われた夜にあそこへ連れていかれたから行きたくないと」

「〈ヴェネチアン〉だって？　あそこに出入りしているヴァンパイアといえば……」シーマスは悪態をついた。「ドナテッリだ！　まさかやつが裏で糸を引いているのか？」否定はできないが、動機がわからない。イーサンならともかく、ぼくやカーラまで襲う理由はなんだ？

「ひとつの仮説だ。まずは映像を見て、それからケルシーともう一度話をしてみよう」

ドナテッリ……まったくの予想外だった。対立候補を殺してまで、大統領になりたいのだろうか？

プラズマテレビの下のキャビネットに設置されたＤＶＤプレーヤーにディスクをセットする。男がエレベーターから出てきた。身をかがめて誰かに話しかけている。姿は映っていないが、ケルシーだ。

「あの男だわ。ドーンの楽屋にいた男よ」シーマスが男の顔を認識するよりも早く、カーラが言った。

「まちがいないか？」

「ええ」カーラはシーマスに身を寄せた。「あの男はなにをしているの？　どうしてファスナーを……まあいやだ！」

「あいつはケルシーと一緒にいるんだ」暗殺者が快感に目を閉じるのを見て、シーマスは口元をゆがめた。出演者がひとりのオーラル・セックスを見る必要はない。シーマスはリモコンの停止ボタンを押してとめた。そのあとで、朝食用の血液を取り出す。「路地にいたのもあいつだよ。ケルシーを連れていったやつだ。ドナテッリに仕えているんだろうか？」

「ケルシーに尋ねてみよう」イーサンは携帯電話を取り出した。「キャリックだ。ケルシーを捜して、ミスター・フォックスの部屋へ連れてきてくれないか？　頼んだぞ」

イーサンはシーマスたちに向き直った。

「ボディガードが彼女を見つけてここへ連れてくる。就寝前に邪魔してすまなかったね、カーラ」

カーラは気にしないでというように手を振って、革張りのソファに腰を下ろした。

「いいのよ。わたしだっていったいなにが起きているのか知りたいもの。なぜドーンがあんなことになったのかを。ひどく申し訳ない気がして。あいつが彼女に近づいたのはわたしのせいだわ。それはまちがいない」

「きみのせいじゃないよ、カーラ」シーマスは彼女の横に座って膝をさすった。「むしろぼくのせいだ。きみも知ってのとおり、イーサンとドナテッリは白熱した選挙戦を展開している。これがあのイタリア人のしわざだとしたら、ぼくがやつを、きみやドーンのもとへ導いたんだ。あいつはきみをだしにして、イーサンの支持者に揺さぶりをかけるつもりかもしれない。きみを国民の前に引っぱり出し、ぼくやイーサンは偽善者だとふれまわるんだ。そうなれば、きみはあれこれ調べられて質問される」彼はため息をつき、師であり友人でもあるイーサンを振り返った。「その前に公表するほうがいいかもしれない。報道陣を集めたうえでカーラのことを説明して、選挙対策マネージャーを辞職するよ」

イーサンはポケットに手を入れて、じっとシーマスを見つめた。イーサンがそうすると、相手は沈黙に耐えられなくなって余計なことまでしゃべり出す。今のシーマスがまさにそうだった。「最初からそうするべきだったよ。危機管理が甘かった。ぼくがきみから距離を置けば、今回の件が選挙戦に悪影響を及ぼさずにすむ」

「ばかを言うな」イーサンが言った。

シーマスとしては賢明な意見を述べたつもりだった。

「おいおい、きみだってちゃんとわかっているはずだ。ぼくのせいなんだから、ぼくが責任を取る」

イーサンが反論しかけたとき、ドアが開いた。

「シーマス？　わたしになにか用？」ケルシーが入ってくる。赤いビキニの上にショールのようなものを巻いていた。赤い布切れは、骨盤付近の三センチほどしか覆っていない。「ベッドに入る前に泳ぐつもりだったの」

「なるほど」必要最低限の布地しか使っていない派手なビキニ姿で、朝の五時にホテルのプールを何往復もするケルシーの姿は想像しがたかった。かといって、日焼けをしに行くはずもない。つまるところ、ケルシーの行動を理解しようとしても無駄なのだ。

「ミスター・キャリック、カーラ、こんにちは」ケルシーはにっこり笑い、頭に手をやってポニーテールを直した。

シーマスはケルシーが髪をアップにしたところを初めて見た。今年六〇歳になるはずだが、一六歳にしか見えない。「座ってくれ、ケルシー。ミスター・キャリックから話がある」

ケルシーの表情が曇った。「クビですか?」

嚙み合わない質問が笑いを誘った。ケルシーはいつもケルシーだ。周囲でなにが起きているか、まったくわかっていない。

「ちがうよ」イーサンが答えた。「ぼくを撃った男について、きみが知っていることをすべて教えてほしいんだ。今夜、クラブでドーンの血を吸ったのも同じ男なんだろう?」

「カイルのこと?」ケルシーは急にそわそわし始めた。「彼がどうかしたんですか?」

「まず、どうしてあいつを知っているんだ?」シーマスは尋ねた。

「ここで会ったんです。カジノで。あの人はブラックジャックをしながら、葉巻ばかり吸ってました。わたしが声をかけて、一緒に上へ……」ケルシーが唇を嚙んだ。「上へ行って、そのあと彼を置き去りにしました。あの人がミスター・キャリックを殺そうとしていましたから」

「血を吸われた夜はどうした? カイルはそこにいたのか?」

ケルシーは一瞬、固く目を閉じた。「覚えてません」

「あの夜のことはなにひとつ覚えていないのか？」

「それは……」ケルシーはサンダルのなかでつま先をもじもじさせ、ショールをもてあそんで唇を噛んだ。「わたし、カイルを待ってたんです。ミスター・キャリックがビルから落ちたことを伝えようと思って。あの日のこと、覚えてます？　それをあのイタリア人に言って、カイルは足を洗わせてもらえばいいと思いました。彼が突き落としたことにして、仕事が終わったことにすればいいって。でも、カイルの跡をつけて〈ヴェネチアン〉へ行ったら、やつらにつかまって、すごくうるさくて、苦しくて、次に目を覚ましたらカイルが喉から奇妙な音を出してました。あとはなにも覚えてません。本当です」

シーマスはケルシーの肩をつかんで揺さぶりたかった。もう少し早くそれがわかっていれば！

「つまり、そのイタリア人はカイルを雇って、ミスター・キャリックを殺そうとしたんだな？」

「そうです」ケルシーがうなずく。「彼はいい人じゃありません」

「カイルのことか？」

「イタリア人のことです」ケルシーは手首をこすった。「あの男は他人を傷つけるのが好きなんです」彼女は脚を組み、裸同然の胸に腕をまわした。自分を守ろうとするかのように。

イーサンはケルシーの腕をさすった。「もういいんだ、ケルシー。二度ときみに手出しはさせない。そいつがカイルを転生させたのか？」

「わかりません。だけどカイルは今、あの男の下で動いてると思います。前はこんなことは思い出せなかったんです。誓って本当です」

「それならかまわない」イーサンは言った。「でも、またなにか思い出したら必ず教えるんだよ」

　こういうときのイーサンの忍耐力にはかなわない、とシーマスは思った。ケルシーにかかると、聖人すらアルコール依存症になりかねないのに。

　ケルシーがうなずく。「わかりました」

「どこに行けばカイルが見つかるかわかるかい？　〈ヴェネチアン〉に住んでいるのか？」

「どうでしょう？」ケルシーはイーサンとシーマスから目をそらし、再び視線を戻した。

「でも、話がしたいなら、カイルは〈アヴァ〉にいます」

　シーマスはびくりとして、本能的にカーラを背後へかばった。

「ここにいるのか？　カジノホテルのなかに？」

「ええ、あの大きくて醜い男のためです」ケルシーは肩をすくめた。

　イーサンがシーマスを見た。「カーラを襲った麻薬依存症患者だ」

「どうしてそうだとわかる？」シーマスはケルシーに尋ねた。

「考えが聞こえるんです。あの人の心を読むのは得意です。今、カイルはここにいます」

　ケルシーが話しているあいだもずっとここにいたのだ。それなのに、彼女はプールへ行こうとしていた。

「それと……」ケルシーがまた口を開く。「本当はカイルって名前じゃないんです。リンゴです。カイルと呼ばれるほうが好きなだけ」

12

フラワーショップの配達人に扮《ふん》してエレベーターに乗り込んだリンゴは、ついに自分のキャリアも地に堕ちたと思った。使い走りなんて最低だ。彼の売りは迅速で鮮やかな殺しのはずだった。相手の懐に潜入し、脳天をぶち抜いて退却する。もしくは、屋根や窓越しに狙撃《そげき》する。それがいつもの手だ。変装してこそこそかぎまわり、人に頭を下げるなど時代遅れもはなはだしい。

キャリックの執務室がある二二階で降りると、依存症の症状が出たヴァンパイア特有の、胸の悪くなる甘ったるいにおいが鼻を突いた。まるで処理をする前の汚水のにおいだ。ウィリアムズがここにいるのはまちがいない。そして、まだ生きているらしい。

「おい、どこへ行くつもりだ？」受付へと続くガラス戸に手をかけたところで、ボディガードに声をかけられた。

「配達です」

「朝の五時に、いったいなにを配達するっていうんだ？」ボディガードは簡単にはだまされなかった。だが、しょせんは人間だ。人間ならどうにでもなる。いざとなれば、相手がまばたきをするあいだに脇をすり抜けることだってできる。

リンゴはにっこりしてガラス戸に手をかけた。鍵がかかっている。

「これは特別のご依頼なんですよ。相手は……」彼は下を向いた。「受付係のミス・ケルシーです」

ケルシーの名前を出すのは危険かもしれないが、彼女がここにいるなら話をしたかった。しかもケルシー以外で名前を知っているのは、キャリックとその妻だけだ。夫妻のどちらにもとくに会いたいとは思わない。

「ケルシーは午後まで出勤しない。わたしが預かろう」

「あなたが……ですか？」リンゴはおかしそうな顔をした。

「そうだ、わたしから届ける。文句でもあるのか？」ボディガードはいらだたしげに言って、落ち着きなく重心を移動させた。

「まいったな、面倒なことになりますよ。だって届けるのは花だけじゃないんです。これはストリップ・ショーつきのメッセージなんですよ。彼女を楽しませてほしいと依頼されました。体じゅう好きなところにさわらせてやれと」

「なんだって？」ボディガードはショックをあらわにした。「嘆かわしいご時世だ。大の男が女の前で服を脱ぐなんて……ぞっとする」

「ここはラスヴェガスですよ。友人がお金を出し合って、誕生日に驚かせようとしたんでしょう」

「ケルシーの誕生日？　そうか、だとしたらミスター・キャリックの考えそうなことだ。ストリップ・ショーつきのメッセージなんて、まったく。ケルシーの部屋に直接届けたらどうだ？　この上だよ。二四〇二号室さ。どっちにしろ、オフィスでやるよりはいいだろう」

「それは助かった。ありがとうございます」リンゴはボディガードの腕をたたいた。

「気安くさわらないでくれ」ボディガードが口を引き結ぶ。

「すみません」リンゴはエレベーターへと後退し、ボディガードに背を向けた。第一関門は突破だ。

　ケルシーの部屋にたどり着いたリンゴは、つきが続いていることを祈りながらドアをノックした。ドアに寄りかかり、のぞき穴に愛嬌《あいきょう》たっぷりの笑みを向ける。

　三〇秒後、ドアが開いた。

「カイル」

「ケルシー」リンゴは持っていた花束を差し出した。「これをきみに」

　ケルシーはちっぽけなビキニしか身につけていなかった。裸足《はだし》のまま脚を交差させている。

「ありがとう」彼女は花束を受け取って香りをかいだ。「百合《ゆり》ね。きれいだわ。でも、女性に百合を贈っちゃだめ。お葬式用の花だもの。嫌われてるのかと思うところだわ」

　ケルシーは単純明快に見えて、驚くほど複雑な面がある。次になにを言い出すか予測不能だ。とんでもなくいらいらさせられるのに、いつの間にか他人の心に入り込んで増殖する。カビのように。

「葬式の花だなんて知らなかった。おれは鈍い男だからね。その花を見て、単純にきみみたいに美しいって思ったんだ」部屋に足を踏み入れ、ケルシーの頬に手を置くと、ひんやりした肌をなでる。「おれはきみを傷つけたりしない。それはわかってるだろう？」

「わかってるわ」ケルシーはリンゴのうしろでドアを閉めた。「でも、カーラも傷つけちゃだめ。シーマスやミスター・キャリックのこともね」

「ここに来たのは、ウィリアムズを助けるためだ。イタリア人の子分だよ。誰かを傷つけに来たわけじゃない」それは嘘ではなかった。「ウィリアムズを逃がさなければならないんだ。手を貸してくれ」

「あの男のそばには行きたくないわ。わたしを撃ったやつでしょう？」

「そうだ。だが、きみは近寄らなくてかまわない。やつがいる部屋におれを入れてくれるだけでいいんだ。それでウィリアムズを逃がすことができれば、誰も傷つけなくてすむ。おれときみだけの秘密にすればいい」

ケルシーは真珠のように白い歯で唇を噛んだ。

「イタリア人から離れなきゃだめよ。あいつはあなたをめちゃくちゃにするわ」

問題は、リンゴがすでにめちゃくちゃになっていることだった。ただ、ケルシーの言いたいことはわかる。彼自身、ドナテッリから離れて、自分の足で立ちたいと思っていた。しかし、どうすればそうできるのかわからない。そんなことが可能なのかどうかさえ疑問だった。

「それはわかってる。でも、ドナテッリは本当に恐ろしいヴァンパイアなんだ。おれになにができる?」リンゴだって好んであの男のそばにいるわけではない。彼はケルシーのむき出しのウエストに手を置いて、自分のほうへ引き寄せた。「おれだって逃げたいよ」

「カイル……」ケルシーは悲しげに言い、リンゴの胸に体をすり寄せて指を絡めた。

「なぜ、おれをカイルと呼ぶ?」そう言うリンゴの声に、先ほどまでの緊張はなかった。

「それが本名じゃないのは知ってるだろう?」

ケルシーが彼の顎に唇を滑らせる。「あなたがそう呼ばれたがってるからよ」

そのとおりだ。ケルシーの洞察力はときどき鋭すぎて怖くなる。彼女はリンゴの唇に唇を押し当てた。リンゴはキスに応えながら、どこからともなくわいてきたやわらかな気持ちと欲望のはざまで揺れた。結局、やわらかな気持ちが欲望を押しのけた。

リンゴは本気で恐ろしくなった。たいていの感情には驚かないが、この気持ちは……それがどこから来たのか、どうすればいいのかわからない。まるで巨大な石みたいに、胸にどっかりと居座っている。

ケルシーがリンゴの脚に自分の脚を巻きつけ、長い爪を背中に食い込ませた。ビキニのパンツがこわばりにこすれる。ナイロン地を引き裂いて彼女のなかへ押し入るのは大して難しくないだろう。ケルシーはそれをとめないだろうし、むしろ歓迎するかもしれない。

だが、リンゴはキスに神経を集中した。彼女の唇と舌を味わい、体を抱き寄せる。普通の生活を送って、普通の喜びを享受する男女のように。

ついに苦しくなって口を離したとき、ケルシーがリンゴの耳にささやきかけた。

「リンゴ、あなたが心配なの。カイルも心配してた」

カイルはリンゴの弟だ。弟はリンゴを助けようとして、結局は殺されてしまった。ケルシーも同じまちがいを犯そうとしている。

「きみはどうかしてる」リンゴは彼女の体にまわした手をヒップへ下げ、自分の発言を強調するようにきつく握った。「おれのことなんか心配すべきじゃない」

「だけど、心配なんだもの」ケルシーはやさしく、セクシーな声できっぱりと言った。甘いささやきが濃厚な血液のようにリンゴの体に振りかかり、失ったものを思い出させる。

「だったら一度くらい聞き分けて、おれの言うとおりにしてくれ」チャンスは一度しかない。リンゴはそれに賭《か》けてみることにした。「よく聞くんだ。おれに考えがある」


カーラは事のなりゆきが気に入らなかった。

「シーマス、やっぱりやめたほうがいいわ」

シーマスは彼女のほうを見ようともせず、頑丈なコンバットブーツのひもを結んでいた。

「放ってはおけない。あの男は危険だ。ぼくたちふたりにとっても、ヴァンパイア国にとってもね。今度こそ、やつを操っているのがドナテッリだという証拠を突きとめる」

カーラはシャワーのあとの湿った髪をひとつに編み、編み終わった途端に頭を振ってほどいた。どうにも落ち着かず、不安でしかたがなかった。ついさっきヴァージンを捧げた男性が争いに巻き込まれようとしている。笑って見送ることなどできるはずがない。中世の女でもあるまいし。

「でも、あの男をどうするつもり?」カーラはナイフをベルトに差すシーマスを見つめた。よく切れそうだ。シーマスはナイフの扱いを心得ているのかしら? 彼が弱虫だとは思わないけれど、選挙対策マネージャーは日常的にナイフを振りまわしたりしないだろう。シーマスは頭がどうかしたヴァンパイアに対抗できるのだろうか?

「ぼくがやられると思うのかい?」シーマスがさも心外だとばかりにカーラを見た。コーヒーテーブルに片足をのせて身をかがめた姿勢のまま、靴ひもを結ぶ手をとめる。「自分の身や愛する女性を守れない腰抜けだと?」

もう! また心を読まれていた。

「腰抜けだなんて思っていないわ。昨日、あんなことがあったあとだもの。その前だって、そんなことは思っていなかった。あなたが自分自身やわたしを守れることはよくわかっている。ただ、わたしは女で、あなたが心配なの。それはどうしようもないのよ」

必死で説得しているのに、返ってきたのは不満そうなうめき声だった。

アレクシスが言っていたとおり、ヴァンパイアの雄はプライドが高く、縄張りを荒らされるのを嫌うらしい。

「聞こえたぞ」シーマスはカーペットの上に足を下ろして背筋を伸ばした。

またやってしまった。「なにが?」カーラはシーマスの全身を眺めた。黒のTシャツとパンツ、それにコンバットブーツ姿だ。Tシャツの袖からたくましい腕がのぞいている。彼女は一瞬、不安を忘れた。「あなたってとんでもなくセクシーね」

「よく言うよ」

「なによ、本当のことじゃない」カーラはシーマスを見た。昨夜の記憶が頭のなかで躍っている。彼女は急に感傷的になった。どこからともなく涙がわき、目からこぼれ落ちる。シーマスの表情がいらだちから警戒に変わるのもかまわず、カーラは彼の胸に飛び込んだ。

「いったいどうしたんだ？」シーマスが彼女の肩に手をかけた。「泣かないでくれ、大丈夫だから。すべてうまくいく。これが片づいたら元どおりだ」

「でも、あなたがけがをしたらどうするの？」カーラはシーマスの胸に顔をうずめたままつぶやいた。取り乱すなんて恥ずかしいが、自分でもどうにもできなかった。

「ぼくはヴァンパイアだ。けがくらいすぐに治る」シーマスはカーラの頭の上にキスを落とした。「行かないと」

カーラはさらにきつくしがみついた。「いやよ」

シーマスが小さく笑う。

「何階か下へ行くだけだよ。なにもジンバブエに行くわけじゃない。一時間で戻るから」

「わたしも連れていって」大した助けになれるとは思わないが、後方を警戒するくらいはできる。

「だめに決まっているだろう？　きみはアレクシスと一緒にいるんだ」シーマスは彼女を強く抱きしめ、体を離そうとした。

カーラは離れまいとした。理由はともかく、怖くてしかたがない。倒れているドーンを見たときのショックや、ケルシーの瞳に映った恐怖、さらに最初に会った夜、シーマスが三人の男たちに襲われていた光景が何度もよみがえる。

「愛しているわ」今、言っておかなければ、二度とチャンスはないかもしれない。カーラは彼に知ってほしかった。思考を読まれるのではなく、自分の意志で、声に出して伝えたかった。

シーマスは彼女を見つめ、表情を緩めた。「ぼくも愛しているよ。ごたごたが片づいて安全になったら……その……きみに……一緒に暮らしてほしいと頼むつもりでいる。ここで、ぼくたちの部屋で」

「いいわ」それ以外の返事はあり得ない。心の底では自分も同じことを願っている。もう家に帰りたいとは思わなかった。シーマスとなら、互いのいちばんいい部分を引き出すことができる。爆発的な情熱と信じられないほどの友情を、同時に手にできる。

シーマスはごつごつした親指でカーラの頬に流れる涙をぬぐい、彼女にキスをした。自分のものだと主張する激しいキスだった。

「イーサンの部屋へ行こう」

「わかった」カーラはシーマスの手を握り、彼のあとについて廊下へ出た。シーマスを信じないと、と自分に言い聞かせながら。

シーマスたちが到着したとき、ヴァンパイア国の大統領はファーストレディと口論の真っ最中だった。正確に言えば、大統領がひとりかっかして、アレクシスが生返事をしていたのだ。

「アレクシス、これは冗談なんかじゃないぞ。きみはここにいなきゃだめだ」

「わかった」彼女はダイニングルームのテーブルで雑誌をめくっていた。

「ぼくは本気だからな」イーサンが戸口から念を押す。カーラはまだシーマスの手を握っていた。

雑誌をめくるアレクシスの手がとまる。

「聞こえたってば！　わかったって返事をしたじゃない」

イーサンは厳しい顔をして妻のもとへ戻った。

「本当に真剣だとわかったんだろうな？」

「ええ」

「カーラと一緒にここにいるんだ」

アレクシスはぴしゃりと雑誌を閉じ、イーサンをにらみつけた。「〝わかった〟って言ったでしょう？　ほかにどんな返事が欲しいの？　わたしの血でも飲みたい？」

イーサンは肩の力を抜いてにっこりした。「友人の前じゃ無理だ」

「おもしろいわ」アレクシスはあきれたように言って、小さくほほえんだ。「気をつけるのよ」

「いつだって気をつけている」

イーサンが妻にキスをする。シーマスはカーラの手から自分の手を引き抜いた。カーラは余計なことを言わないよう口をしっかり閉じていた。口を開いたが最後、帽子をかぶれとか、杭を持って走るなとか、愚かなことを言ってしまいそうだった。

ドアが閉まると同時に、アレクシスが立ち上がった。「その靴じゃだめよ」

カーラはサンダルを見下ろした。「なぜ？」

「あの人たちの跡をつけるからに決まっているでしょう？」

「でも、ここにいるってイーサンと約束したばかりじゃない」カーラはアレクシスを見つめた。心臓が激しく打つ。シーマスについていけたらどれほど気分が楽になるか。

「知ったことじゃないわ。家庭を守っているだけなんて性に合わないの。イーサンだって、それを承知でわたしと結婚したはずよ。跡をつけてくることくらいお見通しだわ。逆に、そうしないとがっかりするんじゃないかしら」

「でも、シーマスはわたしがつけてくるなんて思っていないんじゃない？」

「あなた、わたしがいなかったらじっと待っているでしょう？」

「もちろん」

「だけど、一緒に行きたいわよね？」

「ええ」

「だったら行きましょう」アレクシスはカウンターの引き出しを開け、立派な剣を取り出した。

　カーラの口から驚きの声がもれたのだろう。アレクシスが彼女のほうに目をやる。

「心配はいらないわ。扱いは心得ているから」

「でもそれ、あなたの身長と同じくらい長いじゃない」

　アレクシスは巧みな手つきで剣を振り上げ、テーブルに置かれた大型燭台《しょくだい》に立てられた六本のろうそくをたたききった。素早い剣さばきに、ろうそくの先端が音もなく横滑りしてテーブルに落下する。アレクシスは剣を腕の延長のように何回か振ってから、剣先を床につけた。

「長さは問題じゃないのね」カーラは感心した。

「そうよ。これを使うと、ヴァンパイア・ニンジャになったみたいでスカッとするの。あなたにも教えてあげましょうか？」

「そうね」自分の身を守る方法を知るのは悪いことではない。ヴァンパイアの政治に敵はつきもののようだし、今やわたしは大物保守党員の恋人なのだから。

「その代わり、わたしにポール・ダンスを教えてくれる？」アレクシスがブロンドの髪を耳にかけた。「イーサンが喜ぶと思うの」

「もちろんいいわ」実際、シーマスにも試してみたらいいかもしれない。セクシーな動きで彼を驚かせてやるのだ。

「それで、あなたはシーマスを愛しているの？」

「ええ」カーラは頬を赤くして笑った。「ばかみたいでしょう？　恋に落ちるなんて絶対に避けたかったのに。でもね……なんだか今は、グリーティング・カードに並んでいる陳腐な文句みたいに感傷的な気分なの」

「わかるわ。とてもよくわかる。わたしも同じだもの」アレクシスはかぶりを振った。「男どもときたら、自分がどれほど幸運かわかっていないのよ。さあ、ふたりを助けに行きましょう」

カーラは大きく息を吸い、暗殺者に殺されずにすんだとしても、シーマスに首を絞められるだろうと覚悟した。

物陰からのぞくだけよ。彼が無事かどうか確かめられればいい。先に部屋に戻ればなにも問題はないわ。

カーラは本気でそう思っていた。

「前はこういうことがもっと気軽にできたんだが」廊下を歩きながら、シーマスはイーサンにぼやいた。カーラがあんなふうにしがみついてくるとは思わなかった。うれしい反面、心苦しくもある。だが、自分の身くらい自分で守れる。四〇〇年近くもそうしてきたのだ。

「戦争が起こるたびに志願していたのに、今ではそうもいかなくなった」

「そのとおりだ。責任があるからな。ぼくたちを頼りにしている人がいる。ばかなまねはできない」イーサンは廊下に飾られた絵画の傾きを直してまっすぐにした。「ぼくたちは文明化されたヴァンパイアなんだ。愛する人を待たせている」

「それも悪くないだろう？」シーマスはベッドにいるカーラを思い描いた。愛していると言ったときに色濃くなった彼女の瞳を。「ああ、全然悪くない」

「そう、人生の新しいステージに入っただけだ。ぼくにはアレクシスのような女性との出会いが必要だった」

シーマスは自分とカーラにも同じことが言えると思った。いつも不満を抱えてぴりぴりしていたのに、カーラが現れてすべてが変わった。彼女は力を抜くことを教えてくれた。ただ、出がけに泣かせてしまったのが気にかかる。だめな男になった気分だ。

「なあ、ハッチンズを覚えているか？　ワーテルローの戦いで一緒だった大尉がいただろう？　あいつの奥方は、太鼓の音を頼りにどこでもついてきた」

エレベーターの前でイーサンが笑い出した。「そういえばそうだったな。前線へ移動するたびに、彼女はハッチンズにしがみついて、置いていかないでって泣き叫んでいたな」

シーマスはいまだにそのときの様子をまざまざと思い浮かべることができた。ずり落ちそうなボンネットをかぶったミセス・ハッチンズが、スカートを翻し、神にすがるように天を仰いでいる光景を。

「ハッチンズはいつも恥ずかしそうだったが、奥方を邪険に追い払うこともできなかった。やつが奥方の背中をたたいて慰めると、しまいには見るに見かねた料理番が出てきて彼女を引き離すんだ。あるときなんて、彼女がハッチンズの膝にしがみついたものだから、夫婦そろって泥に尻もちをついていた」

　イーサンとシーマスは声をそろえて笑った。「当時は情けない男だと思っていたよ」イーサンが言った。「だが、今はやつの気持ちがわかる。ぼくも妻にひどく手を焼くときがあるからね」

「でも、きみはアレクシスを理解しているじゃないか。ぼくなんて、カーラがなにを考えているのかほとんど見当もつかない」

「カーラはぼくたちの跡をつけてくると思うか？」イーサンが尋ねる。

「まさか！　そんなことをするものか」シーマスは鼻で笑った。カーラがついてくるとは思えなかった。「アレクシスは？」

「ついてくるに決まっている」


「ビキニの上になにか着てくるべきだったな」

　部屋を出てエレベーターに乗ったところで、リンゴはケルシーに声をかけた。しかしスーツ姿の男と連れだって歩くのにビキニは少々不釣り合いなことが、ケルシーにはぴんとこないらしい。まあ、実際、誰も気にしないのかもしれない。配達人のジャケットは、ケルシーの部屋に脱ぎ捨ててきた。

「時間がないの。あと五分もすれば、ミスター・キャリックが下りてくるわ」

　ケルシーに手伝いを頼んで正解だったかどうか確信が持てないが、ほかに選択肢があるとも思えなかった。ただ、彼女がとばっちりを受けないようにしなければならない。

ふたりはキャリックのオフィスがある二二階でエレベーターを降りた。ガラス戸に鍵はかかっておらず、受付係の女性がコンピューターのキーをたたいていた。

「あら、ケルシー」受付係は画面から目も上げずに言った。「どうかしたの？」

「ミスター・キャリックの執務室に忘れ物をしたの。出勤はいつもどおり午後からよ」

「わかったわ」受付係はリンゴの存在にも、ケルシーがビキニを着ていることにも気づかなかった。「そうそう、お誕生日おめでとう」つけ加えて言う。

「ありがとう」ケルシーは即座に応えた。

廊下を進みながら、リンゴは頬が緩むのをとめられなかった。ケルシーははったりがうまい。まったく予想外だ。

ウィリアムズが閉じ込められている部屋の外にヴァンパイアのボディガードがいるのを見ても、彼女はたじろぎもしなかった。「お疲れさま、ジェイムズ」にっこりして声をかける。

「ケルシー」ジェイムズが眉を上げた。「泳ぎに行くならプールは一階だよ」

「おもしろい冗談ね。コーヒーを持ってきてくれない？」

「もちろんだ」ボディガードは廊下の先へ消えた。あっけなく。

「見事なもんだ」リンゴはケルシーに言った。

「マインドコントロールの練習をしてるの。さあ、なかに入って」ケルシーはリンゴを押した。「わたしが見張ってるから」

リンゴは覚悟を決めてドアを開けた。その向こうにどんな光景が広がっているかはわからない。しかし、想像したようなむごたらしい光景は待っていなかった。ウィリアムズは長椅子の脚に手錠でつながれ、横になってテレビを見ていた。五〇歳のヴァンパイアを手錠で拘束できるのかどうかは疑問だったが、当の本人は気分が悪くて逃げるどころではないらしい。

「おい」リンゴはウィリアムズの正面に立った。

ウィリアムズはどうにか上体を起こした。「血……血が欲しい。やつらがよこす血は変な味がする。このままじゃ死んじまう。助けてくれ」

リンゴは手錠を踏みつぶして壊した。「起きろ」

「どうやって脱出するんだ？」ウィリアムズが大きく息を吸った。いつも青白い顔は今や透けそうに白い。「くそっ、気分が悪い」ウィリアムズが体を折り曲げて吐いたので、リンゴは嫌悪に顔をそむけた。

ウィリアムズみたいにはなりたくない。だが、すでにリンゴも同類だった。麻薬入りの血液を断たれた途端に、あんなふうに震えて冷や汗をかくはめになる。

ドアが開き、ケルシーが駆け込んできた。

「ボディガードが戻ってきたわ。シーマスとミスター・キャリックもこっちへ向かってる」

「わかった」ぐずぐずしている暇はない。リンゴはシャツをつかんでウィリアムズを引っぱり起こし、窓へと引きずっていった。

「なにをする気だ？」ウィリアムズが慌てふためき、狙いの定まらないパンチを繰り出す。

「放してくれ」

「おまえを助けるんだよ。逃げ道はここしかない。窓から飛び下りろ」リンゴは作りのしっかりした椅子をつかんで窓ガラスにぶつけた。ガラスが砕け、破片が飛び散る。

「高層ビルなんだぞ。無理だ」ウィリアムズが再び抵抗し始めた。

「ドナテッリのもとへ戻って、薬入りの血液をもらいたいんだろう？　ここで干上がるままにしておいてもいいんだぞ」リンゴはウィリアムズを窓のほうに押しやった。東から太陽が顔をのぞかせている。靴の下でガラスの破片がじゃりじゃりと音をたてた。「それがいやなら、言われたとおりにしろ」

「いやだ……落ちたら死ぬ」

ヴァンパイアは首を切断されるか、血液を断たれるか、心臓に杭を打たれるかしない限り死なない。「骨が折れるくらいなんだ？　すぐに治るじゃないか」リンゴはウィリアムズの腰と肩をつかみ、窓枠に引っぱり上げた。「麻薬を断っても、体重は減らなかったみたいだな。とんでもなく重い野郎だ」

ウィリアムズがパニックの表情を浮かべた。髪はくしゃくしゃで、潤んだ目の周囲が黒ずんでいる。ドアが開き、怒鳴り声が聞こえてきた。リンゴはウィリアムズを強く押した。ウィリアムズが足場を探して足をばたつかせ、壁に、窓枠に、なんでもいいからしがみつこうと腕を伸ばす。太い腕がリンゴのジャケットをつかんだ。リンゴはウィリアムズと目を合わせ、その手を払うと大男を宙へ送り出した。ウィリアムズはリンゴがまばたきをするよりも早く姿を消した。

キャリックとフォックスが近づいている。ふたりの驚きと敵意が伝わってきた。しかし、リンゴにも考えがあった。彼は振り向きざまにケルシーの細い腕をつかんで引き寄せると、喉を絞めるように腕をまわした。「来るな!」リンゴは叫んだ。

「いったいなんのつもりだ?　ケルシーを放せ」キャリックたちが部屋に飛び込んでくる。リンゴとの距離は二メートルもない。

「だめだ、彼女はおれと一緒に行く」リンゴはケルシーをつかんだまま身をかがめ、ブーツからナイフを取り出して彼女の首筋に当てた。

「そうは思わないね。ふたりとも、ここから出ることはできない」キャリックが尊大に言う。

リンゴはキャリックをたたきのめしたかった。偉そうな口をききやがって!「そこをどかないなら、窓から飛び下りるぞ。おれはどっちでもかまわない。ここから出られればな」

ケルシーがあえぐ。それが演技なのか、本物の恐怖を感じているのか、リンゴにはわからなかった。空いたほうの手で彼女の背中をなで、こうするしかないのだと伝える。

フォックスが片手を差し出した。

「いいか、ケルシーを放せ。そうしたら仲間と同じく、窓からダイブさせてやる」

リンゴは地面と衝突して骨を折るつもりなどなかった。ウィリアムズには自力でドナテッリのもとへ戻ってもらい、自分はどうにかして薬を断つ。ケルシーの力を借りて、このビルから五体満足で脱出するつもりだ。ここまではうまくいった。目の前の間抜けどもにつかまるつもりはない。

リンゴがケルシーを盾にしてフォックスとキャリックの横を通り抜けようとしたとき、アレクシスともうひとりの女性――フォックスの恋人が飛び込んできた。

13

アレクシスが大ぶりの剣を振りまわしながら部屋に駆け込んでくるのを見て、シーマスはわが目を疑った。カーラはアレクシスの背後に隠れているが、絶対に安全とは言えない。

「とまれ！」シーマスはアレクシスに向かって怒鳴った。アレクシスがつんのめるようにとまり、カーラがその背中に激突しそうになる。

「なんてこと！　ケルシー！」カーラが叫んだ。

「彼女を放しなさい！」アレクシスは威嚇するように剣を構えた。

シーマスの横でイーサンがため息をつく。「妻はドナテッリのあそこをちょんぎると息巻いていたんだ。冗談だと思っていたが、あの剣を見る限り本気だったらしい」

「そこをどけ」リンゴが低く穏やかな声で言う。シーマスはその口調に肝を冷やした。この男は危険だ。

シーマスはカーラのそばへ行き、彼女を部屋の隅に下がらせた。アレクシスの武装解除はイーサンに任せよう。このリンゴとかいう男は侮れない。ケルシーのためにも、慎重に対処しなければ。

「わかった、ケルシーを放せ。そうしたら、ドアから歩いて出ていけばいい」シーマスは言った。あとでとらえればすむ話だ。

カーラが前に出ようとする。シーマスがカーラの体を押さえると、彼女はシーマスにつかみかかり、手を引っかいた。「カーラ、どういうつもりだ？　やめろ」

「どいてよ！」カーラはヒステリックに叫んだ。「ケルシーを見て！」

その声にただならぬものを感じて、シーマスはケルシーを振り返った。ケルシーはナイフを持った男の手首をつかんでいる。それは首からナイフを遠ざけ、自分を守ろうとする本能的な動作にも見えた。ところが実際は、自らの肌にナイフをめり込ませていたのだ。喉元からあふれた血が滝のように流れ落ち、ビキニのトップにしみていく。

「ケルシー？」イーサンが混乱した声で呼びかけた。アレクシスが悲鳴をあげる。

ケルシーの目玉がぐるりと上を向き、まぶたが閉じられた。膝から力が抜ける。それでもケルシーは頸部にナイフを押しつけていた。

ようやく異変を察知したリンゴが、ケルシーからナイフを離して床に放った。シーマスはリンゴが逃げると思ったが、かまわなかった。そのときは大量出血しているケルシーのことしか考えられなかった。血は噴水のごとく噴き出している。

しかし、暗殺者は逃げるどころか苦痛に満ちたうめきをもらした。

「ケルシー……どうして……なにを……？」

彼は人形のように崩れ落ちるケルシーを抱きしめた。男の顔に浮かんでいるのは驚愕と混乱だ。ケルシーの首から流れた血は、すでにつま先まで達していた。リンゴの顔にも胸にも腕にもケルシーの血がついている。

カーラがシーマスを押しのけ、Tシャツを脱いで膝をついた。ケルシーの首に布を当て、血をとめようとする。「治るわよね、シーマス？」

カーラの行為に、シーマスもわれに返った。「ああ、大丈夫だ」それにしても、ケルシーはなぜこんなことをしたのだろう？　シーマスは自分のTシャツを脱いで、カーラの背中にかけた。どんな状況であれ、彼女の下着姿を他人に見られたくなかった。「イーサン、冷蔵庫の血を持ってきてくれ。出血した分を補わないと」

「わかった」イーサンが応える。

シーマスはリンゴの腕からケルシーを抱き取り、カーラの膝にのせた。カーラがケルシーの髪をなでながら、やさしく話しかける。ケルシーは気を失っていた。白い肌が青紫がかっている。イーサンが血液パックを開け、ケルシーの唇に押し当てた。

シーマスに残された仕事はリンゴの処置だった。リンゴは床に座り込み、呆然として頬についた血を手でこすった。

「殴り合いをするなら、隣の部屋に場所を移そう」シーマスは低い声で言った。「これ以上ケルシーを危険にさらしたくない」動揺のせいか足元がふらつくが、相手がその気なら受けて立つつもりだった。ケルシーがこんなことになって、やり場のない怒りを感じていた。

リンゴは黙って首を振った。なにを考えているのか、表情から読み取ることはできない。

「いや」そう言って両手を出す。「さっさとつかまえてくれ。それがケルシーの望みだ」

シーマスは意表を突かれ、なんと言っていいかわからなかった。

「ケルシーがなにを考えていたかなんて、どうしてわかる？」

「おれと彼女の思考は同調してるんだ。ケルシーはおれに更生してほしがってる。あんたがその手助けをしてくれると。だからあんなことをしたんだ」リンゴは首に手を当て、切るまねをした。「彼女なりの方法で、おれをここから逃がすまいとした」そう言って、もう一度両手を突き出す。「早く。あと一時間もすれば、おれは薬物入りの血が欲しくて暴れ出すだろう。ここから出たら、やつのもとへ舞い戻って薬をねだってしまう。今のうちにおれをどこかに閉じ込めてくれ」

シーマスは両腕を引っぱって男を立たせた。「やつって誰のことだ？」

「今さら尋ねる必要なんてあるのか？」リンゴはむっとしてシーマスの手を払い、ジャケットを直した。「ドナテッリさ。今ごろあんたがストリッパーを転生させたニュースが、ヴァンパイア国じゅうに広まってるだろう。選挙を目前にした、ちょっとしたゴシップだよ」

カーラのほうを見て、シーマスは居心地悪そうに身じろぎした。こうなるのはわかっていた。すべて自分の責任だ。カーラを転生させたとき、その場で辞職するべきだった。カーラを連れてアイルランドへ戻り、嵐《あらし》が収まるのを待てばよかった。

カーラは相変わらずケルシーの髪をなでながら、彼女にささやきかけている。イーサンがふた袋目の血液パックを開けて、空になったほうをカーペットへ投げた。ケルシーの首には大きな血の塊がついていたが、治癒は始まっていた。肌の色が戻り始め、呼吸も落ち着いている。カーラは血だらけのTシャツを手にして、赤いレースのブラジャー姿で座っていた。自分がどんな格好でいるかには気づいてもいない様子だ。

その姿は美しかった。

もしカーラが交通事故に遭った時点からやり直せるとしても、ぼくは同じ選択をするだろう。ひと目見たときから、理性など吹き飛んでいた。ただ結果的には、マリーのときと同じく自分以外の者がつけを払わされるはめになった。ぼくが軽率だったばかりに、カーラやイーサン、そしてケルシーまでがとばっちりを受けた。罪の意識が押し寄せてくる。ぼくはカーラを愛している。だが、愛だけでは足りないこともあるのだ。

カーラはシーマスが自分を見ているのに気づいた。なんともいえず苦しげな表情をしている。彼女は不安になったが、今はケルシーのことが最優先だった。ケルシーがうめいて身動きする。「彼女は本当に大丈夫なの？」

「ああ。でも念のために、フランス人に診てもらおう」

「フランス人？」ケルシーの周囲を歩きまわっていたアレクシスがぴたりと足をとめた。

「それってコービンのこと？」

「そうだ」イーサンが答える。

「あの人、この街にいるの？」

「ああ」

「あなたはそれを知っていたわけ？」

「そうだ。さっき窓から飛び下りたヴァンパイアの更生を任せていた。あの大男は今ごろ、自分を麻薬漬けにしたやつのもとへはい戻っている最中だろう。アトゥリエにはリンゴの更生にも手を貸してもらわなければならない」

カーラは顔をしかめた。薬物依存症から更生するのは容易ではない。ただ、ドーンを出血死寸前で放置した男に同情は感じなかった。しかも、楽屋の床に裸で放置したのだ。麻薬がそうさせたのだとしても、彼の行為を忘れるには長い時間がかかりそうだ。

アレクシスが夫をにらんだ。「コービンはいつからここにいるの？」

「一週間前からだ」

「教えてくれればよかったのに」

「そうかもしれないな」イーサンは平然と応じた。「だが、大した問題じゃない」

アレクシスが息をのんだ。「わたしは話したいことがあったのよ」

「だったら話せばいい。アトゥリエはドアの外にいる」

背の高い男が颯爽《さっそう》と部屋に入ってきて、にっこりした。

「ごきげんよう。なにかご用ですか、ミスター・キャリック？」

「新しい患者だ」イーサンはリンゴを指さした。シーマスの手によって椅子にくくりつけられながらも、ふてぶてしく葉巻をくわえている。

コービンが同情するような声を出した。「わかりました」彼はアレクシスの横を通り過ぎるときに、軽く会釈した。「はじめまして《アンシャンテ》。ブリタニーの具合はどうです？　インフルエンザの回復期だと思いますが」

アレクシスは目を細めた。「どうして妹がインフルエンザだと知っているの？」

コービンが足をとめた。「彼女に聞いたので」そう言って、ケルシーの脇にひざまずく。

「ミス・ケルシーは事故に遭ったようですね」

「そうとも言えるな」リンゴが皮肉っぽく応えた。

カーラは生々しい傷口からTシャツをどけた。

「首を切ったの。治りかけているみたいだけど……」

コービンは傷口を調べ始めた。長い指をてきぱきと、しかしやさしく動かす。「そうですね、治癒の途中です。だが、あなたは……」リンゴのほうを向く。「これからが勝負だ」

「受けて立つさ」リンゴは目にかかった髪を払った。

そのとき、ケルシーがぱっちりと目を開けた。カーラの膝の上で上体を起こす。

「カイル？　カイルはどこ？」

「ここだよ」

ケルシーは振り返ってリンゴの姿を認めると、安堵のため息をもらした。

「ああするしかなかったの。あなたのためなのよ」

「わかるよ。だけど、教えてくれたらよかったのに」

「だめよ。言えなかった」

「そうだな」リンゴが肩をすくめた。

シーマスのTシャツが肩から滑り落ちてようやく自分が下着姿でいることに気づいたカーラは、大きなTシャツを頭からかぶった。シーマスの香りに包まれると心がほぐれる。〝愛しているわ〟カーラは心のなかで呼びかけた。彼女の声が聞きたかった。

ところが、シーマスはなにも応えなかった。彼女のほうを見ようともしない。たぶん聞こえなかったのだ。まだ、わたしは思考を飛ばすのが得意ではない。

「シャワーを浴びたらどう、ケルシー？」カーラは助言した。血だらけの姿はあまりに不気味だ。

「それがいい」シーマスは割れた窓ガラスを調べ、窓枠に残っていた破片を砕いて床に落とした。「ついでに、女性陣はベッドに入ったらどうだい？　みんな疲れただろう？」窓から顔を出して下を見る。「通りに人影はないな」

カーラはシーマスが自分と距離を置きたがっているのに気づいた。最後の言葉はイーサンに向けられたものだ。なぜそっけない態度を取られるのかはわからない。シーマスはなにか悩んでいるみたいだ。

「シャワーは名案ね」ケルシーは立ち上がり、カーラのTシャツで胸を拭いた。「あら、カーラ、これはあなたのTシャツなの？　ごめんなさい」

カーラはケルシーのマイペースさに噴き出しそうになった。「いいのよ、ほかにもあるもの」ケルシーがなぜ自分の喉を切ったのか、カーラには今ひとつよくわかっていなかった。ただ、リンゴに関係があるらしい。ともかく、あれには心臓がとまった。シーマスのためだとして、わたしに同じことができるだろうか？　過激すぎる。

アレクシスは現場に残りたいと主張することもなく、夫にさよならも言わなかった。彼女がドアに向かって歩き出したとき、イーサンが剣を引っぱった。

「それは置いていくんだ。それから今後、歴史物のドラマは見ないように」

アレクシスが黙って剣から手を離す。三人の女性はそろって廊下へ出た。カーラはケルシーの体から手が離せなかった。ケルシーが倒れそうで怖かったのだ。

「腹が立っったらないわ！」アレクシスが息巻く。「コービンがここにいることをどうして教えてくれなかったのかしら？」

カーラも少し不安だった。シーマスのそっけない態度が気になる。

「あの人たちはあらゆる危険からわたしたちを守らなきゃならないと思っているのよ。彼らが育った時代は、女性が男性より弱いと考えられていたから」

「そうかしら？　シーマスはそうかもしれないけど、イーサンが子供のころ、女性はとても強かったそうよ。そうでなきゃ、生きていけなかったから」アレクシスが目を細める。「イーサンが単細胞なだけかも」

「男ってときどきそうなるのよね」カーラはため息をついた。シーマスの態度は明らかにおかしい。カーラが部屋を出るときも、彼はこちらを見ようともしなかった。

アレクシスたちがエレベーターに乗り込むと、なかにいた三人の女性客がケルシーを見て息をのんだ。

「彼女は女優なの」アレクシスはケルシーを指さした。「このカジノで撮影をしているのよ。『ラスヴェガス・ヴァンパイア』っていうタイトルの映画なんだけど」

「へえ！」女性が感嘆の声をあげる。

「その血、すごく真に迫ってるわね」別の女性も言った。

「どうも」アレクシスは言った。「特殊効果のスタッフに伝えておくわ。あの人たちは自尊心を満足させてやらないと生きていけないから」

アレクシスたちは女性たちに手を振って、二四階でエレベーターを降りた。

ケルシーがかぶりを振る。「ミスター・キャリックは、ここでヴァンパイア映画の撮影をしてるなんて噂が立つのを喜ばないと思うわ」

「単細胞男がなんと言おうと知ったことじゃないわ」アレクシスが鼻を鳴らす。

「イーサンのことはあなたに任せるわね」カーラはつぶやいた。

三人はふいに顔を見合わせてにやりとした。先ほどまでの重い空気は消えていた。カーラは言った。「彼女たち、おもらししそうな顔をしていたわね。もう少し人目を引かないように工夫すべきだったかも」

ケルシーが自室の鍵を開けた。

「あなた、どこにカードキーを入れていたの？」アレクシスが質問する。

カーラも同じことを考えていた。ケルシーのビキニときたら、〈ベビーギャップ〉で買ったのかと思うほど小さい。

「内緒！」ケルシーはそう言ったそばから種明かしをした。「ここよ。ビキニパンツの前に挟んでおけば、絶対なくさないの」

それは……そうかもしれない……。

「前はしょっちゅうなくしてて、フロント係の態度がだんだん険悪になっていったのよ。だから、絶対になくさない場所を考えたの」

ケルシーのあとに続いて部屋に入る。キングサイズのベッドに机と椅子、バスルームがある普通の客室だった。あらゆる場所に服や化粧品や本が散乱している。ドレッサーのほうへ足を踏み出したカーラは、『リリィ、はちみつ色の夏』と『ゴシップガール』と『シェイクスピア全集』と『イスラム教の源』と『なぜ男にも乳首があるのか？』が雑然と積み重ねられているのに目をとめた。

「強烈な取り合わせね」

「読書が好きなの」ケルシーが言った。

……意外だ。

アレクシスは黒いカクテルドレスをどかしてベッドに座った。

「さてとケルシー、ぶしつけかもしれないけど、どうして喉をかききったの？」

カーラはアレクシスが切り出してくれたのに感謝した。自分にはとてもきけない。それでもなにがケルシーを駆りたてたのか、死ぬほど興味があった。

ケルシーは気を悪くした様子もなかった。くしゃくしゃのポニーテールをほどいて頭を振り、髪を下ろす。

「カイルが薬物入りの血液の依存症になってたからよ。そのせいで、あのイタリア人から離れられなかった。根は悪い人じゃないのに、方向性を見失ってたのね。このチャンスを逃したら、永遠にやつのもとを離れられなくなる。でも、わたしが自分を傷つけたら、あの人は逃げるのをやめて助けてくれるってわかってた。だから、喉を切ったの。カイルはもう大丈夫。絶対にね」

「あなた……すごいわ」アレクシスが言った。

「自己犠牲の精神ね」カーラも賛同した。喉に熱いものが込み上げる。だが、なにかが引っかかった。意識の隅をちくちくと針で刺されているようだ。

「ああするしかなかっただけ」ケルシーは言い、恥ずかしげもなく血のついたビキニを脱ぎ捨てた。「カイルを正しい道へ戻してあげないといけなかったの。記憶がごっちゃになったときは怖かったわ。なにもかもが闇にのまれたみたいだった。だけど、やっと思い出したの。それでカイルを助けられるってわかった」

アレクシスは信じられないという表情でベッドの脇にかかとを打ちつけた。

「彼が好きなの？」

「ええ」ケルシーはそう言って、バスルームへ向かった。すらりとした白い脚に点々と血の塊がついている。彼女はドアも閉めずにシャワーの湯を出した。

「ケルシーが頭のどうかした殺し屋に恋しているなんて、嘘みたい」アレクシスはかぶりを振った。

「麻薬依存症が治ったら、まともになるかもしれないわ」少なくとも、ケルシーはそう信じている。彼女の幸せのために、自分たちも信じてあげるべきかもしれない。ケルシーから、人を信じることと、誰かを愛したからといって弱くなるわけではないことを教えられた気がした。いつかは人を信じ、愛さないわけにいかない。カーラは昨夜、シーマスの胸に飛び込んだ。ケルシーのように、あれでよかったのだと胸を張りたかった。

「麻薬患者の更生は簡単じゃないわ。悪人が急に善人になることもないしね」アレクシスはケルシーの……ひどく挑発的なショーツを持ち上げた。「ところで、これはなに？　シュレッダーに通したみたい」

カーラは唇を嚙んで笑うまいとした。

「いちおうショーツよ。うしろが交差するようになっているの」

「つまり、お尻を隠すのはこのひもだけってこと？」アレクシスが身震いする。「ばかげているわ。だって、とんでもなくはき心地が悪いでしょう？　それに服に十字のラインが浮き出るじゃない。だいたい男っていうのは、どうしてヒップの割れ目に興奮するのかしら？」

「わたしも詳しくは知らないけど……」カーラは腹部をさすった。「ああ、おなかがすいた。でも、ケルシーがベッドに入るのを見届けるまではここに残るべきよね。シーマスがどこにいるのかわからないし」

「シーマスがどこにいようが関係ないじゃない。ケルシーの冷蔵庫に血液が入っているでしょう。分けてもらいましょうよ。わたしもおなかがすいたし」

アレクシスはすでに小さな冷蔵庫に向かっていた。

「寝る前に、ケルシーにもひと袋飲ませなきゃ」

冷蔵庫で冷えている血液を飲むほど空腹かどうか、カーラは自問してみた。空腹だ。

「血液パックから血を飲むのは気が進まないけど、おなかがぺこぺこなんだからしかたがないわね」

「コップでもいるの？」アレクシスが尋ね、血液パックを三つ取り出して宙に投げる。

「そういう意味じゃなくて、シーマスから飲むほうが好きなの」カーラははにかみながら打ち明けた。

「シーマスから飲むって、どういうこと？」アレクシスがぽかんとする。

「いつも彼の血を吸っているの。直接」頬が熱くなる。アレクシスが目を丸くしたので、余計に恥ずかしくなった。

「ベッドをともにするときに、あちこち噛んで味見するっていう意味？」

「それもするけど、ベッドをともにしていないときも、おなかがすいたらシーマスから血をもらうの」

自分で言いながら、なにかがおかしいと思った。自分はシーマスから血を吸うのに、シーマスは冷蔵庫の血を飲む理由を、これまで一度も深く考えたことがなかった。彼から血をもらうことに満足していたからだ。

「シーマスが血をくれるの？」アレクシスは驚いていた。「いつも？」

「毎回ってわけじゃないわ。冷蔵庫の血を飲むこともあるけど、味が好きじゃなくて。だからたいていシーマスが手首から……」アレクシスがつり上げられた魚のように口を開ける。

カーラの声は尻すぼみになった。「どうしたの？　なにか変かしら？」

「おかしいわよ。掟を知らないの？　ほかのヴァンパイアの血を吸うべからずって」

「なぜ？」カーラは額に手を当てた。わけがわからない。

「ひとつには、自分より強いヴァンパイアの血を吸うと力を強められるから。でも、相手の負担になるわ。だって、相手は通常の二倍の血液を補充しなければならないもの。それからこれがいちばん大事なんだけど、血を吸うことによって相手を操れるの。力の強いヴァンパイアは血を分けることで、若いヴァンパイアを従わせることができる。依存性があるからよ。ともかく、ヴァンパイア同士で血を吸うのは違法なの。そうすることで、若いヴァンパイアの権利を守っているのよ」アレクシスはかぶりを振った。「よりによって、あのシーマスがそんなことをするとは驚きだわ」

「依存性ですって？　わたしは依存症なの？　シーマスに対する？」つまりわたしが感じていたのは愛ではなくて、依存症の症状だったというの？　カーラは全身がかっとなった。胃がむかむかして、吐き気がする。「つまり、わたしはリンゴと同じってこと？　更生しなきゃならないの？」

「あの人と比べちゃだめよ」アレクシスは素早く言った。「あれは薬物への依存症だもの。ヴァンパイア同士で血を吸う場合は、そのときに感じる絶大な歓びが問題なの。それが癖になるのよ」

「それを聞いて、ちょっとだけ安心したわ」カーラは詰めていた息を吐いた。驚きと恥ずかしさに打ちのめされていた。「シーマスと話さないと」あの男を殺してやる。

「まあ、落ち着いて」アレクシスは血液パックをカーラに押しつけた。「欲しければどうぞ。カーラ、べらべらとまくしたててごめんなさい。大したことじゃないわ」

「大したことよ。わかっているくせに。教えてくれてありがとう」カーラは血液パックに目をやった。冷たくて、鉄の味がするに決まっている。しかし、彼女は怒りに突き動かされていた。飲み慣れれば好きになれるかもしれない。シーマス・フォックスに従属させられるのはまっぴらだ。あのいやらしい嘘つき男。カーラは上を向き、吐き気を催さないよう一気に飲んだ。全部飲み干してから身震いし、男子学生がビールの缶でするみたいに、パックをつぶして握りしめる。

ケルシーがふかふかの白いタオルを体に巻いて、バスルームから出てきた。

「おなかがすいたの？」

「シーマスを殺しに行く前の腹ごしらえよ」カーラは宣言した。

「その意気よ」アレクシスが励ます。「わたしもイーサンに腹を立てているの」

「シーマスと結婚していなくて本当によかった」カーラは空のパックをごみ箱に投げ捨てた。「もしそうしていたら、離婚訴訟を起こすところよ」

怒っていないと泣き出してしまいそうだった。一瞬、弱気になりかけたが、無理やり怒りの炎を燃えたたせる。これならシーマスにぶつかっていける。弱い部分を露呈して、恥ずかしい思いをせずにすむ。

「ヴァンパイアの離婚は難しいのよ。イーサンの妹のグウェナをはじめ、成功した例はわずかなの」

カーラはジーンズに手をこすりつけた。イーサンに妹がいたとは初耳だ。

「妹さんは誰と結婚していたの？」

「ドナテッリよ」

「冗談でしょう？　世間は狭いわね」カーラはケルシーを振り返った。「あなた、本当に大丈夫？」

「平気よ」ケルシーはベッドの上にできた服の山を掘り返していた。

「だったら、わたしは部屋に戻るわ。シーマスを締め上げてやらなきゃ。質問に答えさせるの」カーラはポケットにカードキーが入っているのを確かめた。「イーサンに剣を取り上げられて残念だわ。あれば貸してもらったのに」

「ないほうがいいかもしれないわよ。やたらに振りまわしたら、後悔するものを切り落としてしまうかもしれない」

「またあの男とベッドをともにするくらいなら死んだほうがましよ」

前の晩、シーマスがどんなふうに慈しんでくれたかがよみがえる。涙があふれそうになって、カーラはドアから飛び出した。

シーマスは携帯電話に目をやった。カーラからの着信だ。彼はイーサンとともに、ドナテッリをどう攻めるか話し合っているところだった。さまざまな可能性を比較検討したが、結論が出ない。

カーラが先ほどのそっけない態度を不審に思っているのはわかっていた。別れ際に声をかけられなかったことに傷ついているのだろう。だが〝愛している〟という念を感じたあとで、まともに話す自信がなかった。彼女の心の声に応えなかったのは、なんと言えばいいかわからなかったからだ。ぼくがカーラを愛しているのはまちがいない。自分がこれほど深い愛情を抱けるとは夢にも思っていなかった。だが、この愛情が判断を曇らせている。そのせいで大事な人たちを危険にさらした。

カーラを避けているとしたら、自分のなかの葛藤をどう説明していいかわからないからだ。なにより彼女と結婚したいが、自分に自信が持てない。

「出ろよ」イーサンが言い、革張りの椅子にゆったりと背中を預けた。

「悪いな」シーマスは咳払いをして立ち上がった。なにも言わないほうがいいだろう。自分でもよくわからないのだから。ただ、自信のなさをカーラに見透かされているようで不安だった。

「もしもし？」シーマスは緊張した声で電話に出た。

イーサンの携帯電話も鳴り出す。

「しまった、アレクシスだ。相当怒っているだろうな。まちがいないよ」

「シーマス、話があるの。いつ戻ってくる？」カーラが言った。

彼女の口調は妙に静かだった。

「はっきりわからないんだ。三〇分後くらいかな？」

「今すぐ戻れないかしら？　急ぎの用件なの」

これはまずい。この声ならよく知っている。ぼくに激怒しているときの声だ。イーサンのほうをちらりと見ると、彼も眉間にしわを寄せている。

「わかった。だから、わかったって。ちがうよ、アレクシス……」

イーサンも自分と似たり寄ったりの状況に追い込まれているらしい。政治面よりも私生活の危機管理を優先したほうがよさそうだ。

シーマスはため息をついた。「わかった、五分で戻るよ」

「待っているわ」カーラはそれだけ言って電話を切った。

彼女がなぜ怒っているのかは見当もつかなかった。だが、そのほうがいいのかもしれない。怒っていれば、〝きみとのことは判断ミスだった。正しい方向に向かっているかどうか自信がなくなった〟と伝えてもさほどショックを受けないのではないだろうか。〝将来について考え直したいんだ。なぜ人を愛するたびに、周囲に悪い影響を及ぼすのか分析したい〟と言っても……。

イーサンが電話を机に放った。「携帯電話じゃ腹の虫が治まらない。昔の電話みたいに、受話器をたたきつけられないのが残念だ」

「もめごとか？」

「ああ、コービンがカジノにいるとわかったとき、アレクシスのもとへすっ飛んでいって報告しなかったことについてね。ぼくはなんなんだ？　あのフランス男の秘書か？　しかも自分は注意を無視して剣を手に登場したくせに、ぼくがなぜ怒っているのか見当もつかないらしいんだ。まったくいやになるよ」イーサンはボールペンをつかんでぽきりと折った。「ちょっとだけましな気分になったぞ。きみも行かなきゃならないんだろう？　アレクシスが、カーラも頭から湯気を出していたと言っていたよ」

「理由についてふれていなかったかな？」なにに巻き込まれようとしているのか、事前にわかればありがたい。

「いや」イーサンは肩をすくめて立ち上がった。「ただ、きみが嘘つきのペテン師だという点では、カーラに一〇〇パーセント賛成だと言っていた」

「光栄だ」思ったより事態は深刻そうだ。

「踏んだり蹴ったりだな」

「しかもアレクシスとカーラが共同戦線を張っているんだから、手も足も二倍だ。これはまずい」考えれば考えるほど、いやな汗がにじんでくる。カーラの声は深刻そうだった。
イーサンが怯えた顔になった。「女どもはなにを企んでいるんだろう?」
「それは部屋に戻ってからのお楽しみだ」シーマスは精いっぱいの虚勢を張った。

14

　カーラが部屋に戻ると、どういうわけかすでにシーマスがいて、それが彼女のいらだちを倍増させた。歯を磨いて髪をとかし、自分のTシャツに着替えて万全の態勢で迎えたかったのに、カーラが精神的にも肉体的にもぼろぼろの状態でドアを開けたとき、シーマスはソファでフリッツとともにくつろいでいた。

「ベイビー、ケルシーの具合はどうだい？」

「大丈夫よ」シーマスは、わたしがなにに腹を立てているのかまったくわからないふりをすることにしたらしい。いやなやつ！　「でもアレクシスと話をしていたら、あなたがわたしに伝え忘れていることがあるってわかったの」

「たとえば？」フリッツの頭をなでながら、シーマスが用心深く尋ねた。

「ヴァンパイア同士で血を吸うのは掟に反することとか」

　シーマスの顎がぴくりと動いた。彼は長い沈黙のあとで口を開いた。

「ぼくたちのことはちがうんだ」

「あらそう、どんなふうに？」どういう反応を期待していたにせよ、こんなせりふは予想していなかった。弁解する気配もなければ、反省しているふうでもない。

「きみは最初、血の味が好きじゃなかっただろう。きみが死んだ夜、かなり強引に血を飲ませなければならなかった。ぼくが血を分けなければ、きみは干からびてしまうと思ったんだ」

「つまり、クライマックスはまったく関係がないってこと？」カーラは手ぐしで髪を整え、椅子の上のクッションを手に取った。シーマスの喉の代わりに絞めるものが欲しかった。

「もちろん関係ない」けれどもシーマスの表情や声色は、それが真実でないことを物語っていた。わかりきったことだ。

「あなたから血を吸い続ければ、血液パックの血で満足するのが余計に難しくなるのはわかっていたはずよ。あなたは自分の血の味を覚えさせて、わたしを自分に依存させようとした。その一方で、わたしの存在が周囲にばれないよう部屋に閉じ込めた」

「そうだ」

シーマスの返事に、カーラは往復びんたを食らったような気がした。耳鳴りがして視界が揺らぐ。否定もしないだなんて。すべてはわたしのためだったと言い張るつもり？　だいたいなぜ、彼はいまだにソファに寄りかかっているの？　今にも眠ってしまいそうなほどリラックスして！　カーラはシーマスに向かってクッションを投げつけた。

フリッツが吠えて床に飛び下りる。だが、シーマスは顔面すれすれでクッションを受けとめた。

「もういや！」カーラは大声をあげ、足音も荒くベッドルームに向かった。シーマスがソファから重い腰を上げてぶらぶらとベッドルームへ入ってきたとき、彼女はスーツケースに私物を放り込んでいる最中だった。

「カーラ、オーバーだな。ぼくはきみを守りたかっただけだ。選挙前の大事なときに、きみを世間から隠したかったのは事実だ。でも、きみを抱いたのはきみが欲しかったからだ。それに関しては嘘なんかついていない。きみがぼくに頼らざるを得ないのはヴァンパイアになって日が浅いからで、いろいろ学んでいる最中だからだよ。決してぼくに依存させようとしたわけじゃない」

「学んでいる？　昨日の出来事も学びの一部なわけ？」カーラはベッドルームを見まわし、大事なものを忘れていないかどうか確かめた。二度とここへ戻ってくるつもりはなかった。

バスルームに並べた化粧品はあきらめよう。買い直せばすむ話だ。一刻も早くここを出たい。どうしてシーマスはあっけらかんとしていられるのだろう？

「そういう意味じゃない。やめてくれ」シーマスがカーラのほうへ手を伸ばす。「きみだってわかっているはずだ。ぼくは過ちを犯した。それについてはすまないと思っている。だが、昨日の出来事は過ちなんかじゃない。あれはぼくときみだけの問題だ。きみに対する愛情が引き起こしたことだよ」

カーラはシーマスの手から体を離した。彼の手の感触を思い出したくない。上半身裸のまま、訴えかけるような目で立っている彼の魅力に気づきたくない。カーラは恥ずかしかった。

利用されていたとも知らず、シーマスにヴァージンを捧げたことが。

最初に会ったときから、シーマスは彼女に対する性的興味を否定しなかった。これまでの行動もすべてそのためだったのだ。おいしいチャンスが転がり込んできたと思ったにちがいない。専属ストリッパーを一〇〇年ほどはべらせることができるのだから。ちょっと血を分けてやれば好きなときにセックスできるなんて、そんな都合のいい女を見過ごすはずがない。

カーラはスーツケースを引きずってシーマスの脇を通り抜けた。乱暴に引っぱったせいで、スーツケースが横倒しになる。彼女はかまわず黒猫のミミをすくい上げ、クローゼットから引っぱり出した大きなバッグに入れた。逃げようとするミスター・スポックにリードをつけて、持ち手を手首に巻きつける。ボタンはエアコンの通風口の上に寝そべっていた。カーラはボタンを呼んだ。「おいで、ボタン、いい子だから」

ボタンがカーラに飛びつく。彼女は膝をついて犬を抱きしめ、その毛に顔をうずめた。「いい子ね」声がくぐもった。

それからダイニングルームのかごのなかで眠っていたしま猫のラスカルを、ミミと同じバッグに入れた。猫たちの抗議の鳴き声を無視してバッグを抱える。さほど遠くへ行くわけではないのだから、辛抱してもらおう。

「カーラ……」

彼女はシーマスの声を無視してドアに向かった。日中に、しかも殺人ヴァンパイアがうろついている街にある自分のアパートメントへ戻るなんて問題外だ。いくら怒っているからといって、カーラにもその程度の分別はあった。ただ、別のフロアの客室を貸してもらうのは可能なはずだ。

「おいでフリッツ」カーラはもう一匹いるラブラドールを手招きしたが、フリッツはしっぽを振るだけで、シーマスから離れようとしなかった。

「フリッツ、来なさい!」脚をたたいて合図をする。ところがフリッツはうれしそうに吠えて、シーマスの手をなめた。

すばらしいわ。シーマスはわたしの愛犬までたらし込んだってわけね。

「カーラ、深呼吸をして、落ち着いて話し合おう。解決できるよ。ぼくたちは同じものを求めているんだ。ぼくにはわかる」

「あなたに死んでほしいと思っていることが?」

「ちがう。きみは一緒にいたいと思っているはずだ。カウンセリングを受けよう。きみも言っていたじゃないか。試してみよう」

「ヴァンパイアにカウンセリングを受ける習慣はないんでしょう!」カーラはシーマスに言われた言葉をそのまま投げ返した。フリッツ以外の動物を引き連れてドアを出る。涙で視界が曇った。「あなたがいないときにその子を連れに来るわ。わたしみたいに利用されたら困るもの」彼女は肩越しに言ってドアを閉めた。

シーマスは猛然と部屋を出ていくカーラをあっけに取られて見送っていた。彼女の細い脚にバッグがぶつかって跳ねる。犬のリードは絡まり、猫は抗議の声をあげていた。彼は途方に暮れてフリッツを見下ろした。「いったいなにが起こったんだ？」

フリッツはひと声吠えて、お座りをした。

名案だ。シーマスもひとまずソファに腰を下ろした。「なんてこった」

心臓を抜き取られたかのようだ。それは決していい気分とは言えなかった。

男物のTシャツを着て、髪は四方八方にはねまくり、泣きはらした目と紅潮した頬で動物と荷物を引きずっている女は見られたものではないだろう。それにしても、部屋を貸してもらえないとは思ってもみなかった。

「身分を証明するものかクレジットカードがなければ、客室をお取りできません」フロント係の男がそんなことも知らないのかという顔で宣言する。カーラも普段ならそのくらいは理解しただろう。

ただし、そのときは爆発寸前だった。「だけどミスター・フォックスの部屋に財布を忘れてきてしまったし、あそこには戻れないの。なにがあっても！」

「わかりました」カーラを刺激しないようにするためか、フロント係が慎重に言った。「どなたか身元を証明してくれるご友人はいらっしゃいませんか？」

「ご友人？　いるわ」カーラは安堵のため息をついた。「アレクシスにかけるから、電話を貸してもらえる？」

フロント係が困惑した表情で受話器を取り上げた。ボタンの上で手をとめる。

「番号は？」

「内線よ。三二二〇号室のミセス・キャリックにつないで」

フロント係が目を丸くする。「ミセス・キャリックとお知り合いですか？」

「そうよ」カーラは手を突き出した。「だから、さっさと受話器を貸して！」

ところが受話器の向こうからイーサンの声が聞こえたので、カーラは慌てて電話を切った。たとえ電話越しであっても、彼とは話せない。イーサンはわたしがシーマスと口論したことを知っているはずだ。シーマスがまるで……まるで性の奴隷のようにわたしに血を与えていたことも……。カーラは身震いした。

そのとき、フロントの電話が鳴った。フロント係は別の用ができたことにほっとした様子で受話器を取った。その二秒後、顔をこわばらせて首を振る。「いいえ、ミスター・キャリック。わたくしではありません。その……ここにいる女性が奥さまをご存じだとおっしゃって、客室を取ってくれと。ですが身分を証明するものをお持ちでなく、犬も連れていらっしゃって……わかりません」受話器を持ち替えてカーラに質問する。「お名前は？」

「カーラ・キムよ」

「ミス・カーラ・キムです」フロント係は電話の向こうの声に耳を傾けた。「なるほど、わかりました。そのようにいたします。もちろんです。ありがとうございました」額には汗がにじんでいる。彼は受話器を置くと大きく息を吐き、カーラをにらんだ。「ミスター・キャリックの電話を切るなんて、とんでもないことを！」

「ごめんなさい。でも、イーサンとは話したくなかったの。だって彼はシーマスに教えるだろうし、そうしたらシーマスがわたしを捜しに来るし、それに……」カーラは泣くまいとしたが、嗚咽がもれた。「イ、イーサンはなんて？　部屋を貸してくれるの、くれないの？　わたしはもうくたくたなのよ」彼女はこらえきれずにすすり泣き始めた。ボタンがカーラの脚に身をすり寄せる。

「ああ、泣かないでください！　お願いですから」フロント係がネクタイを直し、居心地悪そうに左右をうかがった。「ミスター・キャリックはあなたに部屋をお取りして、費用は経費でまかなうようにとおっしゃいました。あなたはミスター・フォックスのご友人なので、なんでも言うとおりにするようにと。申し訳ありません。ですが、そういう事情とは存じあげなかったのです。あなたは身分を証明するものもクレジットカードもお持ちではありませんでしたし、これがわたしの仕事なんですから。それで、なにをお望みですか？　ミスター・キャリックはあなたの仰せのままにしろと」

「部屋が欲しいの！」カーラが声を荒らげたので、右隣でチェックインしていた女性がなにごとかというように彼女を見た。「それに、ミスター・フォックスのご友人は一〇分前にやめたのよ。だからベルボーイをミスター・フォックスの部屋にやって、わたしの荷物を新しい部屋へ運ばせて。服と化粧品にペット用品、リビングルームにかかっているラズベリーとオレンジのカーテンと、バスルームにあるピンクのタオルも」

シーマスは内装をいじられて迷惑そうだったから、あそこに置いておいても無駄になる。どれも高かったし、インターネットで自腹で買ったものだ。

ハリーという名のフロント係は大慌てでプリンターから紙を抜き出してメモを取った。

「服に化粧品にペット用品……カーテンとピンクのタオルですね。ほかになにかございますか？　夕方にベッドカバーをはがして就寝準備をするサービスもございますが。ローブをお使いになりますか？」

ヴァンパイアにとって、夕方は起床時間だ。カーラはおかしくなった。

「結構よ。枕の上にチョコレートを見つけて大興奮するタイプじゃないから。少し眠りたいの。ともかく疲れたのよ」

「わかりました」フロント係はすさまじい勢いでパソコンのキーをたたき、カードキーを取り出した。「一四階です。カジノやプールの喧騒《けんそう》からははるか遠く、問題の人物からもたっぷり離れています」

カーラはカードキーを受け取った。「ありがとう」

「気持ちはわかります。わたくしもひどい別れを経験したばかりなので。氷を取りに廊下に出たら相手に遭遇するなんて最低ですよね？」

「まったくだわ」カーラはエレベーターのほうへ向き直った。

「バッグは置いておいてください。あとで届けさせます」急に親切になったハリーが言う。

「ありがとう」カーラはとぼとぼとエレベーターへ引き返し、部屋にたどり着くとベッドに崩れ落ちた。

そして、枕に頭がつくより前に泣き出した。

シーマスは睡眠を取ろうとむなしい努力を続けていた。ドアのベルが鳴る音を聞いてベッドから飛び起き、ヴァンパイアの素早い身のこなしで戸口へ向かう。カーラが出ていって一時間だ。彼女はカジノのなかを歩きまわって頭を冷やし、自分たちの置かれた状況について話し合おうと戻ってきたのかもしれない。

シーマスは勢いよくドアを開けた。「カーラ？」

そこに立っていたのはベルボーイだった。

「なにか用か？」シーマスは自分でも驚くほど落胆した。

「おはようございます、ミスター・フォックス。その、ミス・キムの荷物を受け取りにまいりました」ベルボーイは手元の紙に視線を落とした。「服と、ほかにも何点か」

「冗談だろう？」胸に刺さったとげがずぶずぶと沈み込む。まったく。カーラは時間を無駄にせず、怒りを行動に移したらしい。本気で出ていくつもりなのだ。

よく肥えた中年の男は首を振った。「いいえ、残念ながら」

シーマスは腹が立ってきた。弁解する時間くらい与えてくれてもよさそうなものだ。自分で荷物を取りに来て、さよならを言うくらいはできるはずなのに。「わかった、入ってくれ」怒りに任せて大きくドアを開ける。

ベッドルームへ入ったシーマスは、洗濯かごからカーラの汚れたジーンズを引っぱり出してベッドに放った。ドレッサーの上に山積みになっているヘアブラシと大量のヘアバンドがあとに続く。続いてバスルームに移動し、顔や体に塗りたくるものをかき集めてふたつのポリ袋に詰め込んだ。これまではばか高くて強烈なにおいを発するものをかき分けなければ、歯も磨けなかった。カウンターをひとりで使えてせいせいする。

ベルボーイがバスルームの入口から声をかけた。「ピンクのタオルもお願いいたします」

「タオルだと？　あの女はタオルまで持ってこいと言ったのか？」シーマスは声を荒らげた。

「はい」

シーマスのなかで怒りがふくれ上がった。「いいだろう。どっちにしろ、毒々しいピンクなんて趣味じゃない」彼はタオルかけからタオルをむしり取った。

ベルボーイはタオルを受け取り、ポリ袋を持ってドアへ引き返した。

「これをカートに積んでまいりますので、ペット用品を廊下へ出していただけませんでしょうか？」

「もちろんだとも」シーマスは廊下のクローゼットを開け、段ボール箱やリードを引っぱり出した。次にキッチンへ行き、餌用のボウルとドッグフードとキャットフードをまとめる。背後でフリッツがリードに戯れていた。「こいつはだめだ。彼女が自分で受け取りに来るまでは渡さない」

「犬はリストにありませんから」ベルボーイは段ボールをカートに置き、餌を取りに戻ってきた。「ですが、カーテンはリストにあります」

「カーテン？」シーマスは信じられない思いで髪をかき上げた。

「はい、申し訳ありません。女性というのはその……もめごととなるとやや感情的になりますから……」ベルボーイがもじもじと足を動かす。

「真理だな」シーマスは気まずい役を負わされた男の肩をたたいた。「とんだごたごたに巻き込んですまない」彼はダイニンググルームの椅子を窓際に移動させ、カーテンロッドを外した。「こんな醜いカーテンがなくなったって、どうということもない」

ベルボーイが小さく笑った。

「ついでに頼みがある。ぼくの机の上から、ピンクのものを一掃してくれ。ピンクのペン立てやレターホルダーで新しい部屋を飾ればいい」

「レターホルダーに手紙が入っていますが」ベルボーイが机の上のものを調べながら言う。

「中身は出して、ピンクのものだけを持っていってくれ」シーマスは隣の窓に移った。「ところで、彼女の新しい部屋の番号は？」

「申し訳ありませんが、お教えしないように言われておりまして」

シーマスは鼻を鳴らした。ぼくが押しかけるとでも思っているのだろうか？　ストーカーになるとでも？　勘弁してくれ。カーラに頭を下げるなんて、プライドが許さない。急にカーテンのストライプを見つめる視界が曇った。心が千々に砕け、体じゅうを蜂《はち》に刺された気分だった。本当はカーラのもとへ行って懇願したかった。なんとしても彼女を取り戻したかった。このカーテンを失いたくない。

シーマスがシルクのカーテンをなでていると、イーサンが部屋に入ってきた。

「いったいどうしたんだ？」

「まったくわからない。きみのほうはどうだった？」

「アレクシスが口をきいてくれないんだ。一泊する準備をして、ブリタニーのアパートメントへ行ってしまったよ」

「くそっ」ふたりは混乱して顔を見合わせた。シーマスは椅子から下りた。「酒でも飲もう」

「名案だ」


一二時間後、チェーンでぐるぐる巻きにされたうえでイーサンと並んで〈ヴェネチアン〉の屋根に放り出されたシーマスは、酒を飲もうと誘ったことを後悔した。酔いはすっかり醒《さ》めている。

「結局……」夕暮れの名残にオレンジに燃える空を見ながら、彼はイーサンに声をかけた。頭痛に加え、硬いコンクリートのせいで腰が痛い。「泥酔してドナテッリのところへ押しかけるっていうのは賢明じゃなかったな」

「確かに」イーサンが同意する。「ここ八〇年ですっかり酒に弱くなったみたいだ。そうと知っていたら、ジントニックを九杯飲んだところでやめたんだが。一〇杯目が悪かった」

喉がからからで、口に綿が詰まったようだ。シーマスはなんとか背中から手を引き抜こうとしたが、うまくいかなかった。「人間だったときは、年の数だけエールが飲めた。一六歳のときは一六杯といった具合に。仲間の称賛を集めたものだよ」

「その話は初めて聞いたぞ。四〇〇年近く一緒にいて、まだ知らないことがあるとはな」

「きみの知らないことはほかにもある」シーマスは居心地のいい体勢を探すのをあきらめ、硬いコンクリートの上で体を伸ばした。「転生させた夜からずっと、ぼくはカーラに自分の血を与えていたんだ」なぜそれをここで打ち明けようと思ったのかはわからない。たぶん気色の悪い動機ではないことを誰かにわかってほしかったのだ。ぼくは単純にカーラを喜ばせたかった。彼女を自分のそばに置いておきたかった。

「なるほど。それが普通じゃないってカーラに気づかれたわけか？」

「そうだ」

「なぜそんなことをした？」イーサンの口調に非難がましいところはなかった。

「最初は血を飲みたがらないカーラにどうにかして食事をさせるためだった。冷えたパック入りの血液はまだ早いと思った。そのうち彼女はぼくから血を吸うのを喜びとするようになり、ぼくも……そうされるのがうれしかった。大したことじゃないと思ったんだ。まちがった行為だとは考えなかった」シーマスは目を閉じた。「つまり、これといった理由はない。ただそうしたかっただけだ。カーラが欲しかっただけ……」

「気持ちはわかるよ。だが、彼女に話すべきだったな」

「わかっている。でも、もう二度と口をきいてもらえないだろう」シーマスはうめいた。

「なにもかもだめにしてしまった。おまけにきみまで道連れにして」

「ぼくは進んでこうなったんだ。アレクシスを怒らせたのはぼく自身の責任だからね」イーサンが鼻を鳴らす。「今ごろドナテッリは腹の皮がよじれるほど笑っているだろうな。飛んで火に入るなんとやらだ」

シーマスは四件目のバーで七杯目のカクテルを飲んだころから記憶がほとんどなかった。気づいたら工業用チェーンで縛られ、ドナテッリに脅迫されていたのだ。「本当に間抜けだな。血液の補給を断って日の光にさらすことで、ドナテッリはぼくたちを弱らせるつもりだろうか？」

「当然そのつもりだろう」

「なんだか余裕だな？　アレクシスを呼んだのか？」シーマスも心のなかでカーラを呼んでみたが、完全にシャットアウトされた。

イーサンが笑う。

「いいや、まだ酔っ払っていて集中できないんだ。つま先の感覚すらない」

「それがおかしいのか？」

「そうだ」

シーマスは足を伸ばしてイーサンを蹴った。「今のは感じたか？」

「よくもやったな」

シーマスはにやりとした。

「太陽光でエネルギーを奪われて飢え死にするにしても、きみと一緒なら光栄だ」

「死にはしない。ぼくを餓死させるには三週間かかる。マスター・ヴァンパイアがそう簡単に死ぬものか」

「かっこいいぞ」

「ちゃかすなよ。ぼくはもっと誇り高く死ぬ」

シーマスは笑いすぎて腹が痛くなった。「やっぱりまだ酔っているな」

「最低のコンビだ」

ふたりは同時に噴き出した。

「カーラを呼んでみろよ」ようやく息ができるようになると、イーサンが苦しげに言った。

「だめだ。着信拒否の設定をされている」

「ほかに精神的なつながりがあるヴァンパイアはいないのか？　きみのほうが酔っていないんだから、誰かに助けを求めてくれ」

「他人と心を通わせる習慣なんてないからな。これまでに呼びかけたのはカーラだけだ」シーマスは体を横に向けた。尻の感覚がなくなってきた。「ここから脱出できたら、カーラに謝るよ。このごたごたを解決するんだ。ぼくは彼女を愛している。結婚してアイルランドへ戻りたい。カーラは田舎で獣医をすればいいんだ」

「本気で政治の世界から足を洗うつもりか？」

「そうするべきなんだ。みんながぼくの辞任を望んでいる。ぼくもそれでかまわない。きみが次の任期を務められれば満足だよ。隣にぼくがいる必要はない」そう言いつつも、イーサンが自分以外の補佐役と活躍するところを想像すると寂しさが込み上げた。長いあいだ一緒にやってきた。ヴァンパイア国をよくしようと努力してきたのだ。しかし、掟を破った以上は身を引くしかない。

「しばらく様子を見よう。噂なんてすぐに消える。大した影響はないかもしれないじゃないか。ぼくもアレクシスに謝るよ。あのフランス男が〈アヴァ〉にいることを彼女に伝えるべきだった。実際、アレクシスが妹と寝たフランス男に腹を立てているのを知っていたから、内緒にしたんだ。騒ぎになると面倒だから。それは彼女に対してフェアじゃなかった」

シーマスに驚いてイーサンに目をやった。「ブリタニーがあのフランス人と寝たのか？」

「おっと、またアレクシスを怒らせるふるまいをしてしまったかな？」

ふたりは声をそろえて笑ったあと沈黙した。シーマスは空を眺めた。ブリタニーとコービンだって？　まったく、ぼく以外の全員がよろしくやっていたわけだ。今朝の出来事からして、ぼくはまた当分セックスができそうもない。

「ケルシーは？」イーサンが尋ねる。

「彼女がどうかしたのか？」

「このところずっと一緒にいたんだし、ケルシーの体にはきみの血が流れている。呼んでみろよ」

その可能性は考えてもみなかった。「試してみる価値はあるな。ケルシーが相手じゃまともな対応は期待できないが、誰かにぼくたちの居場所を伝えてくれるかもしれない」

シーマスは目を閉じて意識を集中させた。ケルシーの姿を思い浮かべ、頭のなかで手を差し伸べる。〝ケルシー、聞こえるかい？〟

〝シーマス？〟数秒後、ケルシーのためらいがちな声が返ってきた。〝どうしてわたしの頭のなかにいるの？〟

〝イーサンとぼくは助けを必要としている。〈ヴェネチアン〉でとらえられているんだ。ボディガードを送ってくれ〟シーマスがさらに説明しようとしたところで、ケルシーがぴしゃりと思考を閉じた。

「ちくしょう、締め出された。とらえられたから助けてくれと言ったら、ケルシーにシャットアウトされたよ」

「まったく、とんでもない受付係だ」イーサンがぶつぶつと文句を言った。「コンピュータ―のファイルに〝どうしていいか全然わからないもの〟なんて名前をつけるし、ぼくの机に虹色《にじいろ》の付箋《ふせん》をべたべたと貼《は》りつける。いやになるよ」

「カーラなんて、ぼくにベティちゃんの小切手帳を注文したんだぞ」

イーサンが噴き出した。

「しかもバスルームのタオルをピンク色のふわふわしたやつにするから、シャワーのあと、あそこにピンクの糸くずがついているのを発見した」

「頼むからやめてくれ！　これ以上笑ったら死んでしまう」イーサンが体をふたつ折りにし

て、苦しげに息をする。

すべてをさらけ出して友人を笑わせるのは気分がよかった。ほかの誰かが同じことを言ったら、自分も笑うだろう。ともかく、めそめそして血中のアルコール濃度を上げるよりはましだ。酔いが醒めなければ、永遠にこの屋根の上から逃げられない。

「今日、カーラは新しい部屋に移ったあと、ベルボーイをよこしてぼくの部屋の私物を回収させたんだ。例のピンクのタオルも含めてね」

イーサンはひいひい笑いながら左に転がった。「冗談はやめ……」

シーマスが横を向くと、イーサンの姿がなかった。「イーサン？」なにが起きたのか確かめようと上体を起こす。チェーンが屋根の端に引っかかって、蛇のように伸びていた。「イーサン、大丈夫か？」

すばらしい。イーサンは泥酔してビルから宙づりになったらしい。大統領万歳！

「ぼくは大丈夫だ」イーサンが答える。「チェーンが外れたぞ。一時間前にこうすればよかった」彼は屋根に飛び上がった。背後にまわされた両手は、鉄の手錠で固定されたままだ。

シーマスはうなずいた。急に力が戻ってきた。

「いいぞ、ぼくのチェーンも外してくれ。そろそろ反撃を開始しよう」

15

夕暮れどきになると、カーラはまためそめそし始めた。ベルボーイが私物を持ってきたところで泣くのを中断し、そのあと数時間眠ったのだが、目が覚めるとシーマスのTシャツを握りしめてむせび泣かずにいられなかった。

Tシャツは彼のにおいがする。麝香《じゃこう》のような男っぽい香りだ。

カーラはコットンのTシャツを抱いてベッドで丸くなった。みじめったらしいことをしているという自覚はあってもどうしようもない。Tシャツを顔に当ててもう一度香りをかごうとしたとき、ノックの音がした。

シーマスかもしれない。彼みたいな男は、部屋番号を教えられなかったくらいであきらめたりしないだろう。警察犬のように、においで追跡できるのかもしれない。一緒に暮らした数週間ではわからなかった能力もあるはずだ。

一瞬、ドアを開けようかと思った。会いたくてしかたがない。シーマスが恋しかった。昨日の彼はやさしくてセクシーだった。あのとき感じた愛情がただの妄想だったはずがない。シーマスに弁解のチャンスくらい与えてもいいのではないだろうか。だいいち、おなかがすいた。ケルシーのところで血液パックの血を飲んだきり、なにも口にしていない。冷えた血液よりも、シーマスの血のほうがずっといい。

カーラはシーマスのTシャツを頭からかぶり、涙を拭いて深く息を吸った。負けてはだめ。ドアを開けたりするもんですか！

ノックの音が大きくなった。犬たちがうるさそうに顔を上げる。

「カーラ？　アレクシスとケルシーよ。ドアを開けて」

あのふたりを無視できるはずがなかった。

カーラは湿ったTシャツ姿でベッドから起き上がり、ドアを開けた。

「いらっしゃい……」

アレクシスがぽかんと口を開ける。「その顔……シーマスとけんかをしたの？」

「そうよ」

「髪はどうしたの？」ケルシーが尋ねる。今朝、ナイフで首を切ったばかりにもかかわらず、ケルシーはこざっぱりとしていて元気そうだった。スキニージーンズとシルクのキャミソール姿で小粋《こいき》に肩をすくめてみせる。

カーラは自分の髪に手をやった。「わからない。どんなふうに見える？」一五時間ほど前、セックスのあとにシャワーを浴びて以来とかしてもいない。Tシャツを着たり脱いだりしたし、泣きながら寝たし、毛先を噛んだりもした。見栄えがいいとは言えないだろうが、そんなことはどうでもいい気がした。

「電気椅子に座ったみたいだわ」アレクシスが答える。「でも、今はそれどころじゃないの」彼女はベッドの前を右往左往した。ケルシーがベッドに腰を下ろす。

カーラは枕代わりに並んだクッションの上にどすんと座り、人間だったときのようにチョコレートが食べられたらいいのにと思った。

「イーサンとシーマスが行方不明なのよ」

「行方不明？　どうしてそんなことに？」

「わからないけど、誰もふたりの居場所を知らないの。それっておかしいわ。どこへ行くにもボディガードをつけるのに。わたしがイーサンを見たのは、今朝ちょっとした口論をしたときが最後で、今は携帯電話にも出ない。心のなかでイーサンを呼んでみたけど、雑音しか返ってこないの」

「わたしたちを避けているのかもしれない。ふたりして悪口を言っているんだわ」たった一二時間姿が見えないだけだし、ふたりともいい大人のヴァンパイアだ。カーラには心配する気力さえ残っていなかった。

「でもシーマスはケルシーを呼んで、〈ヴェネチアン〉でとらえられているから助けてくれって言ったんですって」

「ケルシーに？」カーラはかちんときた。「なぜわたしじゃなくてケルシーを呼んだのかしら？」ケルシーが答えを知っているはずもない。

「わからないわ。あなたを呼んでも無視されると思ったんじゃない？　でも切羽詰まった声だったって。わたしたちの助けが必要なのよ。あのイタリア人につかまったんだわ」

「ドナテッリのこと？」カーラは身震いした。彼女の頭のなかで、ドナテッリはすでに怪物のくくりに入っている。「どうしてそう思うの？」

「ドナテッリは〈ヴェネチアン〉に住んでいるから」アレクシスが答える。「あのふたりは一連の事件の決着をつけに、やつがいるホテルへ乗り込んだんだと思うの」

「どうしてボディガードも連れずにそんなことを？」まったく筋が通らない。

「単細胞だからよ」

カーラはそれについての反論は控えた。

「それで、わたしたちはどうすればいいかしら？」

「ねえ、〈ヴェネチアン〉のポーカー・テーブルを見たくない？〈アヴァ〉のテキサス・ホールデムの女王として、〈ヴェネチアン〉のレベルを確かめたいでしょう？」

アレクシスの言葉に、カーラはポーカーのチップを換金しないままシーマスの部屋に置いてきたことに気づいた。シーマスの部屋に置いたままでは役に立たない。

「どうかしら。わたしたちが行ってどうなるの？　イーサンとシーマスが本当にそこにいるかどうかもわからないのよ。個人の客室を調べることはできないし……」

「ドナテッリを部屋からおびき出しておしゃべりすることはできるわ。あいつがイーサンを傷物にしたら、筆舌に尽くしがたい痛みを味わわせてやるんだから」

アレクシスの瞳を見たカーラは肝を冷やした。

「あなたはイーサンに腹を立てているんだと思っていたわ」

「それはそうだけど、夫であることに変わりはないもの。あの人を痛めつけていいのはわたしだけよ。イーサンが自分が悪かったと謝ってきたら、とびきりのセックスで仲直りするつもりだった。結局、誰もが過ちを犯すんだし、わたしは彼を愛しているの」

カーラは大きな衝撃を受けた。わたしもシーマスを愛している。それはまちがいない。彼は善良で誠実で責任感が強く、いつも誰かの世話を焼いている。シーマスがあんな行動に出たのは、わたしが欲しかったからだ。それがそんなに悪いことだろうか?

カーラにはわからなかった。他人を信じるのは本当に難しい。

「シーマスと別れるなんて愚かだと思う?」

アレクシスが肩をすくめた。「わからないわ、カーラ。その答えはあなたしかわからない。愛していても一緒に住むことができない人たちもいるもの」彼女はケルシーの手をつかんで、ベッドから立ち上がらせた。「ともかく、なんだか不吉な予感がしてならないのよ。イーサンを捜して連れ戻さなきゃ。あなたはここに残っていてもいいのよ。あなたしだいね」

選択肢はふたつある。ホテルに残り、始まった途端に終わってしまった関係に涙するか、シーマスとの関係を修復できることを信じて、髪をとかして彼のあとを追いかけるか。

決断には二秒もかからなかった。わたしはシーマスを愛している。

「ブラシを取ってくる。車のなかで髪をとかすわ」

「よかった。わたしにセットさせてくれる?」ケルシーが言った。

「歩いたほうが早かったんじゃない？」渋滞を抜けて車をとめ、〈ヴェネチアン〉のカジノへ入ったアレクシスは文句を言った。

「でも、イーサンやシーマスがけがをしていたら、逃走用の車がいるわ」ケルシーがあからさまな視線を送ってくる男に誘うような笑みを返す。

「一理あるわね。歩いて帰れないほどのけがをしたなんて、考えたくもないけど」

だいいちあの渋滞では、白内障を患った貧血気味のヴァンパイアにも追いつかれるだろう。カーラは腕組みをして、神経質に息を吸った。やはりこの計画は無謀だったのではないだろうか。そもそも、計画と呼べるものすらない。ドナテッリが気づいてくれることを祈って〈ヴェネチアン〉をうろつくだけ。ここはドナテッリが所有しているホテルではない。〈アヴァ〉のように監視カメラや警備員が、ドナテッリの指示で動くわけではないのだ。

「どこかテーブルにつきましょう」アレクシスはジーンズの尻ポケットに手を突っ込んだ。目は油断なくカジノのなかを見まわしている。

「そうね」カーラはほかにどうすればいいかわからずに応えた。さいころ賭博《クラップス》のテーブルに空きを見つけて腰を下ろす。アレクシスがいくらか現金を出した。

　クラップスは苦手だ。カーラは一〇分で二〇〇ドル負け、アレクシスを振り返った。

「うまくいかないわ」

「この計画が？　それともクラップスが？」

「どっちもよ」

アレクシスが爪を嚙む。「わかった。ドナテッリがこの件にかかわっているとして、シーマスがケルシーに伝えたとおり〈ヴェネチアン〉に閉じ込められているなら、ふたりはドナテッリの部屋にいると考えるのが自然よね？」

「たぶん……」カーラは自信なさげに答えた。仮にアレクシスの予想どおりだったとして、どうやってドナテッリの部屋に潜入するのだろう？

「そうに決まっているわ」アレクシスたちは上階に向かった。彼女はフロントに歩み寄り、部屋番号を忘れたと告げた。「夫の名前で泊まっているの。ロベルト・ドナテッリよ」

カーラは断られるだろうと思ったが、フロント係はなにも言わずに部屋番号を調べ、にっこりしてカードキーを差し出した。

「すごい！」フロントから離れるとすぐ、アレクシスが口を開いた。「マインドコントロールを試してみたらうまくいったわ。ちょっぴり良心が痛むけど」そう言いながらエレベーターの上昇ボタンを押し、カードキーをポケットに入れる。

エレベーターを待っているあいだ、カーラは後頭部が引っぱられるような違和感を覚えた。〈ヴェネチアン〉はほかのカジノと比べて電飾が控えめだ。木材がふんだんに使われ、壁はクリーム色で、天井には精緻《せいち》な フレスコ画が描《か》かれている。

「あれは誰？」カーラはロビーに置かれたソファのほうへかすかに頭を傾げた。両脇に女性をはべらせて、いかにも自信に満ちた様子で座っている男がいる。彼はエレベーターのほうを見ているわけではなかったが、なぜかこちらを意識している気がした。人間とはちがう気配がする。「あの人はヴァンパイアでしょう?」

「いい目をしているわね」アレクシスが渋い顔をした。「あれこそドナテッリよ」

ドナテッリは怪物には見えなかった。どちらかというと、口ばかり達者なナルシストという雰囲気だ。

「つまりドナテッリは今、部屋にいないわけね」カーラは言った。

「ちょうどいいから、客室を調べましょう」

アレクシスらしい結論だ。カーラは後悔するはめになるほうに手持ちのいちばん高価なハイヒールを賭けてもいいと思った。

ドナテッリの部屋に入った途端、カーラの予感は確信に変わった。ゴールドと赤ワイン色で統一された高級感漂う室内には、凝った装飾が施された仕切りの壁を挟んでキングサイズのベッドがあるだけだ。

「ここにはなにもないわ。行きましょう」カーラはケルシーの腕をつかんでドアのほうへ後退した。心臓がばくばくいっている。

「ちょっとは調べなきゃ」

「なにを調べるの?　少女探偵ナンシーにでもなったつもり?」

「あら、わたしはナンシーって名前だったのよ」唐突にケルシーが口を開いた。

「どういうこと?」カーラは混乱してケルシーを見た。

「人間だったときはナンシーって名前だったの。一九五〇年代のことよ。わたし、その名前が大嫌いだった」

凶悪ヴァンパイアの部屋に、女剣士と、元ナンシーで殺し屋に夢中な受付係と一緒にいるなんて。身持ちの堅いストリッパーの穏やかな生活はどこへ行ってしまったの？

「あの……ケルシーってすてきな名前ね」カーラはほかに気のきいた返事を思い浮かばなかった。

「サマーって名乗ってた時期もあるのよ。六〇年代と七〇年代。でも、サマーって小麦色のイメージでしょう？」

ベッドの上を調べていたアレクシスが大きく息をのんだ。「いやだ、気持ち悪い！」

「なに？」アレクシスの声にただならぬものを感じたカーラは、使用ずみのコンドームとか大人のおもちゃとかポルノビデオを想像した。「どうしたの？」

「ドナテッリの下着よ。しかもブリーフなの」

カーラはケルシーに目をやった。忍び笑いをしている。

「脅かさないでよ。もっとひどいものかと思った」

「じゅうぶん気持ち悪いじゃない！」

「ここにはなにもないわ」カーラは繰り返した。「もう行きましょう。忘れていたけど、今日から仕事に復帰する約束なの。一〇時には出勤しないと。ドナテッリが戻ってくる前に帰りましょうよ」

「手遅れよ。ドナテッリはドアの前にいるわ」ケルシーが言った。

「なんですって？」カーラはケルシーの腕をつかみ、半狂乱になって隠れる場所を探した。

「隠れても無駄よ。気配でばれちゃうから」

「くそったれ」アレクシスの意見はそれだけだった。

武器になりそうなものはないかとカーラは周囲を見まわした。重そうなランプはテーブルに固定されている。そこへドナテッリがふたりの女性を引き連れて部屋に入ってきた。

彼は入口で不可解な表情になって立ちどまり、三人の女性を順に見つめた。その視線がまだベッドの上にいるアレクシスにとまる。「これはミセス・キャリックじゃないか。ここで会えるとはうれしい驚きだ。ご主人のホテルを出てくるなんて珍しいね」

「〈ヴェネチアン〉がどんなところか見たくなったの」アレクシスはカーラにはとてもまねできない冷静さで応じた。

「すばらしい」ドナテッリは続いてケルシーに笑いかけた。「やあ、ケルシー。いつもながら元気そうだね。前から思っていたんだが、きみは受付係よりスーパーモデルになるべきだな」

「ありがとう」

丁寧な対応からケルシーの心を推しはかることはできなかったものの、取り乱さなかっただけでも尊敬に値する。ケルシーにはパニックに陥るだけの理由がある。この男の命令で全身の血を抜かれ、空の血液パックみたいにイーサンの部屋に捨てられたのだから。

「こちらの女性とは初対面だと思うが……」ドナテッリが右手を出した。「ロベルト・ドナテッリだ」

アレクシスとケルシーが冷静に対応した以上、カーラも取り乱すわけにいかなかった。彼女は大量の唾をのみ込んでゆっくりと言った。「カーラ・キムです」我慢してドナテッリの手を取り、思考を読まれないよう必死で防御する。

「ああ、きみがシーマス・フォックスの新しい恋人か。お会いできて光栄だ」イタリア語のアクセントでごまかされそうになったものの、ばかにされているのは明らかだった。この男は慇懃《いんぎん》無礼な発言が得意らしい。「こちらはキャシーとローラだ。オレゴンから観光に来ていて、わたしがラスヴェガスの見どころを案内しているんだ。キャシー、ローラ、こちらはわたしの同業者の奥方でミセス・アレクシス・バルディッチ・キャリック、それからわたしのごく親しい友人のケルシー、最後は〈お熱いのがお好き〉のダンサー、カーラ・キムだ」

狡猾な男だわ、とカーラは思った。愛想のいいふりをしながらも、わたしの素性をつかんでいることをにおわせ、ケルシーを脅し、アレクシスを怒らせようとしている。不法侵入の件にはわざとふれずに。

「よろしく」キャシーが右手を差し出した。

無視するわけにもいかずにカーラがその手を取ると、隣でローラがにっこりした。「ラスヴェガスには誕生日を祝いに来たの。わたしたちふたりとも、今月で四〇歳なのよ。だから息子のサッカーの試合とか洗濯物なんかを放り出して、ワイルドな週末を過ごすためにやってきたわけ」

「あら、お誕生日おめでとう」カーラは手を引いた。キャシーが不自然なほどきつく握りしめてきたからだ。ふたりの瞳が酩酊したようにうつろなのも気味が悪かった。

どちらも郊外に住む普通の主婦だ。そこまで考えたカーラは、ドナテッリがふたりをおもちゃにしていることに気づいて胃が沈むような感覚に襲われた。どんなふうにもてあそんでいるかは知りたくもない。いずれにせよ、主婦たちが自らの意思でここにいるとは思えなかった。マインドコントロールされているのだ。おぞましい。

「ちょうど一杯やろうと思っていたんだ。きみたちもどうかな？」ドナテッリはそう言って、ソファの奥のミニバーへ向かった。

「とぼけるのもいい加減にして」アレクシスは愛想よくするのに疲れたらしい。「イーサンはどこ？」

「ご主人は迷子かね？」

「あの人の居場所を知っているの？」

「いいや」ドナテッリは三つのグラスにスコッチを注《つ》いだ。「思いがけない訪問の理由はそれかい？　わたしがご主人の居場所を知っていると思ったのか？」

「そうよ」

「シーマスの居場所もね」カーラはつけ加えた。

ドナテッリはキャシーとローラにグラスを渡した。ふたりは年季の入ったアルコール依存症患者よろしく、スコッチを一気に飲み干した。

「知らないね。あのふたりはいつもどおりつるんで遊んでいるんだろう。わたしがきみたちの立場だったら、あのふたりのあいだに友情以上のものがあるんじゃないかと心配するところだ」

「あんたはくずよ」アレクシスが吐き捨てるように言った。

キャシーとローラは不穏な空気におろおろし始めた。「ラスヴェガスで起こったことは、ラスヴェガスの外には持ち出さないこと」突然、キャシーが言った。

ドナテッリはばかにしたようにキャシーに笑いかけた。「ふたりともおいで」

女性たちがドナテッリのもとへ行く。ドナテッリはそれぞれの背中に腕をまわし、低い声でささやきながらベッドのほうへ誘導した。ふたりの女性はキングサイズのベッドに体を伸ばした。ドナテッリがその上に覆いかぶさろうとする。カーラがやめさせようと叫びかけたとき、ドナテッリが体を起こした。

ふたりの女性は眠っていた。カーラは詰めていた息を吐き出した。

ドナテッリはため息をついてソファのそばへ戻ってきた。「あのふたりにはどうにもいらいらしてきたよ。友人のために呼んだのに、その友人は今日に限ってなかなか戻ってこないんだ」彼はケルシーに笑いかけた。「わたしの友人を知っているだろう？　リンゴがあのふたりを見たら喜ぶと思わないか？」

ケルシーは黙っていた。頬にいくつか小さな赤い点が浮き上がる。

「彼女にかまわないで。いずれにしろ、わたしたちはもう帰るから」アレクシスが言った。

「おっと、帰るのかい？　まだ楽しんでいないじゃないか。酒を飲んでゲームでもしながらおしゃべりしよう」ドナテッリはカウンターの引き出しを開けてなかを探った。「カーラが踊ってくれたら文句なしだ」

　カーラはあとずさりした。ケルシーの肘をたたいて注意を引く。真剣に怖くなってきた。あの男はなにか企んでいる。じわじわと脅迫して、わたしたちをからかっているのだ。

「また今度ね」カーラはすがるようにアレクシスを見た。しかしアレクシスは眉をひそめてドナテッリの背中を見つめるばかりで、カーラの視線に気づいてくれなかった。

「だめだ。今夜、踊るんだよ」ドナテッリが引き出しから取り出したもの……それは鋭くとがった木の杭だった。「これを見たことがあるかい？」そう言いながら、手のひらに先端を押しつける。ドナテッリの手に血がにじんだ。

　カーラがケルシーの腕をつかんでドアへ走ろうとしたそのとき、周囲の空気がとてつもない速さで動き、たたきつけるような音が響いた。カーラは目をしばたたいた。恐怖で足がすくむ。ドナテッリがケルシーを壁に押しつけていた。一方の手で彼女の首をつかみ、もう一方の手に持った杭を心臓の上に突きつけている。

　ケルシーはひどく怯えているらしく、息遣いが浅く速くなっていた。視線が部屋のなかを泳ぎ、カーラの上でとまった。大きな瞳が助けを乞《こ》うている。

「ケルシーを放しなさい。今回の件に彼女は関係ないわ」アレクシスが言った。

「そんなことはない。ここにいるんだから。ちがうかな？」ドナテッツリは大柄ではなかった。実際、ケルシーよりも背が低いくらいだ。それでもケルシーにのしかかるように体を寄せてゆっくりと杭をひねる。「前回、ここにいたときのことを覚えているかね？　今回は血だけじゃすまない。命をもらうことになる」

杭がキャミソールに食い込み、血がにじんだ。ケルシーが嗚咽をもらした。鮮やかなしみが見る見る大きくなる。

「やめて！」カーラは叫んだ。

アレクシスがドナテッツリの背中に襲いかかった。しかし、ドナテッツリは一撃で彼女を床に殴り倒した。

「アレクシス！」カーラは彼女のもとへ走った。アレクシスは気絶していた。ドナテッツリはほとんどアレクシスにふれもしなかったというのに。カーラの胃は恐怖でよじれた。ドナテッツリが本気になったら、まばたきをするあいだよりも早くケルシーを殺すにちがいない。

「望みはなんなの？」カーラは尋ねた。

「わたしのために踊ってほしい。別に難しくはないだろう？　毎晩やっているんだから」

「わたしが踊ったら、ケルシーを解放する？」

「もちろんだ。服を全部脱いで五分たっぷり踊ってくれたら、ヴァンパイアの名誉に懸けてケルシーを解放しよう。きみたち全員を自由にしたうえで、恋人の居場所を教えてやってもいい」ドナテッツリはケルシーの頬をなでた。ケルシーが身震いする。「どうだね？　ずいぶんいい条件だと思わないか？　まだヴァンパイアになって日が浅いから特別だよ」

そうすることでカーラを嘲り、辱めるつもりなのだ。こんな男の前で服を脱ぐのかと思うとカーラは吐き気がしたが、ケルシーの姿を見て覚悟を決めた。ケルシーは泣いていた。青白い頬に血の涙が伝い、全身を小刻みに震わせている。歯がかたかたとぶつかり合う音まで聞こえてきた。アレクシスはまだ床に伸びたままだ。ドナテッリなら顔色ひとつ変えずに全員を殺すだろう。カーラはそう直感した。ドナテッリは悪意に満ちた残忍な考えを――良心のかけらもない、快楽だけを追求する本能をカーラに向かって放出していた。これが単なる脅しでないとわからせるために。

「音楽は？」

三人とも自由にするなどというのは口先だけかもしれない。だが、踊る以外に選択肢はなかった。カーラは頭のなかで必死にシーマスを呼んだ。しかし、彼自身も苦境に陥っている可能性が高い。ドナテッリがケルシーの首から手を離し、胸元から杭を遠ざけた。

「机の上に衛星ラジオのパネルがある。好きな音楽を選ぶといい」

寛大なことだ。

カーラはR&Bをかけているラジオ局を選んだ。小気味よいベースの音に情感たっぷりな歌声が重なる。彼女はドナテッリに背中を向けて踊り出した。いやらしい目つきや、勝ち誇った顔に向き合う準備はできていなかった。体が冷えてこわばり、思うように動かない。頭のなかは恐怖と嫌悪でいっぱいだった。

「きみのダンスはその程度かね？」ドナテッリがせせら笑った。「それでよくクビにならなかったものだ。この街にはダンサーなど掃いて捨てるほどいるのに」

カーラは完全に動きをとめ、こぶしを握りしめた。やっぱりできない。

ケルシーが悲鳴をあげ、ごぼごぼと喉を鳴らす。カーラははじかれたように振り向いた。ドナテッリが杭の先端をケルシーの肌に突き刺したのだ。彼女のキャミソールは左半分が深紅に染まっていた。カーラが口を開く前に、ドナテッリが高そうな革靴でアレクシスの手首を踏みつける。

カーラはそのときになって、アレクシスがひそかにドナテッリのほうへにじり寄っていたことに気づいた。足を引っぱって転倒させるつもりだったのだろう。ドナテッリに力いっぱい踏みつけられて、アレクシスが絶叫する。ラジオの音楽にかぶさり、骨がきしむ不気味な音が響いた。

「きみはまったく目障りだ」ドナテッリがアレクシスに言った。

アレクシスは不自然に曲がった手首を胸に抱え、口を引き結んで悶絶《もんぜつ》している。

「やめて」

「女が多すぎてうっとうしくなってきた」ドナテッリの声が険しくなる。「服を脱げ、このあばずれめ。さもないと、三〇秒後には全員死ぬぞ」

強大な力が波となってドナテッリの体からあふれ出る。

カーラはTシャツを脱ぎ、火曜の夜の振りつけで踊り始めた。

シーマスはエレベーターのなかで頭を抱え、悪態をついた。

「くそっ、いったいなんなんだ？」

「どうした？」イーサンは壁にもたれていた。

「恐怖と……苦痛のようなものを感じた」シーマスは不安げな顔をして、点滅するエレベーターの数字を見上げた。「カーラがぼくを呼んでいる。まちがいない。ひどく怯えていた」

エレベーターは一四階を過ぎてなめらかに下降している。

「さっき、ドナテッリは何階にいた？」

「拘束される前か？」イーサンが肩をすくめた。「二〇階だ。なぜそんなことを？」

シーマスはエレベーターをとめるために一二階のボタンを押した。「カーラはきっとドナテッリの部屋にいる」理由はわからないが、カーラのもとへ行かなければならないと思った。なにかとんでもなく悪いことが起きている。

「どうしてカーラが〈ヴェネチアン〉に？」イーサンが顎をこする。

エレベーターのドアが開くと、シーマスはすかさず二〇階のボタンを押した。ドアが滑るように閉まって上昇を始める。

「ぼくが知りたいよ。アレクシスを呼べるか？　それともまだ酔っていて無理か？」

イーサンは首を振った。「酔いはすっかり醒めた。だけど、さっきからアレクシスを呼んでいるんだが、壁みたいなものがあるんだ。てっきり彼女が怒っているせいだと思っていたが、もしかすると……呼びかけに応えられない状況にあるのかもしれない」

シーマスの目の前で、イーサンの顔から血の気が引いた。彼はブロンドの髪をかき上げた。

「ちくしょう。ドナテッリがぼくたちを屋根に拘束しているあいだに、アレクシスとカーラをつかまえたとしたら？」

シーマスもまさにそれを恐れていた。

「とてつもなくいやな予感がするよ。イーサン、きみは正面のドアから入れ。ぼくは屋上まで行って、バルコニーへ飛び下りる。そうすれば、互いの背後を警戒できる」

「〈ヴェネチアン〉にバルコニーはない」イーサンが緊迫した声で言った。

「それなら、ふたりでドアをぶち破るしかないな」

「アレクシスを傷つけたりしたら、ドナテッリのやつを殺してやる」

シーマスも同じことを考えていた。

「ぼくも手伝うよ。それからカーラを取り戻して、プロポーズするんだ」

二〇階でエレベーターのドアが開いた。「さあ、行くぞ」


ドナテッリを見なくてすむよう、カーラは目を閉じたまま体を動かした。Tシャツに続いてジーンズも脱ぐ。しかし、いくら目を閉じても、狡猾な声は締め出せなかった。傷口にナイフの刃をあてがわれて、ぐりぐりひねられている気分だ。

「きみを見ているとマリーを思い出すよ。一八世紀にシーマスとつき合っていた女だ。彼女はもっと小柄だったが、きみに似て色気があった。黒髪に白い肌をしていてね。マリーは女優だったんだ。知っていたかね？」

実際、カーラはその女性がマリーという名であることすら知らなかった。わかっていたのは、彼女がシーマスを裏切ったことだけだ。ドナテッリの前で見せ物にされ、素肌をさらして辱められているときに、そんな話は聞きたくない。

「その表情からして、きみは知らなかったんだろう？　それは残念だ。きみとマリーにはいろいろと共通点があるのに。きみは彼女を気に入ると思うね。われらがマリーは人間にしては賢く、抜け目がなかった。彼女が成功したのは美貌と豊満な胸のおかげだが、ずば抜けた演技の才能もあった。シーマスはずっと、マリーが自分を愛していると思い込んでいたからな。マリーはわたしの下で動いていた。自分自身をヴァンパイア・スレイヤーだと思い込んでいて、ヴァンパイアを倒すためにわたしを利用しているつもりでいた。いにしえのヴァンパイアの血を受け継ぐ者はそう多くないが、彼女の活躍のたまものでそのうちの何人かをギロチン台へ送ることができた。フォックスは一命を取りとめたが、ほかの連中は逃げられなかった」

カーラもこの状況から逃げられそうになかった。ドナテッリはカーラを罠に追い込み、悪行の数々を聞かせたがっている。彼女が下着を脱げないのがわかっていて踊りを続けさせ、最後は床にくずおれて泣きながら懇願する姿を見たいのだ。勇気を出してけりをつけなければ。カーラは髪をうしろに払い、肩と腿をまわした。

「いい動きだ。興奮するね」

ドナテッリがカーラに近寄る。肩に手が置かれるのを感じて、カーラははじかれたように目を開けた。キスをするつもりだ！　アフターシェーブローションの香りが鼻を突き、妙になめらかなオリーブ色の肌やいやらしい目が迫ってくる。唇を許すことはできない。絶対に無理だ。高価な服に胃の中身をぶちまけてしまうだろう。

ドナテッリがカーラの背中をのぞき込み、彼の髪がカーラの頬をかすめた。指でブラジャーのホックをもてあそぶ。「どれ、手伝ってやろう」

鳥肌が立って、心臓が早鐘を打った。カーラは恐怖を顔に出すまいとし、パニックに陥りそうになるのをこらえて必死で考えた。こんなことを許すわけにはいかない。ドナテッリがブラジャーのホックを外した。カーラはドナテッリの腿をなでるふりをして、急所を探した。ありったけの力で大事なところを握りつぶして、アレクシスの仇《かたき》を取ってやるわ。

ドナテッリが鋭く息を吸った。「急に聞き分けがよくなったね。このほうがずっといいだろう？　もっと左だ」ドナテッリはカーラの耳にささやきかけながら、彼女の右肩からブラジャーの肩ひもを落とした。

わざわざ場所を教えてくれるなんて。こんな茶番は一刻も早く終わらせよう。胸にさわってきたりしたら、死人の目をも覚ますほどの悲鳴をあげさせてやる。

そのとき突然、大きな物音がして、カーラは飛び上がった。ドナテッリが彼女の体に腕をまわして自分のほうへ引き寄せる。カーラは一瞬、ドナテッリがかばってくれたのかと思った。

しかし、すぐにイーサンの声がした。「いったいなにごとだ？」

ドナテッリが他人をかばうはずがない。最悪の状況をさらに醜く、誤解に満ちたものにしようとしただけだ。

イーサンの声に恐怖と怒りを聞き取ったシーマスは、急いで部屋のなかをのぞいた。目の前の光景は想像を絶するものだった。シーマスの顔はかっと熱くなったかと思うと急速に冷え、部屋がぐるぐるまわり出した。気が遠くなりそうだ。

ドナテッリがカーラに腕を巻きつけていた。彼女はショーツしか身につけていない。それも赤いTバックだ。ブラジャーはかろうじて引っかかっているものの、それはカーラの胸がドナテッリの胸に押しつけられているからだった。そうでなければ、とっくに床に落ちていただろう。ホックは外れ、肩ひもは両方とも腕から抜けている。

彼女は素肌をさらしていた。シーマスがふれた肌に、慈しんだ肌に、ドナテッリがふれている。カーラの腕はふたりの体に挟まれており、手のひらがドナテッリの股間にあてがわれていた。まるでなでまわしていたかのように。ふたりは恋人同士に見えた。ドナテッリが満足げな勝ち誇った表情を浮かべ、カーラの頭のてっぺんにキスをする。それから安心させるように耳元でなにかささやいた。

シーマスは車にはねられた気分だった。目をそむけたくてもできなかった。悪夢のような光景を細部まで観察し、わざと自分を痛めつけようとした。

「大丈夫か？」イーサンは床に横たわって手首を抱えているアレクシスに声をかけた。

アレクシスがうなずく。シーマスは混乱した。カーラとドナテッリが密会している現場に、なぜアレクシスがいるのだろう？　ひざまずいているケルシーの姿も目に入る。ケルシーは体に腕を巻きつけ、幾筋も涙をこぼしていた。

「カーラを放せ」イーサンが言った。「なにが起きたのか説明してもらおうか」

「酔いが醒めたのか？　さっきは赤子の手をひねるくらい簡単だったがね。おまえを拘束したときは、言葉にできないほどの満足感を覚えたよ。逃げられて残念だ」

「彼女を放せ」イーサンは断固とした口調で言い、立ち上がってドナテッリに近寄った。

「わかったよ」ドナテッリはカーラを突き飛ばした。カーラがブラジャーを押さえたままうしろによろける。

彼女の表情を見て、シーマスはすべてを悟った。カーラに向けられていた疑いが自分自身へと矛先を変える。いったいぼくはなにを考えていたんだ？　カーラが自ら服を脱ぐわけがない。すべてドナテッリが悪いのだ。カーラがシーマスのかたわらに来て、肩を震わせて泣き出した。シーマスは自分自身の愚かさを嫌悪しながら、彼女のほうへ手を伸ばした。なぜぼくは、すぐにカーラを助けなかったのだろう？

カーラがシーマスのシャツに顔をうずめる。

「おまえの負けだな。なにが狙いだったんだ？」イーサンが言う。

「選挙に勝ちたいんだよ。そんなこともわからないのか？　おまえが持っている権力が欲しい」

「そのためにぼくを殺すのか？」

「そうせざるを得ないなら、答えはイエスだ」ドナテッリがポケットに両手を突っ込んだまま肩をすくめた。

「なぜ女性を傷つけた？」

「この女たちが乗り込んできたのさ」ドナテッリは言い訳した。「わたしは主人としてもてなしただけだ」

「ぼくの妻の手首を折ってか？」

アレクシスはすでに自力で立ち上がっていた。頬に赤みが戻っている。

「その女が攻撃してきたからだよ。自分の身を守ったんだ」

「ケルシーにはなにをした？」

ケルシーが口を開いた。「わたしの心臓に杭を刺そうとしたんです。こいつはカーラを、服を脱いで踊らなければわたしを殺すと言って脅しました」

その言葉を聞いたカーラが、さらにシーマスにしがみついて体を震わせた。シーマスのなかでショックと恐怖と罪の意識がまじり合い、熱く激しい怒りの炎となる。どうすればカーラの仇を取れるだろう？　彼女は脅され、辱められたにちがいない。シーマスはかつてないほど激怒していた。今なら一度の攻撃で、ドナテッリの頭と胴体のあいだを真っぷたつに引き裂く自信があった。

イーサンが野獣のような顔つきでゆっくりとドナテッツリの周囲をまわる。

「選挙戦から撤退しろ。さもないとおまえを殺す」

「はったりだな」ドナテッツリが言う。「おまえの牙はこの一〇〇年ですっかり丸くなった。おまえにわたしは殺せない」

シーマスはカーラの体を放して前に進み出た。

「きみが手をくだす必要はない。ぼくがやる」

それははったりではなかった。シーマスは本気で殺すつもりだった。掟を破る覚悟さえあれば、ドナテッツリの首を切断するのは難しくない。

シーマスの殺意を感じたのか、ドナテッツリは黙って彼を見つめ、肩をすくめた。

「過剰に反応するな。おまえの女を傷つけたわけじゃない」

シーマスはヴァンパイアの素早さでドナテッツリに飛びかかり、壁に押さえつけて首を絞め上げた。「薄汚い手で彼女にさわっただろうが、この大嘘つきめ。おまえはイーサンとぼくをはじめ、ヴァンパイア国の掟も、この女性たちのことも踏みにじったんだ。今すぐけりをつけてやる」

「どうやって？」ドナテッツリが硬い声で、しかしからかうように言った。

シーマスはドナテッツリの体を引っぱり、鋭い音を響かせて首の骨を折った。

「ちくしょう、今のは痛かったぞ！」ドナテッツリが目に苦痛をにじませて床に崩れ落ちる。

「ボディガードを呼んだ」イーサンが言った。「立候補を取り消すと宣言してもらおうか。それをただちにマスコミに発表する。そのあとはニューヨークへ護送して、反逆罪で裁判にかける」

「反逆罪だと?」ドナテッリが床に倒れたまま叫んだ。痛みのせいで体を動かせないらしい。

「現職大統領を暗殺しようとしただろう」シーマスは答えた。「裁判にかけられれば……追放されるだろうな。裁判がいやなら、ここで殺してやる。おまえの好きにしろ」彼はドナテッリが死を選ぶのを期待していた。そうすれば、彼を殺す正当な理由ができるというものだ。

「選択肢はなさそうだな」ドナテッリは体を丸めて苦痛に耐えつつも、ふてぶてしく言った。

「立候補は辞退するよ。それで満足か?」

「残念だよ」シーマスは皮肉っぽく答えた。彼がドナテッリを引っぱり起こしてみぞおちに一発食らわせようとしたとき、カーラが叫んだ。

「シーマス、ベッドに……女性たちが……」

「なんだ?」シーマスはカーラのほうを見た。彼女はドナテッリのベッドを指さしている。人間の女性がふたり眠っていた。

「彼女たちをどうすればいいの?」カーラが尋ねる。いつの間にか、Tシャツとジーンズを身につけていた。「この人たちは自分の意思でここにいるんじゃないと思うの」

「ぼくに任せろ」イーサンはそう言って、ベッドへ近寄った。ふたりを肩に担ぎ上げ、ドアに向かう。

「おまえは昔から堅物すぎる。誰かにそう言われたことがあるか？」ドナテッツリが嘲った。シーマスは体が熱を持つのを感じた。あと一分でもこの男のそばにいたら、怒りを抑えられなくなる。

「カーラ、ケルシー、アレクシス、〈アヴァ〉へ戻るんだ。ぼくたちもすぐに戻る」

「わかった」まだ手首が痛むのか、アレクシスは妙にしおらしく応えた。

イーサンが戻ってくる。「大丈夫だ。あのふたりはもうなにひとつ覚えていない」

「わたしたちは先に帰るわ」アレクシスが夫に告げる。

「運転できるかい？」イーサンは彼女の折れた手首にふれた。

「カーラが運転してくれるから大丈夫よ」

ケルシーがいちばんに部屋を出た。アレクシスはイーサンにほほえんだ。「あいつの尻を蹴飛ばしておいて」大きな声で言う。

カーラはシーマスのほうを見ようともせずにドアへ向かった。シーマスはそんな彼女のうしろ姿を見送るしかなかった。カーラに笑いかけ、力づけてやりたかったが、彼女はうつむいて沈黙したまま、肩を丸めて歩み去った。

〝愛しているよ〟シーマスは心のなかで呼びかけた。

だが、今度は、カーラがシーマスの声を無視した。

イーサンはドナテッツリを殺したかった。イーサンが許可すれば、シーマスはたちまちその首をたたき落とすだろう。そうしたからといって、シーマスを責められない。ドナテッリがカーラの肌にふれているのを見たのだから。しかし、彼らには従うべき掟があった。正しい選択をしなければならない。

それにしても、シーマスはこのところ続けざまに掟を破っている。まったく彼らしくない。

「おまえの尻を蹴り上げるべきかな？」イーサンがドナテッリに尋ねた。

ドナテッリは肩をすくめ、ジャケットを直して膝立ちになった。「ところで、わたしの妻は元気かね？　きみの結婚式に出るためにラスヴェガスまで来たそうじゃないか。わたしのもとへは顔も出さないからがっかりしたよ」

くそ野郎め！　イーサンはこぶしを握りしめた。「妹はおまえの妻ではない。二〇〇年前に離婚するだけの知恵があった」ヘンリー八世が妻以外の女性に熱を上げてローマカトリック教会から離脱したおかげで、グウェナはドナテッリとの婚姻関係を解消できたのだ。ただ、心の傷は癒えたのかどうか……。

「だからといって、三〇〇年以上結婚していた事実は変わらん」

「妹はその一年一年を後悔している」

「傷つくことを言ってくれるな。だが、それは真実ではない。おまえが彼女におかしな入れ知恵をするまで、わたしたちは幸せだった」

イーサンは鼻を鳴らした。確かに妹がドナテッリから逃げるとき、彼は喜んで手を貸した。

シーマスがドナテッリをつかんで立ち上がらせた。

「くだらない話はやめろ。おまえのたわ言など誰が信じるものか」

「それなら、さっさと終わりにしよう」ドナテッリは恐る恐る首をまわした。

「ドアまで連れていってやる」イーサンはドナテッリの手首をつかみ、妻がやられたよりも念入りに手首の骨を砕いてやった。「おっと、失礼」

シーマスが満足げに笑う。

イーサンも気分がすっきりしたのを否定できなかった。


それからの二時間というもの、シーマスは〈ヴェネチアン〉と〈アヴァ〉を往復し、血まなこになってカーラを捜した。アレクシスはカーラと一緒に〈アヴァ〉まで戻ったと断言したし、犬たちも長いあいだ放置されていたようには見えなかった。新しい客室のカーペットに粗相の跡はない。

ストリップ・クラブにもカーラのアパートメントにも行ったが、なんの収穫もなかった。彼女を見かけた者もいない。退院したばかりのドーンに真夜中に電話をかけるのは失礼だろうかと迷っているとき、シーマスはあることを思い出した。

一〇分後、彼は〈レストヘヴン老人ホーム〉の外で、建物の外を一周してみるか、まっすぐロビーへ入るか思案していた。シーマスが立っているのは砂利を敷いた小道で、乾燥に強い植物からなる垣根の向こうに長い低層の建物があった。静かで穏やかな夜だ。漆喰壁のほうに神経を集中させると、空調機の低い作動音や、リノリウムの床をこする靴音、テレビの単調なおしゃべりが聞こえてきた。シーマスの耳がカーラのささやきを察知する。やさしく、愛情に満ちた声だ。

彼はカーラの声に導かれて建物の南側へまわり、カーラがいると思われる部屋の外へ近づいた。窓は開いており、彼女の声はもちろん、愛用しているシャンプーの花の香りも漂ってきた。シーマスは窓を大きく開けて部屋に入った。

「シーマス？」カーラが振り向く。シーマスが来るのを予想していたのか、驚いた様子はなかった。

「そうだ」シーマスは周囲を見まわした。質素で小さい、典型的な老人ホームの部屋だ。カーラは安楽椅子に丸くなっており、ベッドには小柄なアジア系の女性が横たわって、シーマスにいぶかしげな視線を注いでいた。

部屋は暗く、キャビネットに置かれたランプのほかは、心電図のモニターが発する蛍光グリーンの光だけだ。

「大丈夫かい？」シーマスはカーラに尋ねた。

「大丈夫よ」

カーラは椅子の上で両脚を抱え、膝頭に顎をつけた。髪は編んでシニョンにまとめられている。その髪型を見たシーマスは、ドナテッリがどうやって彼女にダンスを強いたかを思い出した。

「シーマス、わたしの祖母のキン・ザン・キムよ。おばあちゃん、こちらは恋人のシーマス・フォックス」

「お会いできてうれしいです」シーマスは手を伸ばして、老女の薄くて羽根のように軽い手にふれた。老女はとても小柄で、一〇歳の少女ほどの背丈しかなかった。瞳は濁っている。それでも肌はなめらかで、白いもののまじった黒髪も豊かだった。

老女が韓国語でしゃべり出した。勢いよく出てくる言葉は、状況をしっかり認識しているふうに聞こえる。シーマスは老女に笑いかけ、カーラを振り返った。

「なんて言ったんだい？」

「わからない。わたしは韓国語が下手なの」カーラは小さく笑った。「でも、おばあちゃんはあなたが気に入ったみたい。マーカスにはティッシュペーパーの箱を投げつけたんだから」

「賢い女性だ」浮気男はマーカスというのか。

「そうね」カーラは身じろぎひとつしなかった。

シーマスは窓枠にもたれた。「心配したんだよ」実際は心配したどころではなかったが、冷静に話したかった。カーラはひとりで考える時間を必要としていたのだ。

「ごめんなさい。おばあちゃんに会いたかったの」

「わかるよ」シーマスは手を伸ばし、カーラの髪をほどいた。その髪型をしているといつものカーラではないようで、見ていられなかった。「どうしてやつはきみの髪をこんなふうにしたんだ？」彼はいらだちと罪の意識を感じた。ばかげた質問だとわかっていても、自分がその場にいて守ってあげられなかったことが悔しくてたまらなかった。

カーラが膝に顎をつけたまま眉をひそめた。「誰がこんな髪型にしたと思っているの？」

「ドナテッリだろう？」シーマスは編まれた髪をすべてほどいた。

一瞬おいて、カーラが小さく笑う。「ドナテッリじゃないわ。あいつは美容師じゃないもの。これをしたのはケルシー。わたしの髪で遊んでいたの」

「なんだ、そうだったのか」シーマスは少しだけ気分がよくなった。いずれにせよ、ケルシーは美容師を目指さないほうがいい。カーラの髪型はおしゃれを通り越して滑稽だった。

「カーラ……ドナテッリのことはすまなかった。あれはぼくの責任だ。ぼくが勝手に腹を立てて、イーサンと酒を飲んで愚かなまねをしなければこんなことにはならなかった。きみにあんな思いをさせてしまって、どう償えばいいか……」シーマスにはわからなかった。

カーラは顔を上げ、肩越しに初めてシーマスの目を見た。

「いいのよ。誰のせいにもしたくない。わたしたちのあいだに起きたことは、すべて両方に責任があるわ。でも、ドナテッリやリンゴの行動はわたしたちの責任じゃない」

カーラは手を伸ばして、シーマスの指に指を絡めた。

「あなたは言っていたでしょう？　誰かの面倒を見たり、慈しんだりするのがどういうことなのかよくわからないって。他人とそういう関係を築いてこなかったからって。わたしはそうは思わない。あなたは誰よりも周囲の人を気にかけているし、その人たちの安全を守ることを自分の務めだと考えている。そんな責任は負っていないにもかかわらずね。それがあなたのすばらしいところよ。あなたはとても善良な人。わたしのことも大事にしてくれた」

誰かにそう言ってほしいとずっと思っていたことに、シーマスは初めて気づいた。

「でも、ぼくはきみのそばに――」

カーラはシーマスの唇に指を当てた。シーマスの胸の奥がずきずきとうずく。ぼくはカーラなしで生きられるはずがない。彼女の愛なしに生きていくことはできない。

「いいの、わたしだって自分の身は自分で守れるのよ。あそこでなにが起きたかは問題じゃない。ドナテッリはわたしを辱めようとした。だけどアレクシスとケルシーを守るためなら、わたしは何度でも同じことをするわ」

「きみはすばらしい女性だ」シーマスはカーラのつむじにキスをせずにいられなかった。

「すばらしいというのは、わたしの母みたいな女性をいうのよ」カーラは祖母に目をやった。

「母はブラックジャックのディーラーだったの。前にも言ったかしら？　母がどれほど誠実な人だったか、わたしはこれまでちゃんと理解できていなかった。父が蒸発しても、母は人生を投げ出さなかったわ。わたしと祖母の世話をして……祖母といっても母にとっては義理の母親で、血のつながりはまったくないの。それでも心を込めて面倒を見た母の心の広さに、もっと感謝すべきだった。尊敬すべきだった」

シーマスはカーラの祖母を見た。眠っているようだ。

「お母さんとおばあさんのおかげで、きみはこんなにすてきな女性に育ったんだね」

「あなたもすてきよ。知っていた？」カーラの目に涙がわき上がった。

「イーサンの選挙対策マネージャーを辞めたんだ」シーマスは告白した。カーラには知らせておくべきだと思った。声に出して認めるのはまだつらいが、正しい選択をしたと自負していた。

「残念だわ。とてもつらかったでしょう？」カーラが苦しげな声で言い、シーマスの手を握りしめた。

「ああ。でも、二〇〇〇年も国のために尽くしたんだから。少し休んで、私生活に目を向けてもいいころだと思う」

カーラの表情から、その心中を探ることはできなかった。

「私生活？　選挙対策マネージャーを辞めてできた時間をなにに当てるつもり？」

「政治関連のコンサルタントをやろうかと思っているんだ。もしくはイーサンの申し出を受けて〈アヴァ〉の経営を代行して、彼には大統領の仕事に専念してもらおうかとも思う。ドナテッリが棄権したからには、イーサンの再選は確実だからね」

「いいわね」

「きみはどうするんだい？」カーラがなにを考えているのか、シーマスにはまったくわからなかった。

「獣医学校の課程を終えて、二四時間営業の救急病院で働けたらと思っているの。クラブは二週間前に申し出れば辞められるから、あとは賭けで得たお金でやっていくわ」

シーマスはもっと別のことが知りたかった。カーラが自分と一緒にいたいのかどうかを。

急に、カーラが切り出すのを待っていてはだめなのだと悟った。男ならまず、自分の心をさらけ出すべきだ。彼女のためなら恥をかくことさえいとわないと証明しなくては。

シーマスはカーラの顔から髪を払い、腹を決めて彼女を見た。

「自分がどんなにきれいかわかっているかい?」

「シーマス……」カーラが膝に視線を落とした。薄暗いなかでも、すらりとした美しい手がジーンズを握りしめるのがわかった。

「愛しているよ、カーラ」

「わたしも愛しているわ」彼女は膝を見つめたまま言った。

膝が返事をするとも思えないので、シーマスはそのまま続けた。

「長く生きてきて、こんな気持ちになったのは初めてだ。ヴァンパイアになることは孤独になることでもある。ぼくは私生活を顧みずにここまできた。でも、永遠にきみと過ごせるなら、ほかにはなにもいらない」シーマスは床に膝をつき、カーラと顔を合わせた。彼女の顎に手をかけて、自分のほうを向かせる。「結婚してくれないか?」

「まあ!」カーラは顔を伏せて泣き出した。「そんなことを言われるなんて思ってもみなかったわ」

シーマスの胃が不安によじれ、鼓動がとまる。それはどういう意味だろう?

「だけど、ぼくは言った。だから、答えをもらえるとうれしいんだが」できれば今世紀中に……。シーマスはカーラの祖母に向き直った。老女はぱっちりと目を開けて、ふたりを見守っている。「どう思われますか？　カーラはイエスと言って、ぼくをみじめな生活から救い出してくれるでしょうか？　それとも無駄な期待は捨てて、ぼくは家に帰ってエールを浴びるほど飲むべきでしょうか？」

カーラの祖母が左手を上げてなにか言った。同じ言葉を繰り返しながら、眉をひそめて薬指をひらひらと動かす。

「応援してくれているとは思えないな」シーマスは少し落ち込んだ。水の入ったコップを投げつけられないといいのだが。マーカスと同類にされたくない。

「指輪がないじゃないか」老女ははっきりと英語で言った。

シーマスは目をしばたたいた。カーラが鼻を詰まらせて笑う。

「しまった！　指輪を用意するべきだった。初めてのプロポーズが台なしだ！」シーマスはへたり込み、敗北感に身をゆだねた。それから気を取り直す。「でも、今から指輪を買いに行って、今夜、結婚することだってできる」

「今夜？」カーラが驚いてきき返した。

「そうだ、今夜だ。待つ必要なんてないじゃないか」彼女はまだイエスと言っていないが、細かいことにこだわるのには疲れてしまった。やきもきしたり、秘密にしたり、政治的に正しいかどうかをいちいち気にするのはもうやめだ。単純に欲しいものをつかんで、自分のものだと宣言したい。

「愛しているよ。きみもぼくを愛しているだろう？　結婚して、ぼくの生活をピンク色に染めてくれ」シーマスはカーラに身を寄せてキスをした。

カーラは椅子から足を下ろし、シーマスの体に腕をまわした。

「もちろんよ、わたしのおかしなヴァンパイアさん。あなたと結婚するわ、今夜」

「やったぞ！」シーマスは大声で叫んだ。カーラの祖母を振り返る。「彼女がイエスと言ってくれました！」

老女はほほえんだ。

カーラが声をあげて笑い、立ち上がった。「退散しなきゃ。誰か来るみたい」

シーマスにも足音が聞こえた。続いて廊下から女性の声が響く。

「若い男性の叫び声が聞こえたわよね？」

シーマスは老女の手をつかんでお礼を言った。続いてカーラが祖母を強く抱きしめる。ドアが開くと同時に、シーマスはカーラを抱き上げて窓から飛び出した。ふたりは砂利道に転がるようにして着地した。あと数センチずれていたら、サボテンの上に落ちるところだった。

「いい動きね」カーラは彼の胸に顔をうずめたまま言った。

「ありがとう。ぼくは運動神経がいいんだ」

「だったらさっさと結婚して、ご自慢の運動神経とやらを披露してよ」

「きみはいつもいい提案をする」シーマスはカーラの体に腕をまわし、夜空に飛び上がった。

幸福のあまり、一五メートルも垂直上昇してから水平移動に移る。

シーマスは恋をしていた。それを世界中に知られてもかまわなかった。

「あいつがこんなことをするとはね」深夜二時のチャペルで、イーサンが四度目となるせりふを繰り返す。「ここまでみっともない式は初めてだ。これで七〇〇ドルもするなんて信じられないよ」

アレクシスは夫の胸をつついた。「もうわかったわ。あなたの趣味じゃないのね。黙らないとシーマスに聞こえるわよ。シーマスとカーラが結婚するなんてすばらしいじゃない。彼女ならぴったりよ。シーマスに肩の力を抜いて過ごすことを教えてくれるはずだわ」

「肩の力を抜いたついでに、常識まで抜け落ちたんじゃないか？」イーサンがかぶりを振る。「一時間前に婚約したんだぞ。だいたいこんな演出はばかげている」

アレクシスはくるりと目をまわしたいのをこらえた。「いつからそんなに堅物になったわけ？　一秒でも早く結婚したいなんてロマンティックじゃない。ヴァンパイア風結婚式なんてちょっと変わっているけど、それも変化のしるしだと思うの。カーラがシーマスのユーモアのセンスを引き出したのよ」

イーサンが鼻を鳴らした。「おかしなことを言わないでくれ。ぼくはこんなマントなんてつけないからな」イーサンは手にしたヴェルヴェットのケープを振った。

「花婿の付き添い人でしょう」アレクシスは語気を強めた。「いいこと、あなたがわたしと結婚するとき、シーマスは賛成していなかった。あなたのプラスにならないと思ったからよ。でも、文句を言わずに協力してくれたじゃない。今度はあなたがお返ししなきゃ。しかめっ面はやめて、さっさとそのへんてこりんなマントをつけて」

イーサンは妻を見下ろし、いたずらっぽく笑った。「ぼくに命令するきみはセクシーだ」

「マントをつけなさい！」

「はいはい、奥さま」


カーラはボディガードのダニエルにエスコートされて、短いヴァージンロードを進んだ。体の線を強調する黒いヴェルヴェットのドレスの胸元から、赤いサテンのボディスがのぞいている。ヴェールの代わりにフードをすっぽりとかぶり、爪には黒いマニキュアを塗って、血のように赤い口紅をつけていた。足を踏み出すごとに、床を漂うスモークが渦を巻く。チャペルのなかは墓場を模したゴシック調に飾りつけられていた。

花嫁を先導するのは、丈の短い黒のカクテルドレスを着たケルシーとアレクシスだ。黒いヴェルヴェットのマントをつけたシーマスとイーサンが、ヴァンパイアの格好をした女性牧師の隣に待機している。なにもかもが派手で、滑稽で、ふざけていた。そして、カーラはとてつもなく幸せだった。

シーマスが眉を上下させて牙を見せたので、カーラはくすくす笑った。牧師の前まで来ると、ダニエルがカーラのそばを離れる。カーラはフードを脱いだ。

シーマスは彼女の手を取って強く握り、牧師のほうを向いた。「誓います」

「わたしはまだなにも言っていませんが」

「それでも誓います」

どうやらシーマスはせっかち病にかかったらしい。カーラは彼の手を握り返した。

「わたしも誓います」

「そういうことなら、ここにふたりが夫婦であることを宣言します。さあ、花嫁を嚙んで」

カーラを見下ろしたシーマスは、ブルーの瞳をいたずらっぽく輝かせた。

「シーマス、そんなことは想像するのもだめよ」カーラは重々しい声を出そうとしたが、終わりのほうは笑い声がまじった。

シーマスが牧師のほうへ手を掲げると、催眠状態になった牧師の頭ががくんとかしぐ。

「ほかに人間はいるかな?」彼は無邪気に言って、チャペルを見渡した。

「いないよ」イーサンが答えた。「彼女以外はヴァンパイアだ」

「よろしい」

カーラはシーマスがなにをするつもりかわからなかった。彼の瞳はジーンズのようなダークブルーに変化している。シーマスはカーラの体をしっかりとつかんでいた。カーラは彼の唇が下りてくる寸前に目をつぶった。

シーマスのキスは甘く自信に満ちていて、舌の動きも巧みだった。彼の牙がカーラの下唇を突き破り、口のなかに血があふれると、彼女ははっと息をのんだ。体の内と外で喜びがはじける。カーラもシーマスの唇を嚙んで、ふたりの血を、心を、愛を、すべてをひとつに交わらせた。

〝愛していると〟シーマスが彼女の心にささやきかけ、唇を離して血をなめ取る。

カーラは激しく息をついた。膝ががくがくする。「わたしも愛しているわ」

「おめでとう」イーサンがにやりとした。「じゃあ、みんながショックを受ける前に部屋へ引き上げてくれ」

「それはいい」シーマスはカーラに熱い視線を注いだ。彼の目は、これからヴァンパイアの持久力を教えてあげようと訴えかけていた。

アレクシスが言った。「視線でドレスを引き裂く気じゃないでしょうね？　イーサンの言うとおりよ。ここから出て、どこかふたりきりになれるところに行ってちょうだい」

「すてきな結婚式だったわ」ケルシーはティッシュペーパーではなをかみ、目頭をぬぐった。

「本当に」カーラはシーマスに腕をまわした。「さあ、ハネムーンよ」

「かしこまりました、奥さま」シーマスは友人たちを見渡した。「誰か、ペットたちの世話を頼めないかな？」

訳者あとがき

前作『眠らない街で恋をして』を楽しんでいただいたみなさま、お待たせいたしました。ふたたび気のいいヴァンパイアたちと抱腹絶倒のラスヴェガス・ツアーにご案内いたします。ラスヴェガスのヴァンパイアたちは今日も絶好調。前作のメンバーに加えて、新たにストリップ・クラブ〈お熱いのがお好き〉のシャドー・ダンサー、カーラ・キムを迎え、〈アヴァ〉はますますにぎやかになりました。

ストリッパーとして生計を立てているカーラは、老人ホームにいる祖母を養いながら、獣医を目指して学校に通うがんばり屋さん。そんな彼女の踊る姿に魅せられた堅物男シーマスを、犬三匹、猫二匹とともにこれでもかと翻弄《ほんろう》します。カーラが飼っている動物たちと構成はちがえど同じく動物王国に住む訳者としては、ワンコとニャンコの愛らしいしぐさに大笑いして翻訳作業を忘れそうになりました。

さらに、ケルシーもやってくれました。前作のあとがきを書いたときはまだ本書を読んでいなかったため、リンゴ&ケルシーのペアがあのまま闇に葬られたらどうしようとどきどきしましたが、まさか彼女がここまで活躍するとは！　常識も周囲の目もどこ吹く風で自分の道を突き進む、ケルシーの生き方に脱帽です。かっこいい！

　この場をお借りして、前作の感想をそれぞれのブログに書いてくださった読者のみなさまにお礼を申し上げます。ノリノリの文章に楽しんでいただいた様子がうかがえて、あとがきをお願いしたくなったほどでした。アレクシスは相変わらずパワフルです。仕事への情熱を一気に恋へと路線変更したシーマスをからかって楽しむあたりは既婚者の余裕でしょうが、妹やイーサンのこととなるとたちまち凶暴化するところは前作と同じ。コービンへの態度に至っては、もはや嫁姑《よめしゅうとめ》紛争を彷彿とさせます。

　エリン・マッカーシーがお届けする、恋あり、友情あり、涙はともかく笑いありのラスヴェガス・ヴァンパイア・シリーズをどうぞご堪能ください。

二〇一一年八月

ライムブックス

恋《こい》する夜《よる》は踊《おど》れない

著　者　エリン・マッカーシー
訳　者　岡本《おかもと》三余《みよ》

2011年9月20日　初版第一刷発行

発行人　成瀬雅人
発行所　株式会社原書房
〒160-0022東京都新宿区新宿1-25-13
電話・代表03-3354-0685　http://www.harashobo.co.jp
振替・00150-6-151594
ブックデザイン　川島進（スタジオ・ギブ）
印刷所　中央精版印刷株式会社

落丁・乱丁本はお取り替えいたします。
定価は、カバーに表示してあります。
 ISBN978-4-562-04417-7　Printed in Japan